TRÊS VIDAS

GERTRUDE STEIN, nascida em 1874 na cidade de Pittsburgh, Pensilvânia, foi uma escritora, poeta e colecionadora de arte de origem judaica. Reconhecida por seu estilo literário experimental, que tensionava os limites da linguagem, foi uma figura central na cena cultural de Paris durante o início do século XX e é considerada um dos grandes nomes do alto modernismo literário. Suas obras mais conhecidas são *A autobiografia de Alice B. Toklas*, em homenagem à companheira com quem dividiu décadas de vida, *Autobiografia de todo mundo* e este *Três vidas*, que marcou sua estreia na literatura, em 1909. A casa da autora em Paris se tornou um ponto de encontro para artistas e intelectuais, incluindo Pablo Picasso, Ernest Hemingway e F. Scott Fitzgerald, e é peça central do livro *Paris é uma festa*, de Hemingway. Morreu em 1946, aos 72 anos.

VANESSA BARBARA nasceu em São Paulo, em 1982. É jornalista e escritora, autora de *Noites de alface* (Alfaguara, 2013), ganhador do Prix du Premier Roman Étranger, na França, *O livro amarelo do terminal* (Cosac Naify, 2008), vencedor do prêmio Jabuti de reportagem, entre outros. Publicou também o infantil *Mamãe está cansada* (Companhia das Letrinhas, 2023) e traduziu, para a Penguin-Companhia, o clássico de F. Scott Fitzgerald, *O grande Gatsby*. Colabora na *New York Review of Books* e no *New York Times*. Em 2012, esteve na edição dos vinte melhores jovens escritores brasileiros da revista *Granta*.

FLORA SÜSSEKIND nasceu em 1955, no Rio de Janeiro. Crítica literária e professora universitária, é docente no Centro de Letras e Artes da Unirio. Por três décadas atuou como pesquisadora da Fundação Casa de Rui Barbosa e colaborou como crítica de teatro e literatura no *Jornal do Brasil*. Em 1985, recebeu o Prêmio Jabuti na categoria de autor revelação por *Tal Brasil, qual romance?* (Achiamé, 1984). Publicou, dentre outros, *Cine-*

matógrafo de letras (Companhia das Letras, 1987), *O Brasil não é longe daqui* (Companhia das Letras, 1990) e *Papéis colados* (Ed. UFRJ, 1993). Sua obra mais recente é a coletânea de ensaios *Coros, contrários, massa* (Cepe, 2022).

GERTRUDE STEIN

Três vidas

Tradução de
VANESSA BARBARA

Posfácio de
FLORA SÜSSEKIND

Copyright © 2024 by Penguin-Companhia das Letras
Copyright do posfácio © 2008 by Flora Süssekind

Grafia atualizada segundo o Acordo Ortográfico da Língua
Portuguesa de 1990, que entrou em vigor no Brasil em 2009.

Penguin and the associated logo and trade dress are registered
and/or unregistered trademarks of Penguin Books Limited and/or
Penguin Group (USA) Inc. Used with permission.

Published by Companhia das Letras in association with
Penguin Group (USA) Inc.

TÍTULO ORIGINAL
Three Lives

REVISÃO
Ana Maria Barbosa
Carmen T. S. Costa

Dados Internacionais de Catalogação na Publicação (CIP)
(Câmara Brasileira do Livro, SP, Brasil)

Stein, Gertrude, 1874-1946
    Três vidas / Gertrude Stein ; tradução de Vanessa Barbara ;
posfácio de Flora Süssekind. — 1ª ed. — São Paulo : Penguin-
-Companhia das Letras, 2024.

    Título original: Three Lives.

    ISBN 978-85-8285-198-2

    1. Contos norte-americanos I. Süssekind, Flora.
II. Título.

24-207342   CDD-813

Índice para catálogo sistemático:
1. Contos : Literatura norte-americana 813

Cibele Maria Dias — Bibliotecária — CRB-8/9427

Todos os direitos desta edição reservados à
EDITORA SCHWARCZ S.A.
Rua Bandeira Paulista, 702, cj. 32
04532-002 — São Paulo — SP
Telefone: (11) 3707-3500
www.penguincompanhia.com.br
www.companhiadasletras.com.br
www.blogdacompanhia.com.br

Sumário

TRÊS VIDAS

A boa Anna	11
Melanctha	77
A gentil Lena	187

Posfácio — *A composição na qual se vive:*
Nota sobre Três vidas — Flora Süssekind   221

Três vidas

Donc je suis un malheureux et ce n'est ni ma faute ni celle de la vie.

JULES LAFORGUE

A boa Anna

I
A boa Anna

Os comerciantes de Bridgepoint* aprenderam a temer o nome "srta. Mathilda", com o qual a boa Anna sempre conseguia levar a melhor.

Mesmo as lojas de preço único, mais inflexíveis, acabavam vendendo as mercadorias por um valor menor, quando a boa Anna dizia que a "srta. Mathilda" não podia pagar tudo aquilo e que era possível encontrar mais barato "na Lindheims".

A Lindheims era a loja preferida de Anna, pois lá havia dias de liquidação, quando a farinha e o açúcar eram vendidos por menos de um quarto de centavo por libra, e lá os gerentes das seções eram seus amigos e sempre conseguiam preços mais baixos para ela, mesmo nos dias normais.

Anna levava uma vida árdua e atribulada.

---

* Bridgepoint, cidade imaginária, inspirada em Baltimore, onde Gertrude Stein viveu de 1897 a 1901. Até a descrição da casa da srta. Mathilda corresponde, segundo os biógrafos steinianos, àquela em que a escritora viveu enquanto estudava na Johns Hopkins Medical School. Esta nota e as subsequentes são de autoria de Flora Süssekind.

Ela administrava toda a casa para a srta. Mathilda. Era uma casinha curiosa, parte de uma longa fileira de residências iguais, uma pilha contígua como uma fila de dominós que as crianças derrubam, já que foram construídas em uma rua que ali se transformava numa ladeira íngreme. Eram curiosas casinhas de dois andares, com fachadas de tijolos vermelhos e longos degraus brancos.

Essa casinha em particular estava sempre bem cheia com a presença da srta. Mathilda, uma criada auxiliar, alguns gatos e vira-latas e a voz de Anna, que ralhava, ordenava e rosnava o dia todo.

"Sallie! Não posso deixá-la sozinha um minuto que você já sai correndo para ver o ajudante de açougueiro descendo a rua, e ali está a srta. Mathilda procurando os sapatos dela. Eu é que tenho que fazer tudo, enquanto você anda por aí no mundo da lua? Se eu não ficar no seu pé o tempo todo, você esquece as coisas e eu faço todo o esforço, e quando você aparece, está esfarrapada como um vagabundo e suja como um cão. Vá pegar os sapatos da srta. Mathilda onde você os colocou de manhã."

"Peter!", ela ergueu a voz, "Peter!", ele era o cachorro mais novo e o favorito, "Peter, deixe a Baby em paz"; já Baby era uma terrier velha e cega que Anna amava havia anos, "Peter, deixe a Baby em paz, senão você vai ver o cinto, seu cachorro malvado".

A boa Anna era muito rígida no tocante à castidade e disciplina caninas. Os três cães residentes, que sempre viveram com Anna, eram Peter, a velha Baby e o fofinho Rags, que costumava saltitar apenas para mostrar que era feliz; eles e os demais cães temporários, numerosos vira-latas que Anna pegava para cuidar até que lhes arranjasse outro lar, viviam sob ordens estritas de nunca serem maus uns com os outros.

Certo dia, aconteceu uma tragédia na família. Uma pequena cadela terrier temporária para quem Anna já encontrara outro lar deu à luz, de repente, uma ninhada de filhotes. Os novos donos sabiam que o animal não conhecera nenhum cão desde o instante em que foi entregue aos seus cuidados. A boa Anna garantiu que seus Peter e Rags eram inocentes, e o fez com tanta convicção que os donos da terrier foram enfim convencidos de que o imprevisto era culpa deles.

"Cachorro mau", disse Anna a Peter naquela noite, "seu cachorro malvado."

E explicou à srta. Mathilda: "Peter é o pai dos filhotes, e ainda por cima eles são iguaizinhos a ele. Coitada da terrier, os filhotes eram tão grandes que ela quase não conseguiu pari-los, mas, srta. Mathilda, eu não queria que essas pessoas soubessem que Peter era tão malvado".

De vez em quando, Peter e Rags eram tomados por certas fases de maus pensamentos, assim como os demais hóspedes da casa. Nesses períodos, Anna ficava muito ocupada e repreendia severamente os animais; também tomava o cuidado de separar os cães maus uns dos outros, sempre que precisava deixá-los sozinhos. Às vezes, Anna saía da sala e os deixava sozinhos, retornando de repente. Os cães atrevidos fugiam então ao som da maçaneta e, desolados, sentavam-se em seus cantos como um bando de crianças desapontadas cujo pirulito lhes foi roubado.

A cega e inocente Baby era a única que preservava a dignidade própria de um cão.

Como veem, Anna levava uma vida árdua e atribulada.

A boa Anna era uma mulher pequena, magra e alemã, na época com quarenta anos de idade. Sua expressão era cansada; suas faces eram encavadas; sua boca, tensa e rígida; e seus olhos azul-claros eram muito brilhantes. Às vezes se enchiam de lampejos, às vezes de humor, mas eram sempre vivos e claros.

Sua voz era suave quando contava histórias sobre o travesso Peter, sobre Baby ou sobre o pequeno Rags. Sua voz era alta e aguda quando dizia aos carroceiros e a outros homens cruéis o que desejava que lhes acontecesse, quando os via surrarem um cavalo ou chutarem um cão. Ela não fazia parte de nenhum tipo de associação que pudesse detê-los, e assim lhes dizia com sinceridade, mas sua voz hostil e seus olhos faiscantes, bem como seu inglês com um estranho e agudo sotaque alemão, os fazia sentirem medo e, depois, vergonha. Eles também sabiam que todos os policiais da ronda eram amigos de Anna. Os guardas respeitavam e obedeciam a srta. Annie, como a chamavam, e atendiam prontamente a todas as suas queixas.

Durante cinco anos, Anna administrou a casa para a srta. Mathilda. Nesse período, houve quatro criadas diferentes.

A primeira foi uma irlandesa bonita e alegre. Anna recebeu-a com desconfiança. Porém Lizzie era uma criada obediente e feliz, e Anna passou a confiar nela. Mas não por muito tempo. Um dia, a bonita e alegre Lizzie desapareceu sem qualquer aviso prévio, levando toda a bagagem, e nunca mais voltou.

A bonita e alegre Lizzie foi substituída pela melancólica Molly.

Molly era norte-americana de pais alemães. Toda a família tinha desaparecido ou morrido havia tempos. Molly sempre esteve sozinha. Era uma moça alta, morena, pálida e com pouco cabelo; tinha problemas de tosse, era geniosa e dizia palavrões terríveis.

Anna achava difícil aguentar essas coisas, mas, por bondade, manteve Molly durante muito tempo. A cozinha era um campo de batalha constante. Anna ralhava e Molly rogava pragas incompreensíveis, e então a srta. Mathilda batia a porta bem forte para mostrar que estava escutando. Por fim, Anna teve que desistir. "Por favor, srta. Mathilda, fale com a Molly", disse, "eu não consigo mais. Dou uma bronca e ela parece não escutar, e então ela xinga a ponto de me assustar. Ela adora a senhora, então, por favor, fale com a Molly."

A BOA ANNA   17

"Mas, Anna", lamentou a pobre srta. Mathilda, "eu não quero fazer isso", e aquela mulher grande e alegre, porém de coração mole, parecia aterrorizada diante dessa possibilidade. "Mas a senhora precisa, por favor, srta. Mathilda!", insistia Anna.

A srta. Mathilda nunca passava descomposturas. "Mas a senhora precisa, por favor, srta. Mathilda", repetia Anna.

Todos os dias, ela adiava a reprimenda, esperando que Anna aprendesse a lidar melhor com Molly. Isso nunca aconteceu e, por fim, a srta. Mathilda percebeu que não havia outra saída senão repreendê-la.

Conforme o combinado, Anna não estaria presente quando Molly fosse abordada. Na noite seguinte, que era a folga de Anna, a srta. Mathilda cumpriu seu papel e desceu à cozinha.

Molly estava sentada na pequena cozinha, com os cotovelos apoiados na mesa. Era uma garota alta, magra e pálida de vinte e três anos, relaxada e desleixada por natureza, mas forçada por Anna a adotar um mínimo de asseio. Seu vestido listrado de algodão grosseiro e seu avental quadriculado cinzento aumentavam a extensão e a tristeza de sua melancólica figura. "Oh, Deus!", gemeu a srta. Mathilda para si mesma, ao se aproximar da criada.

"Molly, quero falar com você sobre sua atitude com Anna!", e aqui Molly abaixou a cabeça ainda mais, afundou-a entre os braços e se pôs a chorar.

"Oh! Oh!", gemeu a srta. Mathilda.

"É tudo culpa da srta. Annie, tudo isso", disse Molly por fim, com voz trêmula, "eu faço tudo o que posso."

"Sei que às vezes Anna é difícil de agradar", começou a srta. Mathilda, com uma pontinha de maldade, e então se recompôs, "mas você tem que saber, Molly, que é para o seu próprio bem, e além disso ela é muito boa com você."

"Não quero a bondade dela", Molly exclamou, "queria que a senhora me dissesse o que fazer, srta. Mathilda, e então eu ficaria bem. Eu odeio a srta. Annie."

"Assim não vai dar certo", disse, com severidade, a srta. Mathilda, em seu tom mais grave e firme. "Anna é a chefe da cozinha e você terá que lhe obedecer ou ir embora."

"Não quero deixar a senhora", choramingou Molly, melancólica. "Bem, Molly, então fique e tente fazer melhor", respondeu a srta. Mathilda, mantendo uma satisfatória expressão austera e retirando-se da cozinha.

"Oh! Oh!", gemeu a srta. Mathilda, enquanto subia as escadas de volta.

A tentativa de reconciliar as duas mulheres briguentas não surtiu efeito. Logo elas estavam mais amargas do que antes.

Por fim, ficou decidido que Molly teria que sair. Ela foi trabalhar em uma fábrica no centro e passou a morar com uma senhora na área dos cortiços, uma velha muito malvada, disse Anna.

Anna nunca se conformou com o destino de Molly. Às vezes ela via a antiga criada ou ouvia falar dela. Molly não estava bem, sua tosse piorara e a velha era realmente bem perversa.

Depois de um ano dessa vida insalubre, Molly entrou em colapso. Então Anna tomou-a de volta sob sua tutela. Resgatou-a do emprego e da velha com quem morava e internou-a em um hospital até que ficasse bem. Arrumou-lhe um emprego no interior, como babá de uma garotinha, e enfim Molly ficou estável e satisfeita.

De início, Molly não teve nenhuma sucessora regular. Dentro de alguns meses chegaria o verão e a srta. Mathilda iria viajar, portanto, bastaria que a velha Katie viesse todos os dias para ajudar Anna com o serviço.

A velha Katy era uma alemã gorda, feia, baixinha e rude, com um estranho sotaque distorcido e particular. Anna já estava exausta de ralhar com os mais jovens para que fizessem o que deviam, e a velha Katy nunca respondia de volta, nem tentava se impor. Nenhuma bronca ou abuso conseguia deixar marcas em sua pele áspera e envelhecida de camponesa. Quando devia responder, ela dizia: "Sim, srta. Annie", e isso era tudo.

"A velha Katy não passa de uma mulher rústica, srta. Mathilda", explicou Anna, "mas acho que quero ficar com ela. Ela sabe trabalhar e não me causa problemas como os que eu tinha o tempo todo com Molly."

Anna achava graça no inglês distorcido de Katy, com sua língua áspera que zunia os "ss" e seu esquisito senso de humor embrutecido e servil. Anna nunca deixava a velha Katy servir à mesa — pois ela era um produto grosseiro da terra — e, portanto, tinha que fazer isso sozinha, coisa de que jamais gostou, mas ainda assim essa velha criatura simples e rude lhe era mais agradável do que qualquer jovem novata.

A vida prosseguiu sem percalços nos meses anteriores à chegada do verão. Todos os anos, naquela época, a srta. Mathilda cruzava o oceano e viajava por vários meses. Nesse verão, a velha Katy se entristeceu, e, no dia em que a patroa partiu, chorou sem parar por muitas horas. Era mesmo uma camponesa vulgar, grosseira e servil, a velha Katy. Ela ficou agachada nos degraus de pedra branca da casinha de tijolos, com sua cabeça chata e ossuda, a pele fina, bronzeada e enrijecida, o cabelo grisalho enrolado e esparso, e sua robusta e atarracada figura, rechonchuda nos lugares certos, metida em um vestido azul listrado de algodão, toda limpa e de banho tomado, mas bruta e rude de se ver — e ficou lá nos degraus até que Anna a levou para dentro, debulhando-se em lágrimas, cobrindo o rosto com o avental e emitindo estranhos e entrecortados gemidos guturais.

Quando, no começo do outono, a srta. Mathilda voltou para casa, a velha Katy não estava mais lá.

"Nunca pensei que a velha Katy agiria assim, srta. Mathilda", disse Anna, "ela estava tão triste quando a senhora partiu e, além disso, eu lhe paguei o salário integral durante todo o verão, mas elas são todas iguais, srta. Mathilda, não há sequer uma em que se pode confiar. Lembra quando a Katy disse que gostava da senhora e continuou repetindo isso quando a senhora foi viajar, e então ela era tão boa e trabalhou direitinho até o meio do verão, quando eu fiquei doente, e então ela foi embora e me deixou sozinha e foi para um emprego no interior, que oferecia mais dinheiro. Ela não falou nada, srta. Mathilda, apenas virou as costas e me deixou sozinha, quando fiquei doente após um verão terrivelmente quente, e depois de tudo o que fizemos por ela quando não tinha para onde ir, e durante todo o verão eu lhe dei coisas melhores do que as que eu tinha para comer. Srta. Mathilda, nenhuma delas tem noção do que é certo, nenhuma delas."

Desde então, nunca mais se ouviu falar da velha Katy.

Nenhuma outra criada foi efetivada por meses a fio. Muitas tentaram, mas nenhuma servia. Por fim, Anna ouviu falar de Sallie.

Sallie era a mais velha de uma família de onze filhos e tinha apenas dezesseis anos. De Sallie para baixo, as crianças eram cada vez menores e todas já trabalhavam, menos as caçulas.

Sally era uma alemãzinha loira, bela e sorridente, além de burra e um pouco tola. Em sua família, os filhos nasciam progressivamente mais inteligentes. A mais esperta era uma garotinha de dez anos. Ela trabalhava lavando pratos para um casal em uma taberna e ganhava um bom salário; abaixo dela ainda havia uma irmã menor. Esta só trabalhava meio período, fazendo faxina para um médico solteiro. A garotinha se encarregava de todo o serviço doméstico e recebia por semana um salário de oito centavos. Anna sempre ficava indignada ao contar essa história.

"Acho que ele devia pagar dez centavos, srta. Mathilda, devia sim. Oito centavos é tão cruel, já que ela tem todo esse trabalho e é uma criaturinha tão inteligente, não é burra como a nossa Sallie. Sallie nunca aprenderia a fazer nada se eu não gritasse com ela o tempo todo, mas Sallie é uma boa garota, e eu tomo conta dela e ela vai ficar bem."

Sallie era uma alemãzinha boa e obediente. Nunca respondia para Anna, como tampouco o faziam Peter, a velha Baby e o pequeno Rags, e embora Anna sempre elevasse a voz em pesadas reprimendas e censuras infinitas, formavam uma família feliz, todos juntos, ali na cozinha.

Agora Anna era uma espécie de mãe para Sallie, uma boa e incansável mãe alemã que a vigiava e repreendia com severidade, a fim de afastá-la do mau caminho. As tentações e transgressões de Sallie eram parecidas com as do travesso Peter e do alegre e pequeno Rags, e Anna tomava as mesmas precauções para manter os três longe do pecado.

O principal defeito de Sallie, além de esquecer as coisas e de não lavar as mãos antes de servir à mesa, era o ajudante de açougueiro.

Era um jovem feio demais, aquele ajudante de açougueiro. Surgiram suspeitas de que, quando Anna não estava, Sallie passava as noites na companhia daquele garoto perverso.

"A Sallie é tão bonita, srta. Mathilda", disse Anna, "e é tão burra e boba, e ela põe aquele corpete vermelho e frisa o cabelo com um ferro que é de morrer de rir, e então eu digo que, se ela apenas lavasse as mãos, seria melhor do que todas essas frescuras, mas não se pode fazer nada com as garotas de hoje em dia, srta. Mathilda. Sallie é uma boa menina, mas eu tenho que vigiá-la o tempo todo."

Aumentaram ainda mais as suspeitas de que ela passava as noites de folga de Anna em companhia desse rapaz. Certa manhã, logo cedo, Anna elevou a voz.

"Sallie, esta não é a mesma banana que eu trouxe ontem para o café da manhã da srta. Mathilda, e você saiu hoje bem cedinho. O que foi fazer na rua?"

"Nada, srta. Annie, fui dar uma volta, só isso, e esta é a mesma banana, é sim, verdade, srta. Annie."

"Sallie, como você pode mentir assim, depois de tudo o que eu faço por você, e a srta. Mathilda é tão boa com você. Eu não trouxe nenhuma banana ontem com manchas assim. Mas eu sei bem: aquele moleque esteve aqui ontem à noite e a comeu enquanto eu estava fora, e você saiu para comprar outra hoje cedo. Não aceito mentiras, Sallie."

Sallie insistiu em sua defesa, mas acabou desistindo e confessou que o garoto apanhara a banana ao fugir, quando ouviu o barulho da chave na porta da frente. "Mas eu não vou deixá-lo entrar de novo, srta. Annie, verdade, não vou não", garantiu Sallie.

E depois tudo ficou tranquilo por algumas semanas, e então, certas noites, com insensata ingenuidade, Sally retomou o corpete vermelho berrante, os montes de bijuterias e o cabelo frisado.

Em uma agradável noite de primavera, a srta. Mathilda estava de pé nos degraus junto à porta aberta, apreciando aquela bela noite. Anna descia a rua, voltando de sua noite de folga. "Não feche a porta, por favor, srta. Mathilda", pediu Anna em voz baixa, "não quero que Sallie saiba que eu cheguei."

Anna atravessou a casa silenciosamente e alcançou a porta da cozinha. Ao ruído da maçaneta, houve uma louca confusão e um *bang*, e Sallie estava sentada sozinha quando Anna entrou, mas, arrá, o ajudante de açougueiro esqueceu de levar o casaco ao fugir.

Como veem, Anna levava uma vida árdua e atribulada.

Anna também tinha seus problemas com a srta. Mathilda. "E eu trabalho e trabalho para economizar dinheiro e a senhora vai e gasta tudo em bobagens", a boa Anna se queixava à patroa, uma mulher grande e desleixada, que às vezes aparecia com um objeto de porcelana, um novo entalhe ou mesmo uma pintura a óleo nos braços.

"Mas Anna", rebatia a srta. Mathilda, "se você não economizasse o dinheiro, eu não poderia comprar essas coisas", e então Anna abrandava e parecia satisfeita até sa-

A BOA ANNA   23

ber o preço, quando então retorcia as mãos, "Oh, srta. Mathilda, srta. Mathilda", ela exclamava, "a senhora gastou todo esse dinheiro com isso, quando precisa tanto de um vestido para sair". "Bom, talvez eu compre um no ano que vem, Anna", concedia alegremente a patroa. "Se ainda estivermos vivas até lá, farei com que a senhora o compre", respondia Anna, morbidamente.

Anna orgulhava-se da educação e das posses de sua querida srta. Mathilda, mas não aprovava seu desleixo em usar sempre as mesmas roupas velhas. "Srta. Mathilda, a senhora não pode sair para jantar com esse vestido", ela dizia, postando-se resolutamente diante da porta, "precisa colocar aquele vestido novo que fica tão bem na senhora." "Mas Anna, não vai dar tempo." "Vai, sim, eu vou junto e ajudo a senhora a se vestir, por favor, srta. Mathilda, a senhora não pode sair para jantar com esse vestido e ano que vem, se ainda estivermos vivas, a senhora vai comprar um chapéu novo também. É uma vergonha, srta. Mathilda, é uma vergonha sair assim."

A pobre patroa suspirava e tinha que ceder. Era do seu temperamento alegre e preguiçoso estar sempre desleixada, mas isso às vezes era um fardo, já que em geral ela tinha que fazer tudo outra vez, a menos que disparasse porta afora antes que Anna pudesse vê-la.

A vida era muito fácil para aquela grande e preguiçosa srta. Mathilda, tendo a boa Anna para cuidar dela e de suas roupas e pertences. Mas, infelizmente, as coisas do mundo são como devem ser, e a alegre srta. Mathilda também tinha seus problemas com Anna.

Seus desejos eram sempre atendidos, o que era agradável, mas também aborrecido, porque às vezes aquilo que a patroa mais queria não era atendido se ela imprudentemente ordenasse o que desejava, em vez de sugeri-lo. Assim, a srta. Mathilda adorava sair em divertidos passeios pelo campo, quando, caminhando livremente com uma animada turma de amigos por colinas e milharais gloriosos ao pôr do sol, ou em meio a arbustos prateados à luz da lua, sob as estrelas no céu limpo, apreciando o ar esplêndido e com o sangue fervilhando, era difícil ter que pensar na zanga de Anna em casa, após um retorno tardio, embora a srta. Mathilda tivesse implorado e repetido que, naquela noite, não precisava ter prato quente. E então, quando o grupo feliz da srta. Mathilda e seus amigos se achava reunido na casinha, cansados com o vigor excessivo, com os ventos ardentes e com os brilhantes raios de sol, doloridos, esgotados e inteiramente prontos para obter uma refeição agradável e uma moderada saciedade — era difícil para aquela turma, que adorava as boas refeições de Anna, encontrar a porta fechada e ter que pensar se era a noite de folga dela, ou então esperar de pé, tremendo e com os pés cansados, enquanto a srta. Mathilda abrandava o coração de Anna, ou, se Anna realmente tivesse saído, ordenar afoitamente que a jovem Sallie desse de comer ao bando faminto.

Essas coisas eram difíceis de aguentar e, não raro, a srta. Mathilde ficava dolorosamente revoltada, tal qual as alegres Lizzies, as melancólicas Mollies, as velhas e rudes Katies e as tolas Sallies.

A srta. Mathilda também tinha outros problemas com a boa Anna. Era obrigada a salvá-la de seus muitos amigos que, à maneira cordial dos pobres, gastavam as economias dela e lhe prometiam coisas em troca do dinheiro.

A boa Anna tinha muitos amigos curiosos que conheceu nos vinte anos passados em Bridgepoint, e em geral cabia à srta. Mathilda salvá-la de todos eles.

II
A vida da boa Anna

Anna Federner, a boa Anna, vinha de uma sólida linhagem de classe média baixa do sul da Alemanha.

Aos dezessete anos, foi trabalhar para uma família burguesa na cidade vizinha de seu vilarejo natal, mas não ficou muito tempo por lá. Um dia, sua patroa ofereceu a governanta — ou seja, Anna — a uma amiga, para que a levasse consigo. Anna sentiu-se uma empregada, não uma governanta, e demitiu-se imediatamente.

Anna sempre teve uma noção rígida e antiquada do que era certo.

Não havia meio de fazê-la descansar na sala de estar vazia, mesmo que, durante a reforma da cozinha, o cheiro da tinta a enjoasse, e, cansada como sempre, ela nunca se sentava durante as longas conversas com a srta. Mathilda. Uma criada era uma criada e devia agir como tal, quando se trata de demonstrar respeito e de comer o que lhe cabe.

Pouco depois de Anna deixar esse serviço, ela e sua mãe foram para os Estados Unidos. Viajaram de segunda classe, mas para elas foi uma longa e cansativa jornada. A mãe já estava sofrendo de tuberculose.

Foram parar num bucólico vilarejo no extremo sul e foi lá que, lentamente, a mãe faleceu.

Agora Anna estava sozinha e rumou para Bridgepoint, onde morava um meio-irmão mais velho. Era um alemão corpulento, rude e bondoso, que padecia com os problemas resultantes do excesso de peso.

Ele trabalhava como padeiro, tinha uma esposa e era relativamente próspero.

Anna gostava muito do irmão, mas nunca quis depender dele.

Ao chegar a Bridgepoint, arrumou um emprego com a srta. Mary Wadsmith.

A srta. Mary Wadsmith era uma mulher grande, bonita e desamparada, sobrecarregada com a tutela de duas crianças. Ambas tinham sido deixadas pelo irmão de Mary e a esposa, mortos com poucos meses de diferença um do outro.

Logo a casa inteira ficou sob os cuidados de Anna.

Assim ela encontrou seu lugar junto a mulheres grandes e corpulentas, sempre preguiçosas, desleixadas ou desamparadas, e que portanto podiam transferir o fardo de sua existência para Anna, o que não deixava de lhe dar certa satisfação. As patroas de Anna tinham que ser essas mulheres gordas e desamparadas, ou homens, pois ninguém mais se permitia mergulhar num estado tão confortável e livre ao acatar as ordens de um criado.

Anna não tinha nenhum instinto natural para gostar de crianças, ao contrário do que ocorria com gatos, cachorros e patroas corpulentas. Nunca se apegou profundamente a Edgar e Jane Wadsmith. Naturalmente, ela preferia o menino, já que os meninos adoram mordomias, conforto e comilança, ao passo que, com a garotinha, ela tinha que enfrentar a sutil resistência feminina, revelando-se desde cedo sua natureza de mulher.

Para o verão, os Wadsmith tinham uma agradável casa no campo e passavam o inverno em hotéis na cidade.

Aos poucos, coube a Anna percorrer o mesmo caminho, tomar todas as decisões relativas às viagens de ida e de volta e preparar os locais onde a família iria morar.

Anna estava havia três anos com a srta. Mary, quando cresceu ainda mais a resistência da pequena Jane. Ela era uma garotinha asseada, amável, bela e doce; tinha um charme juvenil e duas cuidadosas mechas de cabelo trançadas sobre as costas.

A srta. Mary, como Anna, não tinha nenhum instinto maternal, mas gostava muito dessas duas crianças de seu sangue, de modo que se rendeu docilmente ao irresistível poder daquela menina, de resto realmente amável. Já que o trato com o garoto era mais ríspido, Anna preferia cuidar de Edgar, ao passo que a srta. Mary gostava mais da força delicada e da meiga dominação da garota.

Certa primavera, já concluídos os preparativos para a mudança, a srta. Mary e Jane viajaram juntas para a casa de campo, e Anna, depois de concluir as tarefas na cidade, deveria ir ao encontro delas dentro de alguns dias, levando Edgar, cujas férias ainda não tinham começado.

Muitas vezes, durante os preparativos para aquele verão, Jane confrontou Anna com uma resistência feroz, indo contra seus métodos de trabalho. Era fácil para a pequena Jane dar-lhe ordens desagradáveis, não em seu próprio nome, mas em nome da srta. Mary — a grande, dócil e desamparada srta. Mary Wadsmith, que nunca cogitou em dar nem uma ordem sequer a Anna.

Os olhos de Anna tornavam-se ainda mais faiscantes, impenetráveis, e ela rangia e trincava os dentes ao responder, cada vez mais lentamente: "Sim, srta. Jane", ao argumento: "Oh, Anna! A srta. Mary pediu para você fazer isso!".

No dia da viagem, a srta. Mary já entrara na carruagem quando a pequena Jane gritou, correndo de volta a casa: "Oh, Anna! A srta. Mary quer que você leve as cortinas azuis do quarto dela e do meu". O corpo de Anna se retesou e ela resmungou entre os dentes: "Nós nunca usamos essas cortinas no verão, srta. Jane". "Eu sei, Anna, mas a srta. Mary achou que seria bom levar e disse para você não esquecer. Até logo!", e a garota saltou agilmente os degraus da porta e entrou na carruagem, que então partiu.

Anna permaneceu imóvel sobre os degraus com um olhar duro, agudo e faiscante, o corpo e o rosto encrespados de raiva. Então ela entrou, batendo a porta com força.

Ficou difícil conviver com Anna nos três dias seguintes. Mesmo Baby, a nova filhote, a queridinha de Anna, um presente de sua amiga, a viúva sra. Lehntman — mesmo esse pequeno ser fofinho e marrom-escuro sentiu a chama ardente que consumia Anna. Nem Edgar, que aguardava ansiosamente esses dias, em geral repletos de liberdade e de coisas para comer — nem ele teve um instante de sossego sob a amarga tutela de Anna.

No terceiro dia, Anna e Edgar foram à casa de campo dos Wadsmith. As cortinas azuis ficaram para trás.

Durante todo o caminho, Edgar viajou na frente com o cocheiro de cor* e conduziu a carruagem. Era o início da primavera no Sul. Os campos e bosques estavam encharcados com as pesadas chuvas da véspera. Os cavalos puxavam lentamente a carruagem pela longa estrada pegajosa de lama e revestida de pedras, os seixos pisoteados e triturados pelas caravanas de passagem. Aqui e ali, a terra alagada dava espaço ao crescimento de pequenas flores, brotos e arbustos. As copas das árvores eram vivamente vermelhas e amarelas, com prateados reluzentes e verdes deslumbrantes. O ar estava ensopado de uma úmida névoa que subia da terra, e tinha o clima suave e quente da fumaça azul das queimadas primaveris nos campos abertos. E também havia o ar límpido dos céus, as canções dos pássaros, a alegria do sol e dos dias cada vez mais longos.

A lassidão e o arrebatamento — além da quente, pesada e forte sensação de vida emanada da terra que sempre surge no início da primavera —, quando não suscitam uma intensa alegria, trazem raiva, irritação e inquietude.

Para Anna, sozinha na carruagem e cada vez mais perto do confronto com a patroa, aquele calor, aquela morosidade, os solavancos, o cheiro dos cavalos, os gritos de homens, animais e pássaros e aquela nova vida a seu redor eram simplesmente enlouquecedores. "Baby! Se você não sossegar, vou esganar você. Não aguento mais."

Naquela época, aos vinte e sete anos de idade, Anna ainda não estava debilitada e exausta. As pontas ossudas de seu rosto estavam arredondadas de carne, mas

---

* Nesta primeira novela, Gertrude Stein utiliza o termo "colored" (de cor) para se referir ao serviçal, que é também tratado de "negro boy" (negrinho). Ao longo do livro, a expressão "colored" é utilizada num sentido positivo, porém condescendente, ao contrário de "black" e "negro". [N.T.]

A BOA ANNA 29

seu temperamento e humor já se revelavam, nítidos, em seus claros olhos azuis; o desgaste havia começado pela mandíbula, constantemente retesada sob a pressão das responsabilidades.

Naquele dia, sozinha na carruagem, ela estava rígida e ainda assim trêmula com o penoso esforço de decisão e revolta.

Quando a carruagem entrou pelo portão dos Wadsmith, a pequena Jane veio correndo para ver. Ela apenas olhou para Anna; não disse nada sobre as cortinas azuis.

Anna desceu da carruagem com a pequena Baby nos braços. Descarregou todos os objetos que trouxera e a carruagem partiu. Anna deixou tudo no alpendre e entrou, procurando a srta. Mary Wadsmith, que estava sentada diante da lareira.

A srta. Mary ocupava uma espaçosa poltrona em frente ao fogo. Todos os recantos e fendas da poltrona eram preenchidos por seu corpo flácido e abundante. Vestia um roupão de cetim preto cujas mangas, enormes e monstruosas, suportavam o peso de sua carne mole. A srta. Mary sempre se sentava ali, grande, desamparada e tranquila. Tinha um rosto bonito, macio, liso, e amáveis e vagos olhos azuis acinzentados, recobertos por pálpebras sonolentas.

Atrás da srta. Mary estava a pequena Jane, nervosa e trêmula de excitação ao ver Anna entrar na sala.

"Srta. Mary", começou Anna. Ela havia parado junto à porta, com o corpo e o rosto tensos, os dentes cerrados e os raios de luz brilhando vivamente no azul-claro de seus olhos pálidos. Sua atitude era uma estranha afetação de raiva e de medo — e a tensão, o retraimento, o sugestivo movimento que se anunciavam sob a rigidez do controle eram uma forma incomum de as paixões se revelarem simultaneamente.

"Srta. Mary", as palavras saíam lentamente e aos trancos na frase pronunciada entre os dentes, mas firme e forte. "Srta. Mary, não aguento mais. Quando a senhora me manda fazer alguma coisa, eu faço. Faço tudo o que posso e a senhora sabe que eu trabalho até a exaustão. As cortinas azuis são trabalho demais para o verão. A srta. Jane não sabe o quanto. Se a senhora quiser que eu faça coisas desse tipo, vou embora."

Anna parou. Suas palavras não tinham a força expressiva que deveriam, mas o sentimento em sua alma assustou e intimidou por completo a srta. Mary.

Como em todas as mulheres grandes e desamparadas, o coração da srta. Mary bateu fracamente em meio àquela frágil e desamparada massa de carne que ela tinha que governar. A excitação da pequena Jane já lhe esgotara as forças. Então a srta. Mary empalideceu e desmaiou.

"Srta. Mary!", gritou Anna, acorrendo à patroa e sustentando todo aquele corpo desamparado de volta à poltrona. Perturbada, a pequena Jane ia e vinha conforme as ordens de Anna, trazendo sais aromáticos, conhaque, vinagre e água, e esfregando os pulsos da pobre Mary.

A srta. Mary abriu lentamente os olhos suaves. Anna mandou que a chorosa Jane saísse da sala. Ela mesma conseguiu transferir a srta. Mary para o sofá.

Nunca mais se falou sobre as cortinas azuis.

Anna vencera, e poucos dias depois a pequena Jane deu-lhe de presente um papagaio verde, em sinal de paz.

Durante mais seis anos, a pequena Jane e Anna viveram na mesma casa. Elas eram cautelosas e se respeitaram mutuamente até o fim.

Anna gostava muito do papagaio. Também adorava gatos e cavalos, mas o animal de que mais gostava era o cachorro, e de todos os cachorros preferia Baby, o primeiro presente de sua amiga, a viúva sra. Lehntman.

A viúva sra. Lehntman era o romance da vida de Anna.

Anna conheceu-a na casa de seu meio-irmão, o padeiro, que era muito amigo do falecido sr. Lehntman, dono de uma pequena mercearia.

Havia muitos anos, a sra. Lehntman trabalhava como parteira. Desde a morte do marido, passou a sustentar os dois filhos.

A sra. Lehntman era uma bela mulher. Tinha um corpo roliço, a pele bronzeada, os olhos negros muito vivos e o cabelo ondulado. Era amável, cativante, competente e bondosa. Além de muito atraente, muito generosa e muito simpática.

Tinha alguns anos a mais que a boa Anna, que logo se rendeu ao magnetismo da amiga e a seu charme envolvente.

Em seu trabalho de parteira, o que a sra. Lehntman mais gostava era de ajudar jovens moças em apuros. Ela acolhia as grávidas em sua casa e cuidava delas em segredo, até que pudessem ir para casa impunemente ou voltassem a trabalhar, e só então pagassem aos poucos pelos cuidados. Assim, a nova amiga lhe trouxe uma vida mais divertida e plena, e às vezes Anna gastava suas economias para ajudar a sra. Lehntman, nas ocasiões em que ela estava dando muito mais do que recebia.

Foi por meio da sra. Lehntman que Anna conheceu o dr. Shonjen, que a empregou quando, por fim, teve que deixar a casa da srta. Mary Wadsmith.

Nos últimos anos com a srta. Mary, a saúde de Anna piorou muito, o que voltou a se repetir dali para a frente, até o fim de sua laboriosa vida.

Anna tinha o porte mediano e era uma mulher magra, trabalhadeira e preocupada.

Sempre teve fortes dores de cabeça e agora elas eram mais frequentes e exasperantes.

Seu rosto definhou e tornou-se mais ossudo e fatigado, sua pele tingiu-se de um amarelo pálido, como costuma acontecer com mulheres que trabalham à exaustão, e o límpido azul de seus olhos ficou opaco.

Suas costas também lhe causavam problemas. Ela vivia cansada no trabalho e seu temperamento tornou-se mais difícil e irritadiço.

Às vezes a srta. Mary Wadsmith tentava convencer Anna a pensar em si própria e procurar um médico, e a pequena Jane, já transformada em uma jovem bela e doce, fazia de tudo para persuadi-la. Mas Anna teimava com a srta. Jane, pois receava ter que mudar seus hábitos. Quanto aos conselhos brandos da srta. Mary Wadsmith, sempre conseguia deixá-los pra lá.

A sra. Lehntman era a única que exercia influência sobre Anna. Foi ela que conseguiu encaminhá-la aos cuidados do dr. Shonjen.

Ninguém exceto o dr. Shonjen poderia ter feito a boa e alemã Anna parar de trabalhar e, em seguida, submeter-se a uma cirurgia, mas ele sabia bem como lidar com os pobres e os alemães. Alegre, jovial, amável, cheio de casos engraçados que apelavam sobretudo ao bom senso e à racionalidade, ele era capaz de convencer até a boa Anna a fazer coisas para o seu próprio bem.

Fazia alguns anos que Edgar já não morava mais com a família, primeiro por causa da escola, e depois do estágio preparatório para se tornar engenheiro civil. A srta. Mary e Jane prometeram viajar durante o tempo que Anna estivesse ausente, de modo que ela não precisasse trabalhar e nem arrumar uma nova criada para ocupar o seu lugar.

Assim, Anna ficou mais tranquila. Entregou-se aos cuidados da sra. Lehntman e do médico, livres para fazer o que achassem melhor a fim de torná-la novamente forte e saudável.

Anna suportou a cirurgia muito bem e foi paciente, quase dócil, durante o lento restabelecimento de suas forças. Mas, ao voltar à casa da srta. Mary, todos os benefícios dos meses de repouso se esgotaram e se tornaram inúteis.

Por todo o resto de sua laboriosa vida, Anna nunca mais ficou bem. Ela sofria de dores de cabeça o tempo todo e estava sempre magra e exausta.

Perdeu o apetite, a saúde e a força, sempre em benefício daqueles que lhe imploravam para não trabalhar tanto. Para Anna, em sua mente teimosa, leal e alemã, aquela era a atitude apropriada para uma criada.

A vida de Anna com a srta. Mary Wadsmith se encaminhava para o seu termo.

A srta. Jane, já moça-feita, ganhou o mundo. Logo ficaria noiva e se casaria, e então provavelmente a srta. Mary Wadsmith iria morar com a sobrinha.

Anna sabia que não teria lugar naquela nova casa. A srta. Jane era cautelosa, respeitosa e muito boa com ela, mas Anna nunca seria a governanta de uma casa administrada pela srta. Jane. Isso era certo, portanto os últimos dois anos com a srta. Mary não foram tão felizes quanto os anteriores.

Logo veio a mudança.

A srta. Jane ficou noiva e em poucos meses se casaria com um homem de Curden, cidade que ficava a uma hora de trem de Bridgepoint.

A pobre srta. Mary Wadsmith desconhecia a firme resolução de Anna de se demitir assim que se constituísse a nova família. Para Anna, era muito difícil falar sobre isso.

Os preparativos para o casamento prosseguiam dia e noite.

Anna trabalhava e costurava sem parar, num esforço para que tudo corresse bem.

A srta. Mary estava muito nervosa, mas satisfeita e feliz com o fato de Anna tornar tudo tão fácil para todos.

Anna trabalhava o tempo todo para esquecer a tristeza e, de certo modo, aplacar a consciência, pois não lhe parecia certo deixar a srta. Mary desse jeito. Mas o que mais ela podia fazer? Nunca seria a criada da srta. Mary em uma casa administrada pela srta. Jane.

O dia do casamento se aproximava. Por fim, chegou e passou.

O jovem casal viajou em lua de mel, e Anna e a srta. Mary ficaram encarregadas de empacotar as coisas.

A pobre Anna ainda não reunira forças para comunicar sua decisão à srta. Mary, mas era chegada a hora.

A cada segundo livre, Anna acorria à sra. Lehntman para receber conforto e conselhos. Ela pediu que a amiga estivesse presente na hora de dar a notícia à srta. Mary.

Se a sra. Lehntman não vivesse em Bridgepoint, talvez Anna tivesse tentado viver na nova casa. A sra. Lehntman não a incentivou e tampouco a aconselhou nessa direção, mas o que Anna sentia pela amiga era capaz de enfraquecer, até numa criada tão leal, a necessidade outrora irresistível de servir a srta. Mary.

Lembrem-se: a sra. Lehntman era o romance da vida de Anna.

O empacotamento havia terminado e em poucos dias a srta. Mary se mudaria para a nova casa, onde o casal aguardava sua chegada.

Por fim, Anna teve que contar.

A sra. Lehntman concordou em ir junto para ajudá-la a explicar o assunto à pobre srta. Mary.

As duas mulheres se aproximaram da srta. Mary Wadsmith, que estava sentada placidamente diante da lareira, na sala de estar vazia. A patroa já encontrara a sra. Lehntman várias vezes, portanto sua presença não despertou suspeitas.

Foi muito difícil começar.

A demissão devia ser comunicada de forma sutil. A srta. Mary não podia ficar chocada com o impacto da notícia, tampouco agitada.

Anna estava tensa e, por dentro, tremia de vergonha, ansiedade e tristeza. Mesmo a corajosa sra. Lehntman, tão competente, impulsiva e serena, além de menos envolvida no caso, sentiu-se esquisita, embaraçada e quase culpada diante daquela desamparada presença. A seu lado, fazendo-a sentir o poder daquela situação, estava a intensa convicção de Anna, esforçando-se para parecer insensível, segura e contida.

A BOA ANNA   35

"Srta. Mary" — quando Anna tinha algo a dizer, era curta e grossa —, "srta. Mary, a sra. Lehntman veio hoje comigo, pois eu gostaria de dizer que não irei com a senhora para Curden. Claro que irei ajudá-la a se estabelecer e então acho que vou voltar e ficar aqui em Bridgepoint. A senhora conhece meu irmão, ele mora na cidade com toda a família e acho que não seria certo ir morar tão longe deles, e é claro que as senhoras não vão precisar tanto de mim, srta. Mary, quando estiverem juntas em Curden."

A srta. Mary Wadsmith ficou confusa. Não entendeu o que Anna queria dizer.

"Mas, Anna, é claro que você poderá visitar o seu irmão quando quiser e eu lhe pagarei a passagem. Pensei que você soubesse disso, e também ficaremos muito felizes de receber suas sobrinhas em qualquer época do ano. Sempre haverá quartos sobrando em uma casa grande como a do sr. Goldthwaite."

Era hora de a sra. Lehntman entrar na conversa.

"A srta. Wadsmith não entendeu o que você quis dizer, Anna", ela começou. "Srta. Wadsmith, Anna sabe o quanto a senhora é boa e fala nisso o tempo todo, em como a senhora faz tudo o que pode por ela, e Anna é sempre grata e nunca quis se afastar da senhora, mas ela acha que, agora que a sra. Goldthwaite tem essa casa enorme e irá querer administrá-la do jeito dela, talvez fosse melhor se a sra. Goldthwaite contratasse novos criados desde o início, e não uma governanta como Anna, que a conhece desde pequena. É como Anna se sente, e ela me consultou e eu disse que seria melhor para todos, e que a senhora sabe que ela a adora e que foi sempre tão boa com ela, e eu também disse que a senhora entenderia que seria melhor se ela ficasse aqui em Bridgepoint, pelo menos por um tempo, até que a sra. Goldthwaite se acostumasse com o novo lar. Não é isso o que você queria dizer, Anna?"

"Oh, Anna", disse a srta. Mary Wadsmith, lentamente e com um sofrido tom de surpresa que era muito penoso para os ouvidos de Anna, "oh, Anna, nunca pensei que você quisesse me deixar depois de todos esses anos."

"Srta. Mary!", ela explodiu de forma tensa e falou aos trancos, "srta. Mary, só estou deixando a senhora porque não quero trabalhar para a srta. Jane. Sei o quanto é boa e trabalhei à exaustão para a senhora, para o sr. Edgar e para a srta. Jane também, só que a srta. Jane queria tudo diferente do que costumávamos fazer, e a senhora sabe, não consigo tê-la me vigiando o tempo todo e inventando uma coisa nova a cada minuto. Seria muito ruim, e além do mais a srta. Jane nem quer que eu vá com a senhora para a nova casa, eu sei disso. Por favor, srta. Mary, não se sinta mal e nem pense que eu quis me afastar da senhora, quando a verdade é que eu quero fazer as coisas certas, do jeito que elas devem ser."

Pobre srta. Mary. Insistir não fazia parte de seu temperamento. Anna certamente cederia se ela insistisse, mas isso era muito trabalhoso e angustiante para a pacata srta. Mary. Se Anna agia assim era porque precisava fazê--lo. A pobre srta. Mary Wadsmith suspirou, olhou melancolicamente para Anna e então desistiu.

"Faça o que achar melhor, Anna", respondeu por fim, deixando o corpo macio afundar de novo na poltrona. "Eu sinto muito e sei que a srta. Jane também vai lamentar quando souber da sua decisão. Foi gentileza da sra. Lehntman vir junto e sei que foi para o seu próprio bem. Acho que agora vocês vão querer dar uma saída. Volte dentro de uma hora, Anna, e me ajude então a ir para a cama." A srta. Mary fechou os olhos e permaneceu imóvel e tranquila diante da lareira.

As duas mulheres foram embora.

Foi assim que Anna deixou de trabalhar para a srta. Mary Wadsmith e logo passou a cuidar do dr. Shonjen.

Gerenciar a casa de um médico solteiro e jovial trouxe

novos elementos de compreensão à mente serviçal e germânica de Anna. Seus hábitos eram regulares como sempre, mas ocasionalmente uma tarefa que ela fazia com tolerância e alegria uma vez repetia-se outras e outras vezes, como levantar a altas horas da noite para cozinhar uma ceia e fritar costeletas ou frango para o dr. Shonjen e seus amigos solteiros.

Anna adorava trabalhar para homens, pois eles conseguiam comer tanto e tão alegremente. E quando estavam aquecidos e saciados, ficavam contentes e a deixavam fazer o que ela bem entendesse. Não que a consciência de Anna alguma vez relaxasse, pois, com ou sem interferência dos patrões, ela nunca deixava de economizar cada centavo e de trabalhar o dia todo. Porém, de fato, o que ela mais gostava era de ralhar. Agora ela não guiava e repreendia apenas as criadas e o homem de cor, além dos cães, gatos, cavalos e o papagaio, mas também o alegre dr. Shonjen, sempre para seu próprio bem.

O médico até gostava das broncas de Anna, assim como ela apreciava suas travessuras e seu jeito alegre e brincalhão.

Foram dias felizes para Anna.

Seu gênio singular revelou-se pela primeira vez, bem como seu senso de humor sobre as manias estranhas das pessoas, o que mais tarde a fez achar graça na submissa e rude Katy, nos modos tolos de Sally e na maldade de Peter e Rags. Ela adorava pregar peças com os esqueletos do médico, sacudindo-os e emitindo barulhos estranhos até que o negrinho tremesse da cabeça aos pés, os olhos girando em uma verdadeira agonia de pânico.

Então Anna contava a cena para o médico. Seu rosto exausto, magro, saliente e resoluto formava novas e expressivas rugas, e seus olhos azuis irradiavam de alegria quando o médico explodia em uma risada sincera. E a boa Anna, satisfeita com a coqueteria de agradar o patrão, erguia seu corpo ossudo e magro de solteirona, fazendo de tudo para que suas histórias e ela mesma o agradassem.

O jovial dr. Shonjen teve dias felizes com Anna.

Na época, ela passava o tempo livre com a sra. Lehntman. A amiga morava com os dois filhos em uma casinha no mesmo bairro do dr. Shonjen. A mais velha era uma menina chamada Julia que estava com treze anos de idade. Julia Lehntman era uma garota bastante feia, corpulenta, chata e teimosa, assim como seu gordo pai alemão. A sra. Lehntman não se ocupava muito dela, mas lhe dava tudo o que queria e deixava a garota fazer o que bem entendesse. Não fazia isso por indiferença ou desdém, era só o jeito dela.

O segundo filho era um garoto dois anos mais novo que a irmã, um sujeito amável e divertido que também fazia o que queria com seu tempo e dinheiro. Isso porque a sra. Lehntman tinha, na cabeça e em sua casa, muitas outras preocupações que consumiam seu tempo e sua atenção.

Anna achava difícil aguentar tamanho desleixo e negligência na administração da casa, além da indiferença da mãe em educar os filhos. É claro que ela fazia o possível para repreendê-la, para economizar em benefício da sra. Lehntman e colocar as coisas em seu devido lugar.

Desde o início, quando Anna se rendeu aos encantos da charmosa sra. Lehntman, a casa da amiga a incomodava, já que sempre parecia carente de arrumação. Agora que as crianças cresciam e ganhavam maior importância dentro do lar e agora que a longa intimidade tinha varrido o seu deslumbramento, ela passou a lutar para colocar as coisas no lugar que julgava certo.

Naqueles dias, ela vigiava a jovem Julia e ralhava sem parar para que a menina agisse corretamente. Não que Julia Lehntman fosse agradável aos olhos da boa Anna, mas não era certo que uma garota crescesse sem alguém para lhe ensinar a agir corretamente.

O garoto era mais fácil de repreender, já que as broncas nunca eram levadas tão a sério; na verdade ele até gostava delas, pois com elas vinham também novas coisas para comer, provocações espirituosas e boas risadas.

Julia, a garota, ficava muito aborrecida com as reprimendas e muitas vezes levava a melhor; afinal de contas a srta. Annie não era da família e não tinha por que se meter na vida deles, causando brigas o tempo todo. Não adiantava apelar para a mãe. Era incrível como a sra. Lehntman conseguia escutar sem de fato ouvir, como conseguia responder sem decidir, como conseguia fazer o que lhe pediam e, ao mesmo tempo, manter as coisas exatamente iguais.

Um dia, a situação beirou o insuportável, mesmo para a amizade de Anna.

"Oi, Julia, sua mãe saiu?", ela perguntou em uma ensolarada tarde de domingo, ao entrar na casa dos Lehntman.

Anna estava muito elegante. Sempre fora criteriosa com o que vestia e usava as roupas novas com parcimônia. Na folga dos domingos, cumpria seu próprio ideal de como uma criada devia se vestir. Anna sabia muito bem o nível de desleixo apropriado para cada classe social.

Era interessante perceber que, ao comprar roupas para a srta. Wadsmith e, mais tarde, para a sua querida srta. Mathilda, roupas que sempre atendiam seu próprio gosto e que às vezes eram mais baratas do que as que ela comprava para si mesma ou para os amigos, Anna escolhia as apropriadas para uma dama de alta classe, e, para os demais, levava as que tinham uma feiura singular que chamamos de alemã. Anna conhecia as melhores roupas para cada nível, e nunca, no decorrer de sua laboriosa vida, comprometeu sua noção daquilo que era apropriado para uma criada vestir.

Naquela tarde ensolarada de domingo, Anna foi aos Lehntman trajada com um novo corpete de seda castanha, atado por uma fita larga preta repleta de miçangas, uma saia escura e um chapéu de palha robusto, preto e brilhante, adornado por laços coloridos e um pássaro. Vestia luvas novas e trazia um boá emplumado em torno do pescoço.

O rosto exausto e o corpo desengonçado, franzino e magro, embora iluminados pelo ameno sol de verão, formavam um estranho contraste com o brilho de suas roupas.

Ao chegar à casa dos Lehntman, que não frequentava havia alguns dias, Anna abriu a porta, que vivia destrancada, como nas demais casas de classe média baixa do Sul, e encontrou Julia sozinha na sala de estar.

"Oi, Julia, onde está a sua mãe?", ela perguntou. "Mamãe deu uma saída, mas entre, srta. Annie, e venha conhecer o nosso novo irmão." "Que bobagem é essa, Julia?", indagou Anna, sentando-se. "Não estou falando bobagem, srta. Annie. Você não sabia que a mamãe acabou de adotar um bebê muito fofinho?" "Você está batendo os pinos, Julia; devia pensar melhor antes de ir falando essas coisas." A menina pareceu aborrecer-se. "Certo, srta. Annie, não precisa acreditar no que eu digo, mas o bebê está na cozinha e a mamãe vai contar tudinho quando chegar."

Parecia inacreditável, mas Julia tinha um ar de sinceridade, e a sra. Lehntman era capaz de fazer coisas muito estranhas. Anna perturbou-se. "Que é que você quer dizer com isso, Julia?", perguntou. "Nada não, srta. Annie, se você não acredita que o bebê está lá dentro, pode ir ver com os próprios olhos."

Anna foi até a cozinha. Lá havia um bebê, e parecia ser um robusto menino. Ele dormia profundamente numa cesta encostada junto à porta aberta.

"Entendi, sua mãe concordou que ele ficasse aqui por um tempo", disse Anna a Julia, que tinha seguido a criada até a cozinha só para ver sua confusão. "Não é isso não, srta. Annie. A mãe é uma garota chamada Lily, que veio do interior para trabalhar na casa dos Bishop e não

A BOA ANNA 41

queria a criança, daí a mamãe gostou tanto do menino que disse que ia ficar com ele e adotá-lo."

Dessa vez, Anna emudeceu totalmente de espanto e raiva. Alguém bateu a porta da frente.

"É a mamãe", gritou Julia em seu triunfo apreensivo, já que ainda não tinha decidido de que lado estava. "É a mamãe, pergunte para ela se eu não estou falando a verdade."

A sra. Lehntman entrou na cozinha onde elas estavam. Parecia meiga, impessoal e amável, como de costume. Ainda assim, por trás da atitude habitual, responsável por seu sucesso como parteira, erguia-se um inquieto sentimento de culpa, pois, como todos os que conheciam a boa Anna, a sra. Lehntman temia sua personalidade forte, seus julgamentos vigorosos e a ferocidade amarga de sua língua.

Era fácil perceber que, nos seis anos que passaram juntas, Anna assumira gradualmente o comando da relação. Não de maneira óbvia, é claro, pois a sra. Lehntman nunca se deixaria comandar, era muito sinuosa em seus planos; mas Anna passou a dar a palavra final sempre que descobria o que a sra. Lehntman pretendia fazer, antes que o fizesse. Agora era difícil saber quem venceria. A sra. Lehntman tinha a mente surda e um jeito alegre e disperso de prestar atenção, e além disso tinha a seu favor o fato de que, afinal, a coisa já estava feita.

Como sempre, Anna estava determinada a fazer o certo. Permanecia paralisada e pálida de raiva, de nervosismo e de medo, e passou a tremer, como fazia quando uma dura batalha estava próxima.

Ao entrar na cozinha, a sra. Lehntman estava tranquila e amável. Anna continuava paralisada, muda e muito branca.

"Há quanto tempo não nos vemos", começou cordialmente a sra. Lehntman. "Já estava ficando preocupada, achei que você estava doente. Nossa! Mas que calor.

Venha para a sala, Anna, e Julia irá nos trazer um chá gelado."

Em um silêncio mortal, Anna seguiu a sra. Lehntman até o outro cômodo, e, chegando lá, não se sentou, como a amiga havia sugerido.

Como sempre, quando Anna tinha algo a dizer, era curta e grossa. Foi difícil respirar: todas as palavras vieram num só jorro.

"Sra. Lehntman, sei que não é verdade o que a Julia me disse sobre a senhora adotar o menino da Lily. Acho um absurdo ela sair falando essas coisas."

O nervosismo de Anna acabou por prejudicar sua respiração e fez as palavras jorrarem de forma pungente. Já os sentimentos da sra. Lehntman lhe deram fôlego, e as palavras saíram lentas, embora mais tranquilas do que antes.

"Mas, Anna", ela começou, "você sabe que Lily não pode ficar com o menino, pois agora trabalha na casa dos Bishop, e ele é um camaradinha tão fofo e querido, e você sabe como eu gosto de crianças, daí achei que seria bom para Julia e Willie ganhar um irmãozinho. Você sabe que Julia gosta de brincar com bebês e afinal eu passo tanto tempo fora de casa, e Willie fica o tempo inteiro na rua, e, sabe, um bebê seria uma espécie de companhia para Julia, você mesma disse, Anna, que Julia não devia passar tanto tempo na rua e então o bebê seria perfeito para mantê-la dentro de casa."

A cada segundo, Anna empalidecia cada vez mais de indignação e calor.

"Sra. Lehntman, não vejo por que adotar um outro filho, quando a senhora não consegue sequer manter na linha a Julia e o Willie, que já estavam aqui antes. Veja a Julia, ninguém consegue mandá-la fazer nada quando eu não estou por aqui, e quem vai obrigá-la a fazer qualquer coisa pelo bebê? Ela não tem qualquer noção de como cuidar de crianças, a senhora passa o dia todo fora e não tem tempo nem para os seus próprios filhos, e agora quer cuidar dos filhos dos outros. Eu sabia que a senhora era negligente, sra. Lehntman, mas não imaginava que faria isso. Não, sra. Lehntman, não é sua obrigação cuidar de mais ninguém quando a senhora já tem dois filhos que precisam se virar como podem, e a senhora sabe que não tem dinheiro suficiente e é tão desleixada e esbanja tudo, enquanto Julia e Willie vão crescendo. Isso não é certo, sra. Lehntman."

Foi a pior coisa. Anna nunca fora sincera com a amiga. Agora a crítica era cruel demais para que a sra. Lehntman se permitisse escutá-la. Se ela realmente levasse a sério essas palavras, nunca mais convidaria Anna para ir à sua casa, e ela gostava muito de Anna, além de depender de suas economias e de seu vigor. Além disso, a sra. Lehntman nunca absorvia ideias cruéis. Era muito dispersa para captar qualquer pontada aguda de severidade.

Portanto, deu um jeito de entender as palavras de uma forma que a fez responder: "Mas, Anna, acho que você leva muito a sério aquilo que as crianças fazem a cada segundo do dia. Julia e Willie são bonzinhos e brincam com as crianças mais comportadas do bairro. Se você tivesse filhos, Anna, veria que não faz mal deixá-los fazer algumas coisas sozinhos, e Julia gosta tanto desse bebê, um docinho de menino, seria terrível mandá-lo para o orfanato agora, você sabe que seria, Anna, você mesma gosta tanto de crianças e é tão boa com o meu Willie. Não, Anna! É muito fácil dizer que eu devo despachar esse pobre bebezinho para um orfanato quando eu posso muito bem ficar aqui com ele, e você sabe, Anna, que você mesma não o abandonaria, não mesmo, embora me trate de maneira tão dura. — Nossa, mas que calor. — Cadê o chá gelado, Julia? A srta. Annie está esperando".

Julia trouxe o chá gelado. Estava tão alvoroçada com a conversa que ouvira da cozinha que acabou derramando um pouco na bandeja. Mas estava tudo sob controle, pois Anna sentiu que ela precisava de ajuda e surgiu subitamente com suas mãos ossudas e esquisitas, então adornadas com um novo anel — aquelas mãos bobas e idiotas que faziam tudo errado.

"Pronto, srta. Annie", disse Julia, "aqui está o seu copo de chá, sei que você gosta bem forte."

"Não, Julia, não quero chá gelado. Sua mãe não tem condições de gastar dinheiro com chá gelado para as visitas. Não é certo, e ela não vai mais fazer isso. Agora vou ver a sra. Drehten. Ela trabalha duro e adoeceu de tanto cuidar dos filhos. Hoje, vou visitá-la. Adeus, sra. Lehntman, espero que a senhora não tenha má sorte ao fazer o que não devia."

"Nossa, a srta. Annie está mesmo zangada", disse Julia, sentindo a casa estremecer quando a boa Anna bateu a porta com força.

Já fazia alguns meses que Anna era amiga da sra. Drehten.

A sra. Drehten tinha tratado um tumor com o dr. Shonjen. Ao longo das consultas, ela e Anna aprenderam a gostar uma da outra. Não havia fervor naquela amizade, era apenas uma troca entre duas mulheres trabalhadeiras e preocupadas; uma delas grande e maternal, dona de um rosto amável, paciente, suave, exausto e tolerante, obra de um marido alemão autoritário e de sete robustos filhos para criar e aguentar, e a outra era a boa Anna com seu corpo magro de solteirona, as mandíbulas fortes, os olhos claros expressivos e o rosto exausto, magro e pálido.

A sra. Drehten tinha uma vida paciente, humilde e incansável. Seu marido era um honesto e decente cervejeiro que tendia a beber demais, de modo que às vezes se tornava rabugento, mesquinho e desagradável.

A família de sete filhos consistia em quatro rapazes robustos, alegres e amorosos, e três moças obedientes e trabalhadeiras.

Anna aprovava aquele tipo de vida em família e também era muito querida entre eles. Como uma boa mulher alemã, reconhecia a soberania do homem, portanto era dócil ao pai rabugento e raramente o tratava de forma severa. Para a mãe grande, exausta, paciente e adoentada, Anna era uma ouvinte compreensiva, sábia nos conselhos e eficiente na ajuda. Os jovens também gostavam dela. Os rapazes a provocavam o tempo todo e urravam de alegria quando Anna lhes devolvia as provocações com respostas rápidas e certeiras. Já as moças eram tão boazinhas que só tomavam broncas a título de bons conselhos, logo mitigadas por novos enfeites para seus chapéus, laços e às vezes, nos aniversários, algumas bijuterias.

Foi para lá que Anna acorreu em busca de conforto depois do penoso golpe na casa de sua amiga, a viúva sra. Lehntman. Não que Anna fosse contar tudo para a sra. Drehten. Nunca confessaria a mágoa decorrente daquela afeição ideal. Seu caso com a sra. Lehntman era sagrado e doloroso demais para ser revelado. Mas lá, naquela enorme casa, em meio ao movimento e à variedade de acontecimentos, ela podia silenciar o mal-estar e a dor de sua mágoa.

Os Drehten viviam no campo, em uma dessas feias casas de madeira que se enfileiram nos subúrbios das grandes cidades.

O pai e os rapazes trabalhavam na fabricação de cerveja, e a mãe e as moças limpavam, costuravam e cozinhavam.

Aos domingos, eles tomavam banho e recendiam a sabão de cozinha. Os rapazes, em suas roupas de domingo, vadiavam pela casa ou pelos arredores, e nos dias especiais organizavam piqueniques com as namoradas. As moças, em suas roupas espalhafatosas e coloridas, passavam o dia todo na igreja e depois saíam para passear com as amigas.

Eles se reuniam para o jantar, e Anna era mais que bem-vinda naquela alegre ceia dominical que os alemães tanto apreciam. Ali, Anna e os rapazes se divertiam com provocações e risadas barulhentas, enquanto as moças faziam a comida e serviam à mesa, a mãe amava a todos o tempo inteiro e o pai por vezes interrompia a conversa com palavras desagradáveis que levavam a um clima chato, mas que todos aprenderam a ignorar como se nada tivesse sido dito.

Foi para o conforto dessa casa que Anna acorreu naquela tarde de verão, depois de deixar a sra. Lehntman e seu jeito negligente.

A casa dos Drehten estava toda escancarada. Não havia ninguém, além da sra. Drehten descansando ao ar livre em sua cadeira de balanço, aproveitando o delicioso ar de verão.

Anna vinha de uma árdua caminhada desde o ponto do bonde.

Foi à cozinha em busca de algo refrescante para beber, depois saiu e sentou-se nos degraus, próxima à sra. Drehten.

A raiva de Anna tinha se desfeito e dera lugar a uma profunda tristeza. Mas com a conversa paciente, amigável e maternal da sra. Drehten, a tristeza foi logo substituída por resignação e tranquilidade.

Com o cair da noite, os jovens foram chegando, um a um. Logo teve início o alegre jantar dominical.

Os meses de amizade com a sra. Drehten não foram inteiramente felizes, pois Anna teve problemas com a família de seu meio-irmão, o padeiro gordo.

O padeiro gordo era um homem estranho. Era uma criatura enorme e desajeitada, um sujeito rechonchudo quase incapaz de andar, devido a seu enorme peso e às veias saltadas e estouradas das pernas. Já não tentava mais caminhar como antes. Ficava sentado, apoiado em sua grossa bengala, a observar os funcionários trabalhando.

Nos feriados e em certos domingos, ele saía com sua carroça de padeiro. Visitava todos os clientes e lhes dava um pedaço grande de pão doce com uvas-passas. Em cada uma das casas, após muitas arfadas e gemidos, descia seu corpo da carroça e mostrava suas belas feições, os cabelos negros e o rosto achatado e bondoso, que brilhava de suor, de orgulho e generosidade. A cada parada ele mancava com a ajuda de sua bengala e se dirigia à cadeira mais próxima na cozinha ou na sala de estar, conforme a disposição dos cômodos da casa, e lá se sentava e resfolegava, para em seguida oferecer à dona da casa ou ao cozinheiro o pão germânico de uvas-passas que o filho lhe entregava.

Anna jamais fora sua cliente. Morava longe da padaria, mas mesmo assim ele nunca se esquecia da irmã na distribuição e lhe entregava pessoalmente o pão festivo.

Anna gostava muito do meio-irmão. Não o conhecia direito, já que ele quase nunca falava, e muito menos com mulheres, mas lhe parecia honesto e bondoso, e nunca tentou interferir na vida de Anna. Além disso, Anna adorava os pães de passas; no verão, ela e a outra criada viviam deles, sem precisar gastar o dinheiro da casa com pães todos os dias.

Mas, com os outros membros da família do irmão, as coisas não eram tão simples.

A família era formada por ele, a esposa e os dois filhos.

Anna jamais gostou da cunhada.

A filha mais nova foi batizada com o nome da tia.

Anna jamais gostou da cunhada. Ela era boa com Anna e nunca interferia em sua vida, mostrava-se feliz em vê-la e se esforçava para tornar suas visitas agradáveis, mas, apesar de tudo, Anna não simpatizava com ela.

Também não gostava das sobrinhas. Jamais ralhara com elas e nem tentara guiá-las para o bom caminho. Nunca criticara ou se metera na administração da casa de seu meio-irmão.

A sra. Federner era uma mulher bela e próspera, talvez um pouco dura e fria, mas procurava ser amável e bondosa. As filhas eram bem-educadas, caladas, obedientes e elegantes, e ainda assim Anna não gostava delas, nem da mãe ou de seus hábitos.

Foi naquela casa que Anna conheceu sua futura amiga, a viúva sra. Lehntman.

Aparentemente, os Federner não levavam a mal a conduta de Anna, sua devoção à amiga e os cuidados com ela e as crianças. O sentimento entre ambas era grande demais para ser alvo de ataques. Mas a sra. Federner tinha uma mente e uma língua que tudo denegriam. Não completamente, é claro, mas bastava para provocar irritação e suscitar alguns boatos. De certo modo, ela conseguia enfear o rosto do próprio Criador, e assim o fazia com os amigos, embora sem a intenção de interferir.

Era verdade que a sra. Federner não se envolvia com a sra. Lehntman, mas a amizade de Anna com os Drehten era outra história.

Por que motivo deveria a sra. Drehten, aquela pobre e humilde esposa de um reles funcionário de cervejaria que bebia demais e não era um próspero e decente alemão, por que motivo deveria a sra. Drehten e suas filhas feias e esquisitas ganhar presentes da irmã de seu marido, quando ele sempre fora tão bom com Anna e até batizara uma das filhas com o nome dela, e esses Drehten eram uns completos desconhecidos que nunca lhe dariam nada em troca? Aquilo não era certo.

A sra. Federner não dizia diretamente essas coisas à irmã teimosa e explosiva do marido, mas não perdia uma chance de mostrar a Anna o que pensava.

Era fácil denegrir todos os Drehten e sua pobreza, a bebedeira do marido, os quatro filhos gordos e preguiçosos, as filhas feias e esquisitas que se vestiam com a ajuda de Anna e que tentavam parecer tão chiques, e por fim a pobre, fraca e adoentada mãe, tão fácil de humilhar com vastas doses de piedade arrogante.

Anna ficava impotente diante das ofensivas da sra. Federner, que sempre terminavam com: "E você é tão boa com eles, Anna, o tempo todo. Não acho que iriam para a frente se você não os ajudasse dia e noite, mas você é tão boa, Anna, e tem um coração sensível igualzinho ao seu irmão, e eu sei que você daria tudo o que tem se alguém lhe pedisse, e isso é vergonhoso quando essas pessoas não são nem nossos parentes. Pobre sra. Drehten, ela é uma mulher muito boa. Pobrezinha, deve ser dificílimo ter que aceitar esmolas de estranhos e ver o marido gastar tudo em bebida. Ontem mesmo eu disse à sra. Lehntman: não há ninguém no mundo de quem eu sinta mais pena, e é muito nobre da sua parte ajudá-la o tempo todo".

Tudo isso significava um relógio de ouro e uma corrente de aniversário para a afilhada, que fazia anos no mês seguinte, e um novo guarda-chuva para a irmã mais velha. Pobre Anna, nem gostava muito dos parentes e eles eram a única família que tinha.

A sra. Lehntman nunca participava desses ataques. Ela era tagarela e descuidada, mas jamais usou isso em benefício próprio e, além do mais, confiava tanto na amizade de Anna que não tinha ciúmes de suas outras amigas.

Durante esse tempo todo, Anna levava uma vida feliz com o dr. Shonjen. Passava os dias muito ocupada. Cozinhava, economizava, costurava, esfregava e ralhava. E todas as noites ficava feliz ao ver o médico apreciar as boas coisas que ela cozinhara ou comprara a um preço tão baixo. E então ele ouvia atentamente e dava altas risadas quando ela lhe contava os incidentes do dia.

O médico também gostava cada vez mais da vida com Anna, e, nesses cinco anos, aumentou várias vezes seu salário.

Anna estava satisfeita com o que tinha e era muito grata por tudo o que o médico fazia por ela.

De modo que sua vida de servidão e dedicação prosseguiu, com suas alegrias e tristezas.

A adoção do menino não pôs fim à amizade de Anna com a viúva sra. Lehntman. Nem a boa Anna nem a desleixada viúva renunciariam à companhia uma da outra, exceto por um motivo muito grave.

A sra. Lehntman era o único romance da vida de Anna. Um certo brilho cativante no modo de ser e de agir fazia dela uma mulher que as outras mulheres amavam. Também era generosa, boa e honesta, embora fosse tão negligente. Acima de tudo, confiava em Anna e gostava mais dela do que das outras amigas, e Anna percebia claramente essa predileção.

Não, Anna não podia desistir da sra. Lehntman, e logo estava novamente ocupada em ensinar Julia a cuidar do pequeno Johnny.

Àquela altura, novos planos estavam sendo urdidos na cabeça da sra. Lehntman, e Anna precisava escutá-los e cuidar para que funcionassem.

Em seu trabalho de parteira, o que a sra. Lehntman mais gostava era de ajudar jovens moças em apuros. Ela acolhia as grávidas até que pudessem voltar para casa ou para o trabalho, e só então pagassem aos poucos pelos cuidados.

Anna ajudava a amiga a fazer isso, pois, como todas as boas mulheres decentes e pobres, lamentava que essas garotas não recebessem ajuda — não as que eram realmente malvadas, é claro, essas ela condenava e odiava abertamente, mas as garotas honestas, boas, decentes, trabalhadeiras e tolas que se encontravam em apuros.

Por elas, Anna gostava de ceder seu dinheiro e seu vigor.

Um dia, a sra. Lehntman decidiu que valia a pena alugar um casarão para acolher as jovens e trabalhar em grande estilo.

Anna não gostou do plano.

Ela nunca fora ousada. Economize e você terá o dinheiro que economizou, era tudo o que sabia.

Não que a boa Anna tivesse alguma coisa de seu.

Ela economizara, economizara e economizara, mas aqui e ali, para isso e aquilo, para uma amiga em apuros ou para outra na alegria, na doença, na morte e em casamentos, ou para fazer os jovens felizes, ele se foi — o suado dinheiro que ela poupara.

Anna não conseguia imaginar como a sra. Lehntman poderia ganhar dinheiro com o casarão, quando não conseguia um mínimo de lucro sequer naquela casinha onde acolhia as jovens — e em uma casa maior haveria muito mais despesas.

Era difícil para a boa Anna enxergar claramente essas coisas. Um dia, ela foi à casa dos Lehntman. "Anna", disse a sra. Lehntman, "sabe aquele belo casarão que vimos na esquina? Ontem eu o aluguei por um ano. Paguei à vista, sabe, para poder usá-lo imediatamente, e agora você já pode arrumá-lo como quiser. Deixarei você fazer o que quiser."

Anna sabia que era tarde demais. Mesmo assim: "Mas, sra. Lehntman, a senhora disse que não alugaria outra casa, foi o que me disse na semana passada. Oh, sra. Lehntman, não imaginava que a senhora faria isso!".

Anna sabia muito bem que era tarde demais.

"Eu sei, Anna, mas é uma casa tão boa, sabe, uma casa perfeita, e havia outros interessados e você disse que era o lugar ideal, e se eu não alugasse, os outros disseram que iriam, e eu queria consultar você mas não havia tempo, é sério, Anna, não vou precisar de tanta ajuda, sei que tudo vai ficar bem. Só preciso de um pouco para começar e para reformar a casa, só isso, e sei que tudo vai ficar realmente bem. Espere só e você vai ver, eu deixarei reformá-la como quiser, vai ficar bem bonita porque você tem tanto jeito para essas coisas. Será um ótimo lugar. Você vai ver se eu não tenho razão."

É claro que Anna cedeu o dinheiro, embora não acreditasse que aquilo fora o certo. Não, aquilo era muito errado: a sra. Lehntman nunca conseguiria fazer a casa dar lucro e seria muito caro mantê-la. Mas o que nossa pobre Anna podia fazer? Lembrem-se que a sra. Lehntman era o único romance da vida de Anna.

Agora, o controle de Anna sobre o que era feito na casa da sra. Lehntman não era tão forte como antes da chegada do pequeno Johnny. Para a criada, foi uma derrota. Não houve luta final, mas a sra. Lehntman certamente vencera.

A sra. Lehntman precisava de Anna tanto quanto Anna precisava da sra. Lehntman, mas esta última estava muito mais disposta a arriscar uma perda, de modo que o controle da boa Anna enfraquecia cada vez mais.

Na amizade, o poder sempre diminui. O controle de uma pessoa aumenta até que vem o momento em que ela não vence mais, embora não chegue a perder, e quando a vitória não é mais certa, o poder lentamente enfraquece. Apenas em uma relação mais íntima, como o casamento, essa influência pode aumentar e se fortalecer com o tempo, sem declinar. Só quando não há meio de escapar.

A amizade é feita de concessões. Há sempre o perigo da ruptura ou de surgir um poder maior. A influência é uma marcha constante apenas quando não se corre o risco de separações.

Anna gostava muito da sra. Lehntman e a sra. Lehntman precisava de Anna, mas há sempre outras formas de agir, e se Anna já desistira uma vez, então o que a sra. Lehntman poderia temer?

Não: a boa Anna foi mais forte até o instante em que travou uma batalha aberta. Agora a sra. Lehntman podia resistir por mais tempo. Ela também sabia que Anna tinha um coração sensível e nunca deixaria de fazer o possível por quem precisasse de ajuda. Pobre Anna, não tinha forças para dizer não.

E, além do mais, a sra. Lehntman era o único romance da vida de Anna. O romance é necessário, e é muito triste viver sem ele.

Portanto a boa Anna gastou todas as suas economias nessa casa, embora soubesse que a amiga estava agindo de forma errada.

Por algum tempo, ambas ficaram ocupadas com a reforma. O processo engoliu todas as economias de Anna, já que, quando ela começava a fazer alguma coisa, não podia abandoná-la até que estivesse pronta para funcionar perfeitamente.

De algum modo, agora era Anna que se interessava pela casa. Após a compra, a sra. Lehntman parecia desanimada, desinteressada, apreensiva em pensamentos e inquieta no modo de agir, e ainda mais dispersa do que antes. Ela era boa com todos naquela casa e os deixava fazer o que achassem melhor.

Anna não deixou de perceber que a amiga tinha alguma coisa nova em mente. O que estaria perturbando tanto a sra. Lehntman? Esta dizia que era coisa da cabeça de Anna. Já não tinha mais nenhum problema. Todos eram tão bons e tudo era ótimo na nova casa. Mas com certeza havia algo de errado.

Anna ouviu muitas especulações da esposa de seu meio-irmão, a ferina sra. Federner.

Em meio à nuvem de poeira, ao trabalho e à reforma da nova casa, em meio à mente perturbada da sra. Lehntman e às insinuações maldosas da sra. Federner, surgiu diante dos olhos de Anna a figura de um homem, um novo médico que a sra. Lehntman conhecia.

Anna jamais encontrara o homem, mas ouvia falar dele com certa frequência. Não de sua amiga, a viúva sra. Lehntman. Esta o envolvia num mistério que Anna não tinha forças para desvendar.

A sra. Federner fazia maldosas insinuações e fornecia pistas desagradáveis. Mesmo a boa sra. Drehten chegou a tocar nesse assunto.

A sra. Lehntman jamais falava sobre o novo médico, a menos que não pudesse evitá-lo. Aquilo era mais misterioso, difícil e desagradável do que Anna podia suportar.

Os problemas de Anna vieram todos ao mesmo tempo. Na casa da sra. Lehntman erguia-se a sombra de um homem sinistro e proibido, misterioso e talvez perverso. Na casa do dr. Shonjen surgiam sinais de interesse do médico por uma mulher.

Foi o que a sra. Federner contou à pobre Anna. O médico certamente se casaria em breve, já que gostava de frequentar a casa do sr. Weingartner, onde havia uma moça que, como todos sabiam, amava o médico.

Naqueles dias, a sala de estar da casa de seu meio-irmão era a câmara de torturas de Anna. E o pior é que as palavras da cunhada faziam sentido. O médico certamente estava à beira de um casamento, e a sra. Lehntman agia de forma muito estranha.

Pobre Anna. Terríveis foram aqueles dias e muito ela sofreu.

O problema com o médico foi o primeiro a se resolver. Era verdade que ele estava noivo e que se casaria em breve. Ele mesmo contou a Anna.

E agora, o que faria a boa Anna? É claro que o dr. Shonjen queria que ela ficasse. Anna se aborrecia com todos esses problemas. Sabia que seria difícil permanecer na casa do médico quando ele se casasse, mas no momento não tinha forças para fincar o pé e ir embora. Por fim, disse que tentaria ficar.

O médico logo se casou. Para a ocasião, Anna deixou a casa muito bela e limpa, e realmente queria ficar. Mas esse desejo não durou muito tempo.

A sra. Shonjen era uma mulher arrogante e desagradável. Exigia serviço e atenção constantes, e nunca dizia uma só palavra de agradecimento. Logo os antigos empregados da casa foram embora. Anna abordou o médico e explicou a situação. Contou o que os criados achavam de sua nova esposa. Anna se despediu tristemente e foi embora.

Agora ela não sabia o que fazer. Podia ir a Curden e voltar para a srta. Mary Wadsmith, que sempre escrevia para lhe dizer o quanto precisava dela, mas Anna ainda temia o gênio intrometido da srta. Jane. Além disso, não podia fugir de Bridgepoint e da sra. Lehntman, por mais que as coisas estivessem ruins por lá.

Anna ouviu falar da srta. Mathilda por intermédio de um dos amigos do médico, mas não tinha certeza se queria aquele emprego. Não lhe parecia boa ideia voltar a trabalhar para uma mulher. Embora tivesse gostado muito de cuidar da srta. Mary, Anna sabia que a maioria das mulheres não era assim.

A maioria das mulheres tinha o gênio intrometido.

Anna ouviu dizer que a srta. Mathilda era uma mulher grande, talvez não tão gorda como a srta. Mary, mas ainda assim muito larga, e a boa Anna gostava que fosse assim. Não apreciava mulheres pequenas, magras e ativas, sempre à espreita e sempre se intrometendo.

Anna não conseguia decidir o que fazer. Podia costurar e viver disso, mas não gostava tanto dessa ocupação.

A sra. Lehntman encorajou-a para que aceitasse a vaga na casa da srta. Mathilda. Tinha certeza de que seria a melhor decisão. A boa Anna não tinha certeza.

"Bem, Anna", disse a sra. Lehntman, "já sei o que podemos fazer. Vou levar você a uma mulher que lê a sorte, e talvez ela nos dê uma dica do que você deve fazer."

Não era certo consultar uma mulher que lê a sorte. Anna era católica fervorosa do sul da Alemanha e os padres diziam que era errado fazer esse tipo de coisa. Mas o que mais a boa Anna podia fazer? Estava tão confusa e perturbada que tudo lhe parecia errado, embora ela tentasse fazer o melhor possível. "Certo, sra. Lehntman", disse Anna, por fim, "acho que vou com você."

Essa mulher que lia a sorte era uma médium que morava no bairro pobre da cidade. A sra. Lehntman e a boa Anna foram consultá-la.

Foi a própria médium quem abriu a porta. Era uma mulher suja e desleixada, com os cabelos oleosos e um modo de agir muito persuasivo e calculado.

A mulher convidou-as a entrar.

A porta da rua dava em uma sala de visitas, como em todas as casinhas do Sul. Um carpete grosso e florido revestia o chão da sala, que estava coberta de empoeiradas bugigangas artesanais. Algumas pendiam da parede, outras estavam sobre as poltronas e nas costas das cadeiras, outras nas mesas e naqueles móveis coloniais que os pobres adoram. Por toda parte havia coisas frágeis. Muitas delas já estavam quebradas, e o lugar estava imundo e atulhado.

Nenhuma médium trabalha na sala. É na sala de jantar que elas entram em transe.

Nesse tipo de casa, a sala de jantar se converte, no inverno, em sala de estar. Possui, no centro, uma mesa redonda engordurada após inúmeras refeições e uma toalha de lã, pois, embora esta devesse ser removida, era mais fácil estender uma toalha por cima da sujeira do que cobrir a mesa com um desejável mantel. As cadeiras estofadas são escuras, puídas e sujas. O tapete é encardido por causa da comida que cai da mesa, da sujeira que se desprende dos sapatos e da poeira que se assenta com os anos. O papel de parede esverdeado adquire uma deplorável cor cinza de sujeira, e por toda parte há um cheiro de sopa de cebola e de pedaços de carne.

A médium conduziu a sra. Lehntman e Anna para essa sala de jantar, depois de perguntar o que elas queriam. As três sentaram-se à mesa e a médium entrou em transe.

Primeiro ela fechou os olhos e então os abriu amplamente e de forma inerte. Respirou profundamente diversas vezes, engasgou-se outras tantas e engoliu com dificuldade. De vez em quando, sacudia a mão, e começou a falar em um tom lento e monótono.

"Eu vejo — eu vejo — não me sufoquem assim —, eu vejo — eu vejo — muitas formas diferentes — não me sufoquem assim — eu vejo — eu vejo — você está pensando numa coisa — você não sabe se quer fazê-la agora. Eu vejo — eu vejo — não me sufoquem assim — eu vejo — eu vejo — você está em dúvida —, eu vejo —

eu vejo — uma casa cercada de árvores — está escuro — já é noite — eu vejo — eu vejo — você entra na casa — eu vejo — eu vejo você sair — tudo vai ficar bem — vá e faça — faça o que você não tem certeza — vai dar tudo certo — é o melhor e você deve fazer isso já."

Ela parou, arfou, rolou os olhos, engoliu com força e então voltou à sua personalidade suja e amena.

"E então, o espírito lhe disse o que você queria saber?", perguntou. A sra. Lehntman respondeu que sim, era exatamente o que sua amiga precisava tanto saber. Anna não se sentia bem naquela casa, com toda a superstição, o medo dos padres e a repugnância de tanta sujeira e gordura, mas ficou muito satisfeita porque agora sabia o que devia fazer.

Anna pagou a mulher e elas foram embora.

"Viu, Anna, eu não disse? O espírito concorda comigo. Você tem que aceitar a vaga na srta. Mathilda, é o que deve fazer agora. Hoje à noite, vamos sair para ver onde ela mora. Viu como foi bom, Anna, eu ter trazido você aqui para descobrir o que fazer?"

Naquela noite, a sra. Lehntman e Anna foram procurar a srta. Mathilda. Ela se hospedara temporariamente na casa de uma amiga, um lugar cercado de árvores. Mas não estava lá para conversar com Anna.

Se não fosse noite, se não estivesse tão escuro, se aquela casa não fosse cercada de árvores, se Anna não tivesse entrado e saído exatamente como a mulher previu, se tudo não tivesse sido como a médium descreveu, a boa Anna jamais teria aceitado a vaga na casa da srta. Mathilda.

Anna não conheceu a srta. Mathilda e não gostou da amiga que agira em seu lugar.

Essa amiga era uma mulher morena, doce e maternal, muito fácil de agradar e muito boa para os próprios criados, mas ao agir em nome da jovem amiga, a desleixada srta. Mathilda, sentia que precisava examinar Anna com cuidado, ver se tudo estava certo e se ela faria o melhor possível. Inquiriu Anna sobre seus métodos e intenções e quanto gastaria, com que frequência saía de casa e se sabia lavar, cozinhar e costurar.

A boa Anna cerrou os dentes para suportar tudo isso e não respondeu quase nada. A sra. Lehntman fez com que tudo corresse razoavelmente bem.

A boa Anna estava exaltada de raiva, e a amiga da srta. Mathilda não achou que ela fosse servir.

No entanto, a srta. Mathilda queria que ela começasse logo e, quanto a Anna, sabia que a médium assim o previra. A sra. Lehntman também tinha certeza e disse que era o melhor para Anna fazer agora. Então a criada, por fim, mandou um recado para a srta. Mathilda dizendo que, se a patroa quisesse, ela poderia tentar.

Então Anna começou uma nova vida tomando conta da srta. Mathilda.

Anna arrumou a casinha de tijolos vermelhos onde a srta. Mathilda iria morar e tornou-a muito limpa e encantadora. Trouxe sua cadela Baby e o papagaio. Contratou Lizzie como ajudante, e logo todos estavam plenamente satisfeitos — ou nem tanto, pois a srta. Mathilda não gostava dos berros do papagaio. Estava tudo certo com Baby, mas não com o papagaio. Anna nunca tinha gostado muito do animal, então o deixou sob os cuidados das meninas Drehten.

Antes que Anna pudesse trabalhar aliviada, teria que contar ao padre alemão o que fizera, o quanto fora má e como não voltaria a fazer isso nunca mais.

Anna acreditava em Deus com todas as forças. Por sorte, jamais tivera que conviver com pessoas descrentes, mas isso não a preocupava. Seguindo os ensinamentos, rezava por elas e tinha certeza de que eram pessoas boas. O médico adorava provocá-la com suas dúvidas e a srta. Mathilda também, mas, no espírito tolerante de sua Igreja, Anna jamais julgou que estivessem fazendo algo de errado.

Anna achava difícil entender por que as coisas davam

errado para ela. Às vezes seus óculos trincavam e então ela percebia que não cumprira com seus deveres religiosos, não do jeito que devia.

Às vezes trabalhava tanto que perdia a missa. Então lhe aconteciam coisas. Anna ficava irritadiça, indecisa e perturbada. Todos sofriam e seus óculos trincavam. O que era ruim, pois custava caro para consertar. De qualquer modo, era uma forma de pôr um fim às inquietações, pois assim Anna sabia que fizera algo de errado. Quando ralhava com alguém, não havia motivos para se preocupar, pois se tratava apenas do jeito imprudente e desleixado do mundo, mas quando seus óculos trincavam, o motivo era muito claro. Significava que ela mesma havia feito algo de errado.

Não, não compensava fazer o que não devia, porque as coisas saíam mal e acabavam lhe custando caro, e, para Anna, isso era muito difícil de aguentar.

Quase sempre ela cumpria seus deveres. Confessava-se com o padre e pagava suas penitências quando necessário. É claro que não contava ao padre quando mentia para o bem dos outros, ou quando pedia que lhe vendessem algo por um preço menor.

Ao contar essas histórias ao médico e, mais tarde, à sua querida srta. Mathilda, os olhos de Anna enchiam-se de alegria e de bom humor, já que, após relatá-las, não teria mais que confessar ao padre, pois não havia mais cometido pecado algum.

Porém, consultar uma mulher que lê a sorte era mesmo errado. Precisava ser contado ao padre com honestidade, e ela teria que sofrer a penitência.

Foi o que ela fez, e assim sua nova vida começou bem, com Anna guiando a srta. Mathilda e os outros ao bom caminho.

Sim, os dias em que tomou conta da srta. Mathilda foram os mais felizes de sua laboriosa vida.

Anna arranjava tudo para a patroa. As roupas, a casa, os chapéus, o que ela devia vestir, quando e o que era melhor para ela. Não havia nada que a srta. Mathilda impedisse Anna de cuidar, limitando-se a ficar muito agradecida.

Anna ralhava, cozinhava, costurava e economizava tão bem que sobrava bastante dinheiro para a srta. Mathilda gastar, o que mantinha Anna ainda mais ocupada em ralhar o tempo todo sobre as coisas que a patroa comprava e que davam tanto trabalho para os empregados. Mas, apesar das reprimendas, Anna tinha imenso orgulho de sua querida srta. Mathilda, por causa de sua educação e de suas posses, e vivia falando disso para todos os seus conhecidos.

Sim, foram os dias mais felizes da existência da boa Anna, embora suas amigas lhe causassem muitos desgostos. Porém, eles já não atingiam a boa Anna como no passado.

A srta. Mathilda não era o romance da vida de Anna, mas sua afeição era tão grande que quase preenchia a vida por completo.

Era bom que a vida de Anna com a srta. Mathilda fosse tão feliz, pois, naqueles dias, a sra. Lehntman tornou-se má. O médico que ela conhecera era certamente um homem tão pérfido quanto misterioso, que tinha grande influência sobre a parteira, a viúva sra. Lehntman.

Anna não tornou a ver a sra. Lehntman.

A viúva pegou mais dinheiro emprestado e entregou uma nota promissória a Anna; depois disso, Anna não tornou a vê-la. Parou de frequentar a casa dos Lehntman. Às vezes, a alta, desajeitada, loira e estúpida Julia vinha visitar Anna, mas pouco sabia sobre a mãe.

Aparentemente, a sra. Lehntman se tornara má. Foi um grande golpe para Anna, mas não tão grande assim, pois a srta. Mathilda agora significava muito para ela.

A sra. Lehntman foi de mal a pior. O médico, aquele homem pérfido e misterioso, arrumou certas complicações ao fazer o que não devia.

A sra. Lehntman envolveu-se no caso.

A BOA ANNA 61

Era o pior que podia ter acontecido, mas ambos conseguiram sair ilesos.

Todos ficaram com pena da sra. Lehntman. Antes de conhecer esse médico, ela era uma mulher muito bondosa, e mesmo agora não devia ser de todo má.

Por muitos anos, Anna não tornou a vê-la.

Mas vivia fazendo novas amizades, pessoas que, à maneira cordial dos pobres, gastavam as economias dela e lhe prometiam coisas em troca do dinheiro. Anna sabia que essas pessoas não eram boas, mas só quando elas não agiam corretamente, quando não devolviam o dinheiro que emprestara e quando não se interessavam mais por seus cuidados é que Anna ficava amargurada com o mundo.

Não, nenhum deles tinha noção do que era certo. Isso era o que Anna repetia em seu desespero.

Os pobres são generosos com seus pertences, mas, para eles, dar e receber não tem qualquer relação com o sentimento de gratidão.

Mesmo uma alemã tão parcimoniosa estava disposta a oferecer tudo o que economizara, ficando sem saber se teria o suficiente para se sustentar caso ficasse doente, ou na velhice, quando não trabalharia mais. "Economize e você terá o dinheiro que economizou" só era verdade no momento de poupar, mesmo para uma alemã tão parcimoniosa como Anna. Não se podia contar com a aposentadoria, pois o dinheiro economizado sempre estará nas mãos de estranhos, num banco, ou em investimentos feitos por um amigo.

E assim, quando alguém implorava ajuda para os amigos pobres e trabalhadores, uma mulher que tivesse algum dinheiro na poupança não podia dizer não.

Então a boa Anna se entregava inteira aos amigos e estranhos, a crianças, cães e gatos, a qualquer um que pedisse ou parecesse precisar de sua ajuda.

Foi assim que Anna acabou ajudando o barbeiro e a esposa, que eram seus vizinhos e nunca conseguiam pagar as contas. Eles trabalhavam duro, eram econômicos e não tinham vícios, mas o barbeiro era um desses homens incapazes de ganhar dinheiro. Quem quer que lhe estivesse devendo, não pagava. Quando recebia uma boa proposta de trabalho, adoecia e não podia aceitá-la. Nada disso era culpa dele, mas parecia que o barbeiro jamais fazia com que as coisas dessem certo.

A esposa era uma alemã loira, magra, pálida e pequena, que havia parido os filhos com grande dificuldade, voltara cedo ao trabalho e desde então vivia doente. Também estava sempre às voltas com coisas que davam errado.

O casal precisava de ajuda constante e muita paciência, coisas que a boa Anna lhes dava.

Outra pessoa que precisou da ajuda de Anna foi uma mulher que estava em dificuldades por ter sido boa para os outros.

O irmão do marido dela, um homem muito bondoso, trabalhava em uma loja com um sujeito da Boêmia que estava sofrendo de tuberculose. O homem passava tão mal que não conseguia mais trabalhar, mas não tanto que tivesse que ser internado. Então essa mulher o acolheu em casa. Não era um homem decente, tampouco demonstrava gratidão por aquilo que a mulher fazia por ele. Tratava mal os filhos dela e bagunçava a casa. O médico disse que ele precisava se alimentar bem, e a mulher e o irmão do marido lhe arranjavam a comida de que necessitava.

Não havia nenhum traço de amizade, afeição e nem sequer simpatia entre a mulher e o tuberculoso, nenhum laço de origem ou de parentesco, mas, à maneira cordial dos pobres, ela lhe deu tudo o que tinha e deixou que sua própria casa virasse um chiqueiro, tudo por um homem que não demonstrara o mínimo de gratidão.

Então, é claro, a mulher se viu em dificuldades. O irmão de seu marido acabou se casando. O marido perdeu o emprego. Ela não tinha dinheiro para o aluguel. Nessa hora, as economias da boa Anna vieram salvá-la.

Era sempre assim. Fosse uma garotinha ou um adulto em apuros, Anna ouvia falar deles e os ajudava a encontrar um emprego.

Também acolhia os cães e gatos vadios até eles encontrarem um lar. Tinha sempre o cuidado de averiguar se os novos donos cuidariam bem dos animais.

Dentre toda essa coleção de criaturas abandonadas, apenas do filhote Peter e do alegre Rags ela não tinha coragem de abrir mão. Sob a administração da boa Anna, eles se tornaram parte da casa.

Peter era um cão inteiramente inútil, um macho bobo, estúpido, adorável e covarde. Era engraçado vê-lo correr para lá e para cá no quintal, latindo e pulando de encontro ao muro quando havia algum cachorro do outro lado, e, no entanto, quando o menor dos cães conseguia atravessar a cerca e apenas olhava para Peter, ele corria de volta para Anna e se abrigava em sua saia.

Quando Peter era deixado lá embaixo, ele gania. "Estou sozinho", lamentava, e então a boa Anna tinha que vir apanhá-lo. Certo dia, quando Anna teve que passar algumas noites numa casa não muito distante, Peter precisou ser carregado, pois ficou com medo de andar livremente na rua. Peter, que tinha um tamanho considerável, sentou-se e ganiu, então a boa Anna levou-o no colo o caminho inteiro. Era um covarde, esse Peter, mas tinha os olhos doces, uma bela cabeça de collie, o pelo branco, espesso e impecável, sobretudo depois do banho. E nunca fugia, olhava para cima com os olhos gentis, gostava quando lhe faziam carinho, sempre esquecia de todo mundo em questão de minutos e latia ao escutar qualquer barulho.

Certa noite, quando ainda era filhote, Peter fora empurrado quintal adentro, e era tudo o que Anna sabia de suas origens. A boa Anna o amava e o mimava, à maneira de uma boa mãe alemã com seu filho.

Por sua natureza, o pequeno Rags era muito diferente. Era uma criatura viva feita de restos de coisas, todo fofo e cor de terra, que estava sempre dando pulos no ar e disparando ao redor para depois meter-se embaixo do boboca do Peter; que muitas vezes avançava na Baby, gorda, cega, solene e sonolenta, e em desabalada carreira ia depois perseguir um gato errante.

Rags era uma criatura amável e alegre. A boa Anna gostava muito dele, mas não tanto quanto amava Peter, seu cãozinho belo, tolo e covarde.

Baby era a cadela mais antiga e ligava-se a Anna por velhos laços de afeições passadas. Peter era o filho mimado e belo que surgira em sua meia-idade, e Rags não passava de uma espécie de brinquedo. Gostava dele, mas o cãozinho jamais lhe tocara profundamente o coração. Rags se infiltrara de alguma forma no quintal e, como nenhum lar fora encontrado para ele, acabara ficando por lá.

Formavam uma família muito feliz, todos juntos, ali na cozinha: a boa Anna, Sally, a velha Baby, o jovem Peter e o alegre e pequeno Rags.

O papagaio desapareceu da vida de Anna. Nunca tinha gostado muito dele e agora, ao visitar os Drehten, até se esquecia de perguntar como estava.

Todos os domingos, Anna visitava a sra. Drehten. Ao contrário da sra. Lehntman, a nova amiga não lhe dava conselhos, pois tinha o gênio brando, pacato e cansado e não se interessava em influenciar ou guiar ninguém. Mas, juntas, as duas alemãs trabalhadeiras e exaustas se punham a lamentar por toda a maldade e tristeza do mundo. A sra. Drehten sabia muito bem o que era sofrer.

Naqueles dias, as coisas não iam bem para os Drehten. As crianças eram boas, mas o pai, com seu temperamento e o hábito perdulário, desviava tudo de seu bom caminho.

A pobre sra. Drehten continuava sofrendo com o tumor. Agora ela mal podia trabalhar. A sra. Drehten era uma alemã grande, exausta e paciente, com um rosto macio, sulcado e amarelado, obra de um marido alemão autoritário, de sete robustos filhos para criar e aguentar, de estar sempre no pé de alguém e de nunca ver os seus problemas resolvidos.

A sra. Drehten piorava cada vez mais, e o médico disse que seria melhor extrair o tumor.

Não era mais o dr. Shonjen que tratava a sra. Drehten. Elas iam agora a um médico alemão, velho conhecido.

"Sabe, srta. Mathilda", disse Anna, "os antigos pacientes alemães não vão mais ao dr. Shonjen. Fiquei em sua casa o máximo que pude, mas agora ele se mudou para o centro, muito distante dos pobres, e sua esposa é arrogante e esbanja dinheiro só para se mostrar, de modo que ele não pode mais cuidar direito de nós, os pobres. Coitadinho, agora tem que pensar apenas em dinheiro. Tenho pena dele, srta. Mathilda, mas ele abandonou cruelmente a sra. Drehten com o tumor, então não vou mais lá. O dr. Herman é um médico alemão bom e simples que nunca faria uma coisa dessas, e, aliás, srta. Mathilda, a sra. Drehten virá aqui amanhã antes de ser internada para a cirurgia. Ela não sossegaria antes de vê--la e ouvir o que a senhora tem a dizer."

Todos os amigos de Anna reverenciavam sua querida srta. Mathilda. Afinal, como podiam deixar de fazê-lo e continuarem amigos da boa Anna? A srta. Mathilda os via raramente, mas eles viviam lhe mandando flores e palavras de admiração por intermédio de Anna. De vez em quando, a governanta os trazia para ouvir conselhos.

É incrível como os pobres gostam de pedir conselhos a quem lhes é simpático e superior, pessoas que leem livros e são bondosas.

A srta. Mathilda disse à sra. Drehten que aprovava a ideia da cirurgia e que, sem dúvida, aquilo era o melhor a fazer, portanto a sra. Drehten tranquilizou-se.

O tumor foi extraído sem complicações. Depois disso, a sra. Drehten não voltou a ficar saudável, mas podia trabalhar um pouco e ficar de pé sem se cansar tanto.

E assim seguiu a vida de Anna, tomando conta da srta. Mathilda e de todas as suas roupas e pertences, e sendo boa com todos os que pediam ou pareciam precisar de sua ajuda.

Então, lentamente, Anna fez as pazes com a sra. Lehntman. Elas nunca voltariam a ser como antes e a sra. Lehntman nunca mais seria o romance da vida de Anna, mas podiam ser amigas de novo, e Anna podia ajudar os Lehntman em suas necessidades. Foi o que, lentamente, aconteceu.

A sra. Lehntman deixara o pérfido e misterioso homem que foi a causa de seus problemas. Também tinha desistido do casarão. Desde então, seu trabalho era mais discreto. Ainda assim, o fazia bem. Começou a falar em pagar o que devia à boa Anna, mas não foi muito longe.

Anna voltou a visitá-la com frequência. Seu cabelo encaracolado e negro estava ficando grisalho. Seu rosto moreno, rechonchudo e belo tinha perdido o firme contorno, tornara-se flácido e um pouco cansado. A sra. Lehntman estava mais corpulenta e suas roupas não lhe caíam bem. Continuava delicada em suas maneiras e dispersa como sempre ao prestar atenção, mas no fundo havia medo, desassossego e incerteza diante de um suposto perigo à espreita.

Jamais contou à boa Anna uma palavra sobre seu passado, mas era fácil perceber que a experiência não a deixara tranquila e inteiramente livre.

Foi difícil para a sra. Lehntman — que era de fato uma boa mulher —, foi difícil para essa alemã ter feito o que toda a gente já sabia e condenava. A sra. Lehntman era forte e corajosa, mas foi duro de aguentar. Mesmo a boa Anna não lhe falava com liberdade. Sempre restava um mistério e uma lacuna no caso da sra. Lehntman.

E agora a filha Julia — loira, tola e esquisita — estava em dificuldades. Nos anos em que a mãe não lhe dera atenção, Julia namorou um balconista de uma loja no centro.

Era um rapaz decente e tedioso que não ganhava bem e não conseguia poupar, pois tinha uma mãe idosa para sustentar. Ele e Julia namoravam havia anos e agora queriam se casar. Mas então, como podiam se casar? Ele não ganhava o suficiente para começar uma vida a dois e continuar sustentando a mãe. Julia não estava acostumada a trabalhar e disse — era teimosa — que não viveria com a mãe suja, agonizante e idosa de Charley. A sra. Lehntman não tinha dinheiro. Estava apenas começando a refazer seus negócios. Nessa hora, é claro, as economias da boa Anna vieram salvá-la.

O que quer que Anna tivesse oferecido para viabilizar esse casamento, recebeu a recompensa de poder ralhar com a tediosa, alta e esquisita Julia e seu paciente e estúpido Charley, dando ordens a ambos. Anna adorava comprar coisas baratas para mobiliar uma nova casa.

Julia e Charley logo se casaram e tudo correu bem. Mas Anna não aprovava seus hábitos negligentes e perdulários.

"Não, srta. Mathilda", ela costumava dizer, "os jovens de hoje em dia não têm senso de economia e nem sabem separar dinheiro para emergências. Veja Julia e Charley. Fui visitá-los outro dia, srta. Mathilda, e eles tinham comprado uma mesa nova com tampo de mármore e, sobre ela, havia um enorme álbum de veludo. 'De onde veio esse álbum?', perguntei a Julia. 'Oh, Charley me deu de aniversário', ela respondeu, e eu perguntei se já estava quitado e ela respondeu que ainda não, mas que logo estaria. Agora eu lhe pergunto, srta. Mathilda, que ideia é essa, quando ainda não terminaram de pagar nenhum dos móveis, que ideia é essa de ficar comprando presentes de aniversário? A Julia não trabalha, só fica sentada pensando em como gastar o dinheiro, e Charley nunca poupa um centavo. Nunca vi coisa igual como esses jovens de hoje em dia, srta. Mathilda, eles não têm a menor noção de como conservar o dinheiro. Quando

Julia e Charley tiverem filhos, não haverá meios de criá-los. Disse isso a Julia quando ela me mostrou as tralhas bobas que Charley comprou, e ela apenas respondeu, sorrindo tolamente, que talvez não tenham filhos. Falei que ela devia ter vergonha de dizer isso, mas eu não sei, srta. Mathilda, os jovens de hoje em dia não têm noção do que é certo, e veja só a sra. Lehntman. Ela adotou legalmente o pequeno Johnny só para pagar menos impostos, como se já não tivesse problemas suficientes para cuidar dos próprios filhos. Não, srta. Mathilda, nunca entendi por que as pessoas fazem esse tipo de coisa. Hoje em dia, elas não têm noção do que é certo e errado, são desleixadas e só pensam em si próprias e em serem felizes. Não, srta. Mathilda, não entendo como podem fazer esse tipo de coisa."

A boa Anna não compreendia a negligência e a maldade das pessoas e se amargurava cada vez mais. Não, ninguém tinha noção do que era certo.

A vida passada de Anna estava chegando ao fim. Sua cadela velha e cega, Baby, estava doente e prestes a morrer. Baby fora o primeiro presente de sua amiga, a viúva sra. Lehntman, nos velhos tempos em que Anna trabalhava para a srta. Mary Wadsmith, quando ambas as mulheres entraram em sua vida.

Durante esse tempo todo de mudanças, Baby permaneceu com a boa Anna, envelhecendo e engordando, cada vez mais cega e preguiçosa. Quando filhote, era ativa e caçava ratos, mas isso fora havia tanto tempo que, recentemente, ela só queria seu cesto quentinho e seu jantar.

Em sua vida agitada, Anna sentira a necessidade de outros cães, de Peter e do pequeno e engraçado Rags, mas Baby era a mais velha e ligava-se a Anna por velhos laços de afeição. Anna era severa quando os mais jovens tentavam se apoderar do cesto de Baby. A cadela estava cega havia muitos anos, que é o que acontece com certos animais sedentários. Enfraqueceu, engordou e perdeu o fôlego; não conseguia mais ficar muito tempo de pé. Anna tinha que cuidar para que ela se alimentasse e para que os mais jovens não roubassem sua comida.

Baby não morreu de doença alguma. Apenas foi ficando mais velha, mais cega, acometida de tosse e progressivamente quieta, então, num dia ensolarado de verão, ela morreu.

Não há nada mais funesto do que a velhice nos animais. Por algum motivo, parecia errado que seus pelos ficassem grisalhos, sua pele enrugada, os olhos cegos e os dentes podres e inúteis. As pessoas idosas sempre têm algum laço que as liga à juventude. Possuem filhos ou lembranças dos antigos afazeres, mas um cão velho é tão apartado de sua vida útil que se assemelha a um funesto e imortal Struldbrug,* um verdadeiro prolongador da morte em vida.

Nisto, um dia, a velha Baby morreu. Mais do que triste, foi funesto para Anna. Não, ela não queria que a pobre criatura continuasse vivendo naquela velhice deplorável, cega e acometida de uma tosse terrivelmente violenta, mas sua morte esvaziou a vida de Anna. Tinha o tolo Peter e o pequeno e alegre Rags para confortá-la, mas Baby era a única capaz de lembrar.

---

* Nas *Viagens de Gulliver* [1726], de Jonathan Swift (1667-
-1745), no décimo capítulo da terceira parte do livro, "Uma viagem a Laputa, Balnibarbi, Luggnagg, Glubbdubdrib e Japão", ao chegar à ilha de Luggnagg, o protagonista ouve falar dos struldbrugs, ou imortais, que nasciam com uma pinta vermelha e circular na testa, em cima da sobrancelha esquerda, sinal infalível de que nunca iriam morrer. A princípio, os inveja, mas só até descobrir que só viviam normalmente até os trinta anos, quando se tornavam melancólicos e tristes, aos oitenta eram considerados oficialmente mortos, aos noventa perdiam os dentes e cabelos, tinham enfermidades como as dos mortais, esqueciam os nomes das coisas e pessoas, e, como a língua sofria mudanças, depois de uns duzentos anos já não podiam mais travar qualquer conversação, vivendo como estrangeiros em sua própria terra.

A boa Anna queria promover um verdadeiro funeral para Baby, mas isso não podia ser feito em um país cristão, e então Anna, absolutamente só, embrulhou a velha amiga em um envoltório decente e a enterrou num lugar tranquilo, que só ela conhecia.

A boa Anna não ficou de luto por sua velha e pobre Baby. Não, ela não tinha tempo nem para se sentir só, pois para a boa Anna era desgosto atrás de desgosto. Agora ela estava prestes a deixar a casa da srta. Mathilda.

Quando Anna procurou a srta. Mathilda pela primeira vez, sabia que podia ser por poucos anos, pois a patroa tinha um espírito itinerante e mudava frequentemente de casa, encontrando novos lugares para morar. Na época, a boa Anna não pensou muito nisso, pois, quando a conheceu, não achou que fosse gostar do trabalho e, portanto, não se preocupou em permanecer. Nos anos em que ambas foram felizes juntas, Anna se forçou a esquecer. No último ano, quando já sabia da iminente mudança, esforçou-se para acreditar que ela não aconteceria.

"Não vamos falar disso agora, srta. Mathilda, talvez estejamos mortas até lá", ela dizia, quando a patroa tocava no assunto. Ou então: "Se vivermos até lá, srta. Mathilda, talvez a senhora acabe ficando por aqui mesmo".

Não, a boa Anna não conseguia levar a mudança a sério quando falava nela; estava cansada demais para ser deixada novamente em companhia de estranhos.

Tanto Anna quanto sua querida srta. Mathilda tentaram não pensar no inevitável. Anna fez de tudo para que a patroa ficasse, inclusive promessas religiosas, e a patroa, por sua vez, experimentou todos os argumentos para levar Anna consigo, mas nem as promessas e tampouco os planos tiveram sucesso. A srta. Mathilda iria se mudar para outro país onde Anna não poderia viver, pois ficaria muito solitária.

Não havia nada que elas pudessem fazer, senão se separar. "Talvez estejamos mortas até lá", a boa Anna repetia,

A BOA ANNA   71

mas mesmo isso não aconteceu. "Se vivermos até lá, srta. Mathilda..." foi o que, de fato, ocorreu. As duas viveram até lá, exceto a pobre e cega Baby, e elas simplesmente tiveram que se separar.

Pobre Anna e pobre srta. Mathilda. No último dia, não podiam sequer olhar uma para a outra. A criada não conseguia se concentrar no trabalho. Apenas entrava e saía, e às vezes ralhava.

Anna não conseguia decidir o que fazer dali para a frente. Disse que conservaria a casinha de tijolos vermelhos onde ambas tinham morado. Talvez viesse a aceitar pensionistas. Mas não sabia direito, escreveria para a srta. Mathilda informando sua decisão.

O dia funesto surgiu, e tudo ficou pronto e a srta. Mathilda partiu para tomar o trem. Paralisada, pálida e com os olhos secos, Anna permaneceu de pé nos degraus de pedra branca da casinha onde haviam morado. A última coisa que a srta. Mathilda ouviu foi a boa Anna mandando o tolo Peter se despedir e não se esquecer jamais da srta. Mathilda.

III

A morte da boa Anna

Todos aqueles que conheceram a srta. Mathilda queriam agora contratar Anna, pois sabiam o quão bem ela cuidava das pessoas, de suas roupas e de seus pertences. Além disso, Anna sempre tinha a opção de ir para Curden e cuidar da srta. Mary Wadsmith, mas nenhuma dessas alternativas lhe parecia satisfatória.

Agora já não se tratava mais de ficar na companhia da sra. Lehntman. Ninguém mais lhe era especialmente importante, e Anna não queria trabalhar para gente nova. Ninguém poderia substituir sua querida srta. Mathilda. Ninguém mais a deixaria cuidar de tudo tão livremente. Seria melhor — Anna pensou, com seu corpo forte tão tenso e debilitado — seria melhor permanecer na casinha de tijolos vermelhos que já estava mobiliada, e ganhar dinheiro recebendo pensionistas. A srta. Mathilda deu-lhe o que havia na casa, portanto não custaria nada começar uma nova vida. Talvez ela pudesse permanecer assim. Poderia cuidar de tudo e fazer o que bem entendesse, e estava tão fraca para novidades que decidiu fazer apenas o necessário para sobreviver. Então ficou na casa onde vivera com a srta. Mathilda, e lá hospedou alguns homens, pois não aceitaria mulheres.

Logo as coisas ficaram menos funestas. Anna era, de fato, popular com seus poucos inquilinos. Eles adoravam suas broncas e as coisas gostosas que cozinhava. Contavam boas piadas, riam alto e obedeciam a Anna, e logo ela começou a tomar gosto pela coisa. Não que tivesse deixado de sentir falta da srta. Mathilda. Tinha esperanças e até certeza de que algum dia, dentro de um ou dois anos, a patroa voltaria, e então é claro que a tomaria de volta, de modo que Anna cuidaria dela de novo com muita dedicação.

Anna mantinha os móveis da srta. Mathilda em perfeito estado de conservação. Os inquilinos eram repreendidos severamente quando cometiam um mísero arranhão na mesa da srta. Mathilda.

Alguns eram legítimos alemães do Sul, e Anna sempre os fazia ir à missa. Um deles era um robusto estudante de medicina na universidade de Bridgepoint. Era o favorito de Anna, que sempre ralhava com ele, como fazia com o velho médico, a fim de que se tornasse uma pessoa correta. Além disso, ele costumava cantar no chuveiro, o que a srta. Mathilda também fazia. O coração de Anna tornou a se enternecer por causa desse rapaz, que parecia trazer de volta para ela tudo de que precisava.

Então, naqueles dias, a vida de Anna não foi de todo infeliz. Ela trabalhava e ralhava, cuidava de seus cães, gatos e de pessoas abandonadas, que pareciam pedir e

A BOA ANNA

precisar de sua ajuda, e convivia com os robustos alemães que adoravam suas broncas e comiam tudo o que
ela sabia preparar tão bem.

Não, naqueles dias, a vida de Anna não fora de todo
infeliz. Já não encontrava os velhos amigos com tanta
frequência, mas de vez em quando aproveitava uma tarde
de domingo para visitar a boa sra. Drehten.

O único problema era que Anna mal conseguia sobreviver. Cobrava tão pouco e oferecia refeições tão boas
que apenas conseguia igualar os gastos. O bom padre
alemão com quem ela se confessava tentou persuadi-la a
cobrar mais dos hóspedes, e, nas cartas, a srta. Mathilda
a aconselhava a fazer o mesmo, mas, de algum modo,
a boa Anna não era capaz disso. Seus inquilinos eram
homens bons, mas ela sabia que não tinham dinheiro e,
de qualquer forma, não podia aumentar o aluguel daqueles que já estavam lá e tampouco conseguia exigir um
valor maior dos que chegavam, quando os antigos continuavam pagando o preço original. De modo que Anna
deixou tudo como estava. Trabalhava e trabalhava o dia
todo e, à noite, pensava em economizar, mas com todo
aquele trabalho ela só fazia sobreviver. Não ganhava o
bastante para poupar.

Anna ganhava tão pouco que precisava fazer tudo sozinha. Não podia sequer pagar a pequena Sally para permanecer na casa.

Sem a pequena Sally ou qualquer outro empregado
inferior, Anna dificilmente saía, pois não achava certo
deixar a casa vazia. De vez em quando, aos domingos,
Sally, que agora trabalhava numa fábrica, concordava
em tomar conta da casa para a boa Anna, que então saía
e passava a tarde com a sra. Drehten.

Não, Anna já não encontrava os velhos amigos com
tanta frequência. Às vezes, visitava o meio-irmão, a cunhada e os sobrinhos; eles apareciam em seu aniversário para
lhe dar presentes, e o meio-irmão nunca se esquecia dela na

distribuição do pão festivo de passas. Mas esses parentes jamais foram importantes para ela. É verdade que Anna cumpria suas obrigações com eles e que até gostava do meio-irmão, que lhe era mais útil do que nunca com o pão de passas; além disso, Anna dava belos presentes para a afilhada e sua irmã mais velha, mas ninguém naquela família conseguira tocar profundamente o coração de Anna.

A sra. Lehntman ela encontrava muito raramente. É difícil reconstruir uma velha amizade quando houve amarga desilusão. Ambas faziam de tudo para continuarem amigas, no entanto, nunca mais conseguiram se reaproximar. Havia muitos obstáculos tácitos entre elas, de que elas não conseguiam falar, coisas que jamais foram explicadas ou perdoadas. A boa Anna ainda fazia de tudo pela tola Julia e de vez em quando também visitava a sra. Lehntman, mas aquela família não tinha mais laços sólidos com Anna.

A sra. Drehten era agora a melhor amiga de Anna. Com ela, a amizade não era mais do que uma partilha de mágoas. Viviam conversando sobre o que era melhor para a sra. Drehten; a pobrezinha não tinha muita chance com seu problema principal, o marido ruim. Apenas continuava trabalhando, sendo paciente, amando os filhos e permanecendo calada. A boa Anna encontrava nela um refúgio consolador e maternal, e, com seu corpo forte, tenso e debilitado, sentava-se ao lado da sra. Drehten e falava de seus problemas.

De todos os amigos que Anna conhecera nesses vinte anos de Bridgepoint, o bom padre e a paciente sra. Drehten eram os únicos que continuavam próximos de Anna e com quem ela podia falar de seus problemas.

Anna trabalhava, pensava, economizava, ralhava e cuidava dos inquilinos, de Peter e de Rags, além dos outros cães. O esforço de Anna não tinha fim e ela se tornava cada vez mais cansada e mais amarelada, o rosto cada vez mais magro, exausto e preocupado. Às vezes não se sentia bem e ia ver o dr. Herman, que operara a boa sra. Drehten.

O que ela precisava era de descansar de vez em quando e de se alimentar melhor, no entanto, essas eram as últimas coisas que Anna aceitaria fazer. Jamais descansava. Trabalhava dia e noite, do contrário não conseguiria pagar as despesas. O médico lhe deu fortificantes, mas eles não pareciam fazer efeito.

Anna ficou cada vez mais cansada, as dores de cabeça aumentaram de frequência e de intensidade e ela vivia doente. Não conseguia dormir direito. O barulho dos cães a incomodava e ela sentia todo o corpo doer.

Com frequência, o médico e o bom padre tentavam convencê-la a cuidar de si própria. A sra. Drehten disse que Anna só melhoraria se tirasse uma folga. Então Anna prometia se cuidar, acordar tarde e se alimentar melhor, mas como Anna podia se alimentar melhor quando era ela que cozinhava e quando se via tão exausta antes mesmo de servir?

A única amiga de Anna era a boa sra. Drehten, gentil e tolerante demais para forçar uma alemã tão teimosa e dedicada a fazer o que devia nos assuntos que eram de seu próprio interesse.

Anna piorou no inverno daquele segundo ano. Diante da chegada do verão, o médico disse que ela simplesmente não aguentaria. Disse que devia se internar no hospital para ser operada. Assim ela ficaria forte, saudável e voltaria a trabalhar já no inverno seguinte.

Por algum tempo, Anna ignorou a recomendação. Não cogitava fazer isso, pois tinha uma casa mobiliada de que não podia abrir mão. Por fim, surgiu uma mulher que aceitou tomar conta dos inquilinos, e Anna disse que, nesse caso, estava pronta para ir.

Anna internou-se no hospital para se submeter à cirurgia. De sua parte, a sra. Drehten também estava doente, mas foi acompanhá-la, a fim de que houvesse uma amiga ao lado de Anna. Juntas, portanto, elas voltaram ao lugar onde o médico operou a boa sra. Drehten.

Em poucos dias, Anna estava pronta para a cirurgia. Então eles fizeram a operação, e a boa Anna, com seu corpo tão forte, tenso e debilitado, morreu.

A sra. Drehten comunicou sua morte à srta. Mathilda.

"Cara srta. Mathilda", escreveu, "a srta. Annie morreu ontem no hospital, após uma cirurgia complicada. Ela falava o tempo todo da senhora, do médico e da srta. Mary Wadsmith. Esperava que a senhora ficasse com Peter e o pequeno Rags, caso viesse a morar de novo nos Estados Unidos. Eu cuidarei deles para a senhora. A srta. Annie morreu tranquilamente, srta. Mathilda, e lhe mandou muitas lembranças."

Melanctha

*Cada qual como ela quiser**

Rose Johnson fez muito escândalo para dar à luz.

Melanctha Herbert, que era amiga de Rose Johnson, fez tudo o que podia. Cuidou de Rose e foi paciente, submissa, apaziguadora e incansável, enquanto Rosie, uma preta** rabugenta, infantil e covarde, limitava-se a rosnar, berrar, fazer escândalo e mostrar-se odiosa, como um simples animal.

Embora a criança tivesse nascido saudável, não viveu por muito tempo. Rose Johnson era negligente e egoís-

---

* No original: "*Each one as she may*". Sabendo-se que o romance de Stein com May Bookstaver ecoa em "Melanctha", e que Alice Toklas chegaria a alterar os originais de "Stanzas in Meditation", retirando, enciumada, todos os "*May*" e "*may*" do poema (substituindo-os por "*can*", "*today*" e "*day*"), porque os toma como referências a Bookstaver, talvez se possa ver, nessa frase, espécie de chave biográfica indireta ou de endereçamento cifrado da novela por parte de Stein.

** Nesta novela, o uso de "*black*" tem conotação mais pejorativa, enquanto "negro" se pretende mais neutro. Aqui, "*black*" foi traduzido como "preto", ao passo que "negro", "*nigger*" e "*negress*" como "negro". O termo "*colored*" continua inalterado e é traduzido como "de cor". [N.T.]

ta, e quando Melanctha teve que se ausentar por poucos dias, o bebê morreu. Rose Johnson gostava do filho e talvez tenha apenas se distraído por um instante; de qualquer forma, a criança morreu, e Rose e Sam, seu marido, ficaram muito tristes, mas essas coisas são tão frequentes para os negros de Bridgepoint que nenhum deles pensou por muito tempo no assunto.

Rose Johnson e Melanctha Herbert eram amigas havia anos. Recentemente, Rose se casara com Sam Johnson, um sujeito bondoso e decente, marujo de um vapor costeiro.

Melanctha Herbert nunca chegara a se casar.

Rose Johnson era uma preta legítima, muito alta, rabugenta, burra, infantil e bela. Ria quando estava feliz e resmungava quando algo a aborrecia.

Rose Johnson era uma preta legítima, mas fora criada por uma família branca.

Rose ria quando estava feliz, mas não tinha aquela gargalhada larga e despreocupada que confere aos negros um brilho vasto e quente de alegria. Rose não se expressava com o entusiasmo mundano e ilimitado dos negros. Sua alegria era comum, um tipo normal de risada feminina.

Rose Johnson era desleixada e preguiçosa, mas tinha sido criada por uma família branca e exigia um certo nível de conforto. A educação branca servira apenas para moldar seus hábitos, e não seu caráter. Rose tinha a imoralidade simples e promíscua dos pretos.

Rose Johnson e Melanctha Herbert, como muitas outras duplas de amigas, formavam um par curioso.

Melanctha Herbert era uma negra de pele clara, elegante, esperta e atraente. Ao contrário de Rose, não havia sido criada por uma família branca, mas possuía sangue branco por parte da mãe.

Ela e Rose Johnson representavam o melhor da comunidade negra de Bridgepoint.

MELANCTHA   81

"Não, não sou uma negra qualquer", dizia Rose Johnson, "pois fui criada por uma família branca, e Melanctha é tão esperta e instruída que também não é uma negra qualquer, embora não seja casada como eu."

Não se sabia por que a delicada, esperta, atraente e quase branca Melanctha Herbert amava, servia e se submetia à rude, sofrível, rabugenta, ordinária, infantil e preta Rose, e por que essa imoral, promíscua e imprestável Rose tinha se casado, o que não era normal, com um bom negro, enquanto a atraente Melanctha, com seu sangue branco e sua aspiração a uma vida melhor, ainda não se casara.

Às vezes, a complexa e esperançosa Melanctha se desesperava, ao pensar em como a sua vida tinha sido determinada. Não sabia como seria possível continuar a viver de forma tão triste.

Um dia, contou a Rose que uma conhecida sua se matara de tristeza. De vez em quando, Melanctha também achava que poderia ser o melhor para ela.

Rose Johnson não conseguia enxergar as coisas dessa forma.

"Não entendo, Melanctha, por que você vive ameaçando se matar só porque está triste. Eu nunca me mataria só porque estou triste. Talvez matasse alguém, sim, mas nunca me mataria. Se me matasse, seria por acidente, e se me matasse por acidente seria um verdadeiro aborrecimento."

Rose Johnson e Melanctha Herbert se conheceram, certa noite, na igreja. Rose Johnson não dava muita importância à religião. Não tinha emoções suficientes para se impressionar com milagres. Melanctha Herbert ainda não descobrira como lidar com o sagrado. Continuava confusa com os desejos. Porém, à maneira dos negros, ambas frequentavam a igreja com os amigos e passaram a se conhecer muito bem.

A família de brancos não criara Rose Johnson como

empregada, e sim praticamente como filha. A mãe de Rose morrera quando ela ainda era bebê e tinha sido uma leal empregada da casa. Rose era uma pretinha muito graciosa e bela, e a família não tinha filhos, portanto, resolveu ficar com a guarda da criança.

Quando Rose cresceu, afastou-se de sua família branca e acorreu à comunidade de cor, deixando aos poucos a velha casa. Então aconteceu que a família branca mudou-se para outra cidade e Rose ficou em Bridgepoint. Deixaram algum dinheiro para Rose viver, que ela recebia de quando em quando.

À maneira dos pobres, Rose mudou-se para a casa de uma senhora e de repente, sem motivos, passou a morar na casa de outra. Durante todo esse tempo, namorou e ficou noiva de inúmeros homens de cor; sempre cuidava de estar noiva de alguém, pois tinha uma clara noção do que era apropriado.

"Não, eu não sou uma negra qualquer para sair com homens vulgares, e você também não, Melanctha", disse um dia, orientando a confusa e indecisa Melanctha sobre o caminho certo a tomar. "Não, Melanctha, não sou uma negra qualquer para fazer isso, pois fui criada por uma família branca. Você sabe que sempre estive noiva desses homens."

E assim Rose vivia, sempre confortável e razoavelmente decente, muito preguiçosa e bastante satisfeita.

Depois de um tempo, achou que seria bom para sua posição contrair um verdadeiro casamento. Havia conhecido Sam Johnson em algum lugar, gostara dele e sabia que era um homem bom, com um emprego regular e um bom salário. Sam Johnson gostou muito de Rose e estava disposto a se casar. Um dia, organizaram uma suntuosa cerimônia e se desposaram. Depois, com a ajuda de Melanctha Herbert na costura e nos trabalhos mais delicados, mobiliaram fartamente a casinha de tijolos vermelhos. Sam voltou ao trabalho de marujo de um vapor costeiro, e Rose ficava em casa gabando-se às amigas de como era bom estar realmente casada.

A vida transcorreu sem percalços durante um ano inteiro. Rose era preguiçosa, porém limpa, e Sam era meticuloso, mas não exigente, e, ademais, Melanctha vinha todos os dias para limpar a casa.

Quando o bebê estava prestes a nascer, Rose hospedou-se na casa de Melanctha Herbert, onde morava também uma mulher de cor gorda e bondosa que lavava a roupa.

Rose se hospedou lá, pois precisava do médico do hospital próximo para assistir o parto, e, além disso, podia contar com os cuidados de Melanctha enquanto estivesse debilitada.

Lá nasceu o bebê e lá ele morreu, então Rose voltou para casa, junto ao marido.

Melanctha Herbert não optou por uma vida simples, como Rose Johnson. Não achava fácil conciliar seus desejos com a realidade.

Melanctha Herbert vivia perdendo o que tinha, ao desejar tudo o que via. Estava sempre abandonando alguém ou sendo abandonada.

Melanctha Herbert amava muito, o tempo todo. Vivia cheia de segredos, atitudes misteriosas, negações, desconfianças vagas e complicadas desilusões. Melanctha agia de forma impulsiva, inesperada e descrente, de modo que acabava sofrendo e se reprimindo ainda mais.

Melanctha Herbert buscava calma e tranquilidade, mas encontrava apenas novos problemas.

Ela se perguntava por que, sendo tão triste, ainda não havia se suicidado. De vez em quando, Melanctha achava mesmo que seria o melhor para ela.

A mãe de Melanctha Herbert lhe dera uma educação religiosa. Melanctha jamais gostara muito da mãe. "Dona" Herbert, como os vizinhos a chamavam, era uma negra de pele clara, suave, digna e amável. D. Herbert era pensativa, misteriosa e indecisa.

Melanctha também era uma negra clara, misteriosa e amável, assim como a mãe, mas herdara o caráter forte de seu pai robusto, antipático e insuportável.

Ele só aparecia de vez em quando para visitá-las.

Já fazia muitos anos que Melanctha não tinha notícias dele.

Melanctha Herbert odiava o pai, mas amava a força interior que herdara dele. Portanto, se sentia muito mais próxima daquele pai preto e rude do que da mãe clara e suave. As características que herdara da mãe nunca lhe pareceram dignas de respeito.

Quando criança, Melanctha Herbert não conhecera o amor-próprio. Sua juventude era algo muito amargo de se relembrar.

Melanctha não gostava dos pais, que de fato a consideravam um verdadeiro incômodo.

Ambos eram legalmente casados. Embora o pai fosse um negro enorme e viril que apenas visitava a filha e a esposa de vez em quando, aquela mulher clara, amável e suave, além de misteriosa, incerta e pensativa, era muito próxima em carinho e em pensamentos de seu marido preto e viril.

James Herbert era um trabalhador comum e razoavelmente decente, agressivo e rude com sua única filha, mas na época ela era mesmo uma criança difícil de criar.

A pequena Melanctha não amava os pais e possuía uma audácia cortante, além de uma língua que podia ser bastante desagradável. Frequentara a escola e aprendera com muita rapidez, de modo que sabia como usar seu conhecimento para provocar os pais ignorantes.

Melanctha Herbert sempre tivera uma audácia cortante. Gostava muito de cavalos e adorava fazer coisas selvagens, como cavalgá-los e domá-los.

Quando pequena, teve a chance de viver perto dos animais. Próxima à sua casa ficava a estrebaria dos Bishop, uma família rica que possuía belos cavalos.

John, o cocheiro, gostava muito de Melanctha e a deixava fazer o que quisesse com os animais. John era um mulato decente e forte que possuía um próspero lar, esposa e filhos. Melanctha Herbert era um pouco mais velha do que as crianças de John. Na época, era uma garota de doze anos e tornava-se mulher.

James Herbert, o pai de Melanctha, conhecia bem o cocheiro dos Bishop.

Um dia, James Herbert apareceu furioso na casa da esposa.

"Onde está essa sua filha Melanctha?", perguntou furiosamente. "Se estiver de novo na estrebaria dos Bishop com aquele John, juro que irei matá-la. Você devia vigiar melhor essa menina; afinal, é a mãe dela."

James Herbert era um preto forte, duro e feroz. Nunca fora um desses negros alegres. Mesmo quando bebia com os amigos, o que fazia com frequência, não se mostrava realmente contente. Nem mesmo em sua juventude, quando era mais livre e relaxado, jamais possuíra aquela gargalhada larga e despreocupada que confere aos negros um brilho vasto e quente de alegria.

Mais tarde, sua filha, Melanctha Herbert, desenvolveu uma frequente gargalhada forçada. Ela era apenas corajosa, doce e estável quando se via em dificuldades — então lutava com todas as suas forças e não se valia da risada. Isso era tão forte que a pobre Melanctha chegava a acreditar que não gostava de encrencas. Procurava calma e tranquilidade, mas encontrava apenas novas fontes de inquietação.

James Herbert era um negro geralmente muito zangado. Era feroz e sério, e tinha certeza de possuir boas razões para se zangar com Melanctha, que sabia tão bem ser malvada e usar seu conhecimento contra um pai ignorante.

James Herbert saía às vezes para beber com John, o cocheiro dos Bishop, que, com sua boa índole, tentava abrandar a raiva do pai. Não que Melanctha contasse ao cocheiro as agruras de sua vida doméstica. Não era do feitio de Melanctha, mesmo no ápice de seus piores problemas, contar o que se passava, mas ainda assim todos sabiam como ela sofria. Apenas quem entendia Melanctha podia perdoá-la, já que ela nunca se queixava ou se mostrava infeliz, mas, ao contrário, estava sempre bela e bem-humorada, mas ainda assim todos sabiam o quanto sofria.

Tampouco o pai, James Herbert, contava seus problemas aos outros; era tão feroz e sério que ninguém pensava em lhe perguntar.

D. Herbert, como seus vizinhos a chamavam, nunca mencionava o marido ou a filha. Era amável, suave, misteriosa e indecisa, além de um pouco pensativa.

Os Herbert eram uma família discreta com seus problemas, mas, de qualquer forma, todos sabiam o que se passava.

Uma noite, Herbert e o cocheiro John sairiam para beber e, na manhã desse mesmo dia, Melanctha apareceu na estrebaria muito alegre e com o melhor dos humores. Naquele manhã, seu bom amigo John percebeu claramente quão doce e bondosa ela era, e o quanto sofria.

John era um decente cocheiro de cor. Tratava Melanctha como se fosse sua filha mais velha. De fato, sentia fortemente seu poder feminino. A esposa de John simpatizava com a garota e fazia o possível para tornar as coisas agradáveis. Em toda a sua vida, Melanctha apreciou e respeitou as pessoas bondosas e atenciosas. Sempre amou e almejou a paz, a gentileza e a bondade, e em toda a sua vida apenas encontrou novas formas de se meter em dificuldades.

Naquela noite, quando John e Herbert já estavam bêbados, o bom John se pôs a elogiar a filha de Herbert. Talvez o bom John tivesse bebido demais, talvez em suas palavras houvesse um vislumbre de algo mais do que pura amizade. Eles estavam realmente bêbados e, naquela manhã, John sentira o poder feminino de Melanctha. Mas James Herbert era um negro feroz, desconfiado e sério, e a bebida não o tornava mais relaxado. Ali, sentado, adquiriu uma aparência tenebrosa e má, enquanto John parecia cada vez mais arrebatado ao falar — um pouco para ele, um pouco para o pai — sobre as virtudes e a doçura de Melanctha.

De repente, os dois homens passaram a se xingar pesadamente, e então afiadas navalhas reluziram em suas mãos, brandidas com passos para trás, depois houve uma briga feroz que durou alguns minutos.

John era um negro de pele clara decente, amável e de boa índole, mas sabia como usar uma navalha para desferir golpes sangrentos.

Ao serem apartados pelos outros negros que bebiam no bar, o cocheiro não estava ferido, mas James Herbert recebera uma violenta facada que lhe saía do ombro direito e percorria todo o corpo. Em geral, as lutas de navalha não provocam ferimentos graves — só aparentemente, pois são demasiado sangrentos.

Herbert foi amparado pelos outros negros, que lhe limparam o ferimento e fizeram um curativo, depois foi colocado na cama para se recuperar da briga e da bebedeira.

No dia seguinte, apareceu furioso na casa da esposa.

"Onde está essa sua filha Melanctha?", perguntou, ao vê-la. "Se estiver de novo na estrebaria dos Bishop com aquele branquelo do John, juro que irei matá-la. Para uma moça decente, ela está se saindo bem, não? Você devia vigiar melhor essa menina; afinal, é a mãe dela."

Melanctha Herbert sempre fora madura e, desde cedo, aprendera a usar seu poder de atração feminino, mas, ainda assim, em sua sabedoria intensa e natural, desconhecia a maldade. Melanctha ainda não entendia as coisas que ouvia à sua volta e que estavam começando a afetá-la.

Quando o pai se pôs a acusá-la, Melanctha não fazia ideia do que pretendia arrancar dela tão ferozmente. Em sua raiva, e de todas as formas que podia, tentou fazê-la confessar algo que não sabia. Melanctha resistiu e não respondeu coisa alguma, pois possuía uma audácia cortante e, naquela altura, já odiava o pai.

Quando a agitação passou, Melanctha começou a entender seu poder, um poder que já sentira dentro dela e que poderia fortalecê-la.

James Herbert não venceu a briga com a filha. Depois de um tempo, esqueceu-se do incidente, assim como se esqueceu de John e do ferimento da navalha.

Melanctha quase deixou de odiar o pai, intrigada com o poder que descobrira dentro de si.

A partir de então, perdeu o interesse em John, em sua esposa e nos belos cavalos. Aquela vida era demasiado tranquila e rotineira, sem qualquer interesse ou excitação.

Melanctha se tornava mulher. Estava pronta, e passou a procurar homens nas ruas e nos becos escuros, a fim de aprender como eram e como agiam.

Nos anos que se passaram, aprendeu inúmeras formas de alcançar a sabedoria. À distância, distinguiu vagamente o conhecimento. Esses anos de aprendizado lhe causaram muitos problemas, embora, na época, ela não tivesse feito nada verdadeiramente errado.

Moças que crescem sob vigilância e cuidados sempre arrumam oportunidades de escapar do mundo, onde aprendem as formas de chegar ao conhecimento. Para uma jovem como Melanctha Herbert, essa fuga era muito simples. Sozinha ou acompanhada de uma amiga, ela perambulava por pátios de trens, docas ou edifícios em construção onde havia homens trabalhando. Então, quando a escuridão da noite encobria todas as coisas, aprendia a conhecer um ou outro. Ela provocava, eles respondiam, e então Melanctha retrocedia um pouco, sem saber direito o que a impedia de continuar. Às vezes quase cedia, mas aquela força dentro dela, que tudo desconhecia, detinha o homem em suas intenções. Era uma estranha experiência de ignorância, poder e desejo. Melanctha não sabia o que queria. Tinha medo e não entendia que naquilo era mesmo covarde.

Melanctha nunca se interessou por garotos. Eram jovens demais para o seu gosto. Tinha muito respeito por qualquer espécie de força dominadora, e era isso o que a tornava mais próxima do insuportável pai, com toda sua virilidade, em detrimento da clara e suave mãe. As características que herdara da mãe nunca lhe pareceram dignas de respeito.

Naqueles dias, foi apenas nos homens que Melanctha encontrou conhecimento e força. Mas não foi por meio deles que aprendeu a entender verdadeiramente esse conhecimento.

Dos doze aos dezesseis anos, perambulou pelas ruas procurando o conhecimento, mas o distinguia apenas vagamente. Continuava estudando e, de fato, frequentou a escola por mais tempo do que a maioria das crianças de cor.

Suas buscas eram secretas e intermitentes, pois sua mãe ainda era viva e estava de olho. E Melanctha, a despeito de sua inabalável coragem, temia que ela contasse certas coisas ao pai, que agora as visitava com maior frequência.

Naqueles dias, Melanctha conversou, conviveu e passeou com diversos homens, mas não chegou a conhecer profundamente nenhum deles. Para eles, Melanctha era vivida e experiente. Julgando que ela sabia de tudo, não lhe contavam nada, e, pensando que já havia se decidido a respeito deles, nada lhe pediam, e assim, por mais que ela perambulasse, estava sempre segura.

Nos dias de aprendizado, essa sensação de segurança foi absolutamente maravilhosa. Melanctha não chegava a se deslumbrar; percebia apenas que, para ela, aquilo não tinha nenhum valor.

Em toda a sua vida, sempre teve consciência do que era uma experiência verdadeiramente autêntica. Sabia que não estava conseguindo o que queria, mas, apesar de sua audácia cortante, naqueles momentos era covarde e não podia, de fato, chegar a compreender.

Melanctha gostava de perambular* e visitar o pátio de trens, observando os homens, as máquinas, os botões e tudo o que estava em movimento. Os pátios eram infinitamente fascinantes e satisfaziam a todo tipo de natureza. Para os preguiçosos, cujo sangue corria vagarosamente, era um mundo sólido e tranquilizante de movimentos, que os brindava com uma vigorosa e tocante sensação de força. Não precisavam trabalhar e, ainda assim, sentiam tudo; talvez até melhor do que os próprios trabalhadores e seus patrões. Já para aqueles que gostavam de ter emoções sem o inconveniente de sofrer, era muito bom sentir o nó na garganta, a plenitude, as batidas do coração e o estremecimento de excitação que surgia ao observar o ir e vir das pessoas, ouvindo o barulho das máquinas e seu apito longo e arrastado. Para as crianças que espiavam por um buraco na cerca, era um mundo maravilhoso de mistério e movimento. As crianças adoravam o barulho e também o silêncio do vento que vinha antes da balbúrdia absoluta do trem, emergindo do túnel onde se perdia na escuridão, e também adoravam toda aquela fumaça, que às vezes saía em círculos e bafejava uma cor azul de fogo.

Para Melanctha, o pátio era sinônimo da agitação causada pela presença dos homens, e talvez de um futuro livre e empolgante.

---

* No original: "*Melanctha liked to wander...*". Alguns estudiosos da obra de Stein associam o seu uso da expressão *wandering*, com relação a Melanctha, à influência de William James, seu professor em Radcliffe, que, em "Psychology: The Briefer Course", de 1892, por exemplo, discute formas de "*mind-wandering*" e "*wandering attention*" como características de crianças e adultos especialmente sensíveis a estímulos sensoriais imediatos.

Melanctha visitava o local com frequência e observava os trabalhadores e as coisas em movimento. Os homens tinham tempo para dirigir-lhe um: "E aí, mana, que tal sentar na minha locomotiva?", ou então: "Ô, neguinha linda, quer ver minha locomotiva fritar?".

Todos os cabineiros gostavam de Melanctha. Às vezes lhe contavam coisas interessantes de seu passado; contavam como, no Oeste, percorriam túneis onde não havia ar, e então saíam e serpenteavam pelas beiras dos precipícios sobre pontes altas e estreitas, e às vezes deixavam cair vagões ou trens inteiros do alto dessas perigosas pontes, e então, das profundezas da morte, os demônios olhavam para cima e riam deles. Contavam como, às vezes, quando o trem se precipitava nas escarpas de montanhas escorregadias, enormes pedras rolavam ao seu redor, algumas atingindo o vagão e matando pessoas; ao contar tais histórias, seus rostos redondos, pretos e brilhantes ficavam solenes, e eles empalideciam e rolavam os olhos, numa espécie de medo e espanto de coisas que podiam assombrá-los só de serem contadas.

Havia um cabineiro grande, sério e melancólico que via conversando com Melanctha, pois gostava de como ela escutava com inteligência e empatia — sobretudo quando ele falava sobre os brancos que tentaram matá-lo, no extremo sul do país, pois um deles tinha ficado bêbado no trem, chamara-o de negro maldito e se recusara a pagar a passagem por causa de sua cor, e ao cabineiro não restou saída senão fazê-lo descer entre duas estações. Por isso ele teve que parar de ir ao sul do país: pois os homens brancos juraram que o matariam, caso voltasse.

Melanctha gostava desse negro sério e melancólico. Em toda a sua vida, buscou e respeitou a gentileza e a bondade, e esse homem lhe dava bons conselhos e a tratava com benevolência; Melanctha percebia claramente essas coisas, mas jamais cedia a elas ou deixava que amenizassem seu pendor para arrumar encrencas.

Melanctha passava o fim da tarde com os cabineiros e trabalhadores do pátio, mas, quando caía a noite, era outra história. Ela procurava cavalheiros, digamos, mais distintos, como empregados de escritório ou agentes expressos das ferrovias, que tentavam conhecê-la passeando ou conversando com ela.

Melanctha sempre conseguia se esquivar, às vezes não sem esforço. Não sabia o que tanto queria, mas, naquilo, com toda sua coragem, Melanctha era covarde, pois não podia chegar a compreender.

Era capaz de passar a noite conversando com um homem. Às vezes, estava em companhia de outra moça e então era mais fácil permanecer ou se esquivar, conforme sua vontade, pois ambas abriam uma rota comum de fuga e, trocando risos e palavras, evitavam que os homens se entusiasmassem em sua dedicação.

Mas quando Melanctha estava sozinha, o que ocorria quase sempre, não era raro que chegasse perto de dar um passo definitivo rumo ao conhecimento. Alguns homens aprendiam com sua conversa, mas nunca profundamente, já que Melanctha não lhes contava toda a verdade. Sem querer, deixava grandes lacunas e criava uma história totalmente diferente, já que não conseguia recordar direito o que acontecera, o que tinha dito e o que havia feito. Os homens até podiam se aproximar um pouco, retendo-a, tomando seu braço ou esclarecendo seus gracejos, mas Melanctha sempre dava um jeito de se esquivar. Julgando que ela tinha experiência, não tornavam suas intenções mais claras e, acreditando que Melanctha já havia se decidido a seu favor, nunca agiam tão rápido que ela não pudesse se esquivar a tempo.

E assim, Melanctha vagava à beira do conhecimento. "Ei, mana, por que não fica mais tempo com a gente?", os cabineiros perguntavam e a detinham em busca de resposta, ao que ela apenas ria e às vezes ficava um pouco mais, embora sempre a tempo de se esquivar.

Melanctha Herbert queria muito saber, e ainda assim temia o conhecimento. Mais tarde, prolongou suas visitas aos homens do pátio e passou a encarar disputas quase equilibradas, das quais sempre conseguia se esquivar.

Próximo ao pátio de trens havia um cais que Melanctha adorava frequentar em suas andanças. Ora sozinha, ora com outra preta decente, mas em ambos os casos ficava observando os homens a descarregar os navios, vendo os vapores sendo abastecidos e ouvindo os uivos daqueles negros bamboleantes, que disparavam com seus corpos fortes e seus gritos selvagens, empurrando, carregando e arrastando enormes caixas dos navios até os armazéns.

Os homens gritavam: "Ei, mana, fica esperta que a gente vai agarrar você", ou: "Neguinha, chega mais, a gente quer levar você pro alto-mar". Lá, Melanctha conhecia marinheiros estrangeiros que lhe contavam todo tipo de maravilhas, e, não raro, o cozinheiro a levava a bordo e lhe mostrava onde as refeições eram preparadas, onde os homens dormiam, onde ficavam as lojas do navio, explicando-lhe que faziam tudo a bordo.

Melanctha adorava esses recantos escuros e malcheirosos. Gostava de observar os estivadores e conversar com eles. Mas não era assim que pretendia alcançar o conhecimento. Durante o dia, procurava os homens mais rústicos, ouvia sobre suas vidas, seu trabalho e suas formas de agir, mas, quando a escuridão da noite encobria todas as coisas, buscava um funcionário de escritório ou um jovem agente marítimo que a vira observando o cais, e com eles tentava entender a vida.

Melanctha também tomou gosto pelos operários de construções. Adorava vê-los içando, cavando, serrando e quebrando pedras. Assim é que aprendia a conhecer os trabalhadores comuns. "Ei, mana, tome cuidado, ou essa pedra vai cair em você e fazê-la em picadinho. Você acha que daria uma boa gelatina?" E então todos riam e achavam as próprias piadas imensamente engraçadas. "Ô, neguinha, você tem medo de subir aqui onde estou? Tome coragem e venha cá, onde posso agarrá-la. Só precisa se sentar naquela pedra que eles estão içando e, quando chegar aqui, eu a seguro com força, não tenha medo, maninha."

Às vezes Melanctha topava fazer uma dessas loucuras para mostrar aos operários seu poder e sua audácia cortante. Certo dia, escorregou e caiu de uma altura considerável. Um operário a amparou e por isso ela não morreu, mas quebrou o braço esquerdo.

Os trabalhadores se aglomeraram ao seu redor. Admiraram o heroísmo e a bravura com que ela suportava a dor do braço quebrado. Levaram-na ao médico e a acompanharam para casa, triunfantes, gabando-se de Melanctha não ter se queixado.

James Herbert estava em casa naquele dia e ficou furioso ao ver a filha em companhia dos operários. Expulsou-os com xingamentos tão pesados que, por pouco, não houve outra briga. James nem sequer deixou o médico tratar de Melanctha. "Você devia vigiar melhor essa menina, afinal, você, você é a mãe dela."

James Herbert não implicava mais com a filha. Temia sua língua, sua educação formal e o hábito de dizer coisas tão desagradáveis para um preto rústico e ignorante. Em seu sofrimento, Melanctha o odiava intensamente.

Foram assim seus primeiros quatro anos como mulher. Muitas coisas aconteceram, mas nenhuma a conduzira ao caminho certo — aquele caminho que a recompensaria com o conhecimento do mundo.

Melanctha Herbert tinha dezessete anos quando conheceu Jane Harden. Jane era negra, mas tinha a pele tão branca que ninguém suspeitaria. Jane recebera uma boa educação. Estudara dois anos em uma faculdade para gente de cor, de onde fora expulsa por má conduta. Ensinou muitas coisas a Melanctha. Ensinou-lhe todas as formas de chegar ao conhecimento.

Naquela época, Jane Harden tinha vinte e três anos e muita experiência. Encantou-se por Melanctha, e Melanctha orgulhava-se de poder conhecer melhor Jane.

Jane Harden não tinha medo de entender a vida. Para Melanctha, que sabia distinguir uma experiência autêntica, lá estava uma mulher que entendia tudo.

Jane Harden possuía maus hábitos. Bebia muito e perambulava demais. No entanto, quando queria, suas andanças eram seguras.

Melanctha Herbert logo passou a perambular com ela. Tentou beber e assumir os outros vícios da amiga, mas não lhes dava tanta importância para poder ir em frente. Porém, a cada momento, crescia seu desejo de entender a vida.

Ambas já não procuravam os homens rústicos, mesmo durante o dia, e, para Melanctha, o nível dos cavalheiros de estirpe também subiu. Não queria mais os funcionários de escritório e os agentes expressos das ferrovias, mas, sim, os homens de negócios, os representantes comerciais e mesmo os funcionários mais graduados, com quem ela e Jane conversavam, passeavam, riam e de quem, eventualmente, se esquivavam. A rotina era igual: travar conhecimento e se esquivar, mas tudo parecia diferente para Melanctha, pois, embora fosse a mesma coisa, havia um sabor singular, já que ela estava em companhia de uma mulher experiente e começava a distinguir o que devia entender da vida.

Não foi por meio dos homens que Melanctha encontrou o conhecimento que procurava. Foi a própria Jane Harden que a fez entender a vida.

Jane era uma mulher endurecida e possuía um poder que gostava de usar. Tinha sangue branco e isso a fazia enxergar de forma mais clara, gostava de beber e isso a tornava impulsiva. Sua origem branca era predominante, e ela demonstrava coragem, persistência e bravura vitais. Estava sempre pronta, por mais que se metesse em apuros. Gostava de Melanctha Herbert justamente pelas qualidades que a amiga encontrava nela. Naquela época, Melanctha era mais jovem, mais doce e sabia escutar com inteligência e empatia as histórias que Jane Harden lhe contava do mundo.

Jane gostava cada vez mais de Melanctha. Passaram a perambular só para ficarem juntas, e não mais para conhecer homens e aprender suas formas de agir. Em seguida, pararam inclusive de perambular, e Melanctha passava longas horas sentada aos pés de Jane em seu quarto, ouvindo suas histórias, sentindo sua força e atração feminina, quando então começou a notar que estava adquirindo o conhecimento do mundo.

Antes que terminassem os dois anos, antes do fim desses dois anos em que ela passou todo o tempo livre na casa de Jane, Melanctha conseguiu enxergar mais claramente e adquiriu o conhecimento do mundo.

Jane Harden era pobre e morava num quartinho na periferia da cidade. Chegara a lecionar numa escola para gente de cor, de onde também fora expulsa por má conduta. Era a bebida que lhe trazia problemas, pois nunca conseguia esconder completamente seu vício.

Jane bebia cada vez mais. Melanctha tentara assumir o vício, mas não tinha interesse suficiente.

No primeiro ano daquela amizade, Jane era a mais forte. Adorava Melanctha e a considerava verdadeiramente inteligente, corajosa e doce, e, antes do fim do ano, ensinou à amiga tudo o que havia de conhecimento do mundo.

Jane transmitia seu conhecimento de diversas formas. Contava muitas coisas a Melanctha. Adorava a amiga e a fazia perceber claramente sua afeição. Nos passeios, mostrava a Melanctha o que os outros queriam e ensinava a ela o que fazer com a força que possuía.

Melanctha passava muitas horas aos pés de Jane, absorvendo sua sabedoria. Aprendeu a amar profundamente

a amiga. Também aprendeu a conhecer a alegria e descobriu o quanto podia sofrer. Aquele sofrimento era diferente do provocado pela mãe e por seu pai preto e insuportável. Em casa, ela lutava e se mostrava forte e destemida,
mas com Jane Harden ela desejava, implorava e se curva-
va diante do sofrimento.

Foi um ano atribulado, mas sem dúvida Melanctha
começou a entender a vida.

E aprendera tudo com Jane Harden. Nada havia de
bom ou mau no agir, sentir, pensar ou conversar que
Jane lhe omitisse. Às vezes, a lição era pesada demais
para Melanctha, mas ela dava um jeito de suportar e,
lentamente, mas com força e emoção crescentes, passou
a entender a vida.

Então, aos poucos, tudo mudou. Aos poucos, agora
naquela amizade, Melanctha Herbert se tornara a mais
forte, e elas acabaram se afastando.

Melanctha tinha clara noção de que fora educada por
Jane Harden, mas Jane fazia muitas coisas das quais Melanctha já não precisava. E então, no final das contas,
Melanctha não lembrava direito o que a outra fizera e o
que acontecera. Agora as duas discutiam e não perambu-
lavam mais juntas, e às vezes Melanctha se esquecia do
quanto devia aos ensinamentos de Jane.

Agora agia como se sempre tivesse possuído aquele
conhecimento. É claro que sabia que fora educada por
Jane, mas os recentes atritos encobriam toda a verdade.

Jane Harden era uma mulher endurecida. No passado,
fora muito forte, mas se enfraquecera em todos os sentidos por causa do álcool. Melanctha tentara beber, mas
não tinha interesse suficiente.

O vício e a natureza endurecida de Jane a impediam
de perdoar Melanctha, ainda mais àquela altura, em que
Melanctha não precisava mais de ninguém. Fortalecera-
-se e agora Jane dependia dela.

Melanctha estava para completar dezoito anos. Era

uma negra elegante, clara, esperta e atraente, um pouco misteriosa, mas sempre boa e amável, além de pronta para ajudar os outros.

Quase não via mais Jane Harden. A amiga não gostava disso e, às vezes, maltratava Melanctha, mas a bebida encobria todas as suas faltas.

Não era do feitio de Melanctha perder a calma com Jane Harden. Em toda a sua vida, ajudara prontamente a amiga em todos os seus problemas, e mais tarde, quando Jane realmente desmoronou, Melanctha fez o possível para ampará-la.

Mas, então, Melanctha Herbert já estava pronta para ensinar sozinha. Podia fazer o que lhe aprouvesse. Sabia o que todos queriam.

Melanctha descobriu que podia ficar um tempo maior com os homens; aprendeu que cabia a ela decidir quando permanecer e viu que podia se esquivar no momento que quisesse.

E assim tornou a perambular. Mas agora, tudo era diferente. Não procurava mais os homens rudes e tampouco se interessava pelos brancos de níveis, digamos, mais elevados. Buscava algo mais real, algo que mexesse com ela, algo que a recobrisse daquele conhecimento que então possuía e que tanto desejava encontrar plenamente.

Naqueles dias, Melanctha perambulou bastante. Dessa vez, sozinha. Não precisava mais de ajuda para conhecer os homens, para permanecer com eles ou para se esquivar quando quisesse.

Antes de contentar-se, experimentou muitos homens. Após um ano de andanças, conheceu um jovem mulato que acabara de iniciar a prática médica. Provavelmente teria um bom futuro, mas não era isso o que interessava Melanctha. Achou-o amável, forte e intelectual, e, em toda a sua vida, Melanctha amou e procurou as pessoas bondosas e atenciosas; além disso, ele não gostou dela à primeira vista. Mantivera a distância, pois não sabia quais eram suas intenções. Melanctha veio a gostar muito dele. Passaram a se conhecer melhor. Os sentimentos se intensificaram. Melanctha gostava tanto daquele homem que não perambulava mais: entregou-se apenas a essa experiência.

Melanctha Herbert agora morava sozinha em Bridgepoint. Dividia a casa ora com esta, ora com aquela senhora de cor, costurava para fora e de vez em quando lecionava como substituta numa escola para gente de cor. Mas não tinha casa ou emprego fixos. A vida estava apenas começando. Ela era jovem e encontrara a sabedoria; continuava elegante, clara e amável, além de pronta para ajudar os outros, e tinha um ar de mistério que a tornava ainda mais autoconfiante.

Antes de encontrar Jefferson Campbell, Melanctha experimentara muitos homens, mas nenhum a tocara profundamente. Ela os conhecia, convivia com eles e depois os deixava, pensando que da próxima vez a experiência seria mais significativa, mas no fim nada disso lhe despertava a atenção. Podia fazer o que lhe aprouvesse, sabia o que todos queriam e, ainda assim, nada a arrebatava. Com aqueles homens, não aprenderia nada. Queria alguém que pudesse ensinar a ela de verdade e, então, quando tinha certeza de ter encontrado o homem certo, ah, sim, era aquele mesmo, acabava percebendo que ele não tinha nada do que ela precisava.

Naquele ano, d. Herbert, como seus vizinhos a chamavam, adoeceu gravemente e morreu.

O pai de Melanctha já não visitava com tanta frequência a casa de sua esposa e da filha. Melanctha nem sequer sabia se ele continuava em Bridgepoint. Era ela que cuidava da mãe. Era sempre Melanctha que cuidava das pessoas em dificuldades.

Melanctha zelava pela mãe. Fazia tudo o que podia: a vigiava, consolava e ajudava, cuidando para que tivesse uma morte tranquila. Mas nem por isso gostava dela, e tampouco a mãe se importava com a filha, que fora uma criança difícil de criar com uma língua que podia ser bem desagradável.

Melanctha fez o máximo que podia e, por fim, sua mãe morreu. Melanctha a enterrou. O pai não compareceu ao funeral e ela nunca mais teve notícias dele.

Foi o jovem médico Jefferson Campbell que a ajudou a cuidar da mãe em seus últimos dias. Ele já tinha visto Melanctha Herbert antes, mas nunca simpatizara com ela e não achava que fosse uma boa pessoa. Ouvira boatos de suas andanças. Também sabia um pouco sobre Jane Harden e tinha certeza de que Melanctha Herbert, que era sua amiga e que também perambulava, não teria um bom futuro.

O dr. Jefferson Campbell era um jovem sério, sincero e bondoso. Gostava de cuidar das pessoas e amava particularmente seus companheiros de cor. Tinha uma vida muito fácil, esse Jeff Campbell, e todos apreciavam sua companhia. Era muito bom e solidário, muito alegre e sincero. Cantarolava quando estava feliz e tinha aquela gargalhada larga e despreocupada que confere aos negros um brilho vasto e quente de alegria.

Jeff Campbell nunca tivera problemas na vida. Seu pai era um homem bondoso, sério e religioso. Era um negro claro de cabelos grisalhos, estável, inteligente e digno, que trabalhara muitos anos como mordomo para a família Campbell, assim como os pais dele.

Os pais de Jefferson Campbell eram, é claro, casados legalmente. Sua mãe era uma mulher parda, doce e pequena que respeitava o bom marido e obedecia a ele, e que também venerava e amava profundamente o único filho, um médico bondoso, sincero, alegre e trabalhador.

Jeff Campbell tivera uma educação religiosa, mas nunca se interessara pelo assunto. Jefferson era uma pessoa boa. Adorava sua família e nunca os magoaria; além disso, os respeitava e fazia de tudo para agradá-los, mas sua verdadeira paixão era a ciência, as experiências e o aprendizado; sonhava em ser médico desde criança e interessava-se pela vida de seus companheiros de cor.

A família Campbell foi muito boa para ele e ajudou--o a realizar seu sonho. Jefferson trabalhou com afinco, frequentou uma faculdade para gente de cor e estudou medicina.

Fazia dois ou três anos que já praticava o ofício. Todos gostavam dele, pois Jeff era forte, bondoso e compreensivo, também porque ria com imensa alegria e gostava de ajudar seus companheiros de cor.

O dr. Jeff sabia tudo sobre Jane Harden. Cuidara dela em algumas de suas piores fases. Também sabia algumas coisas sobre Melanctha, embora não a tivesse conhecido até que sua mãe caísse de cama. Naquela ocasião, foi chamado para cuidar da doente. O dr. Campbell não gostava do jeito de Melanctha e não achava que ela teria um bom futuro.

O dr. Campbell cuidara de Jane Harden em algumas de suas piores fases. Às vezes, Jane falava mal de Melanctha para ele. Que direito tinha aquela Melanctha Herbert, que tanto devia a ela, Jane Harden, que direito tinha uma garota daquelas de deixá-la por outros homens? Melanctha não sabia se comportar com quem quer que fosse. Jane não negava que a amiga tivesse uma boa cabeça, embora nunca a usasse para coisas decentes. Mas o que se podia esperar se Melanctha tinha um pai preto tão rude, que a propósito ela vivia maltratando, mesmo sendo igualzinha a ele, e a quem de fato admirava tanto, embora ele nunca tivesse gratidão por ninguém, enfim, ela era igualzinha a ele e se orgulhava disso, e Jane estava cansada de ouvi-la negar. Jane Harden odiava essa gente que possuía uma boa cabeça, mas não a utilizava; Melanctha tinha essa fraqueza de nunca admitir que gostaria de ser como o pai, e era tão boba de maltratá-lo, já que era muito parecida com ele e gostava disso. Não, Jane

Harden não via esperanças em Melanctha. É claro que Melanctha era muito bondosa com Jane, isso a amiga fazia questão de reconhecer. Nunca conseguira abandonar ninguém de verdade. Não sabia usar a cabeça para resolver logo as coisas, de uma vez por todas. Melanctha Herbert tinha uma boa cabeça, isso Jane nunca negara, mas não queria mais ouvir falar dela, e queria que Melanctha nunca mais aparecesse para visitá-la. Não a odiava, mas não suportava mais ouvi-la falar do pai e de toda aquela lenga-lenga que não tinha a menor importância para ela. Jane Harden estava farta. Não via esperanças em Melanctha, e, aliás, se o dr. Campbell a visse, melhor dizer que Jane não queria mais saber dela, e que ela podia cansar os ouvidos de outra pessoa que estivesse disposta a acreditar nela. E então Jane Harden se afastava e se esquecia de Melanctha e de sua vida passada, e voltava a beber para encobrir todas as coisas.

Jeff Campbell vivia ouvindo essa ladainha, que não interessava a ele em absoluto. Não tinha a menor vontade de saber mais sobre Melanctha. Certa vez, ouviu-a conversando com uma outra amiga no portão da casa de Jane, durante uma consulta. Não se impressionara com a conversa. Não se impressionara com as coisas más que Jane dizia de Melanctha. Estava mais interessado na própria Jane do que em qualquer assunto relativo a Melanctha. Sabia que Jane tinha uma boa cabeça, era atraente e de fato tinha feito bobagens, e que agora a bebida encobria todas as suas faltas. Jeff Campbell ficava triste ao presenciar esse tipo de coisa. Jane Harden era uma mulher endurecida, e ainda assim Jeff via nela muitas qualidades boas e fortes que lhe agradavam.

Jeff Campbell fez o que podia por Jane Harden. Não se incomodava em perguntar sobre Melanctha. Achava que não se interessaria por ela. Jane Harden era mais forte e tinha uma cabeça realmente boa, que já chegara a usar, antes que o problema da bebida varresse tudo.

O dr. Campbell ajudou Melanctha Herbert a cuidar da mãe doente. Passou a vê-la com frequência e por muitas horas, portanto às vezes conversavam longamente, mas Melanctha nunca mencionava Jane Harden. Discutiam generalidades, às vezes ela falava sobre remédios ou contava alguma história engraçada. Perguntava-lhe muitas coisas e escutava com atenção as respostas, de modo que não se esquecia de nada do que ele dizia sobre sua profissão, assim como não se esquecia do que os outros lhe diziam.

Jeff Campbell não via nenhum interesse particular nessas conversas. Também não passou a gostar mais de Melanctha ao vê-la com frequência. Quase não pensava nela. Jamais acreditou que possuísse uma boa cabeça, ao contrário de Jane Harden. Sempre gostou mais de Jane, e desejava que ela nunca tivesse começado a beber.

A mãe de Melanctha Herbert estava piorando. Melanctha fez tudo o que podia. Mas nem por isso a mãe passou a gostar dela. Nunca chegara a confessá-lo, mas todos sabiam que d. Herbert quase não pensava na filha.

O dr. Campbell frequentava cada vez mais a cabeceira de d. Herbert. Um dia, a paciente piorou muito, e o dr. Campbell julgou que morreria naquela noite. Conforme o combinado, voltou mais tarde para ver d. Herbert e fazer companhia à filha. Melanctha Herbert e Jeff Campbell passaram a noite toda de vigília. D. Herbert não morreu. No dia seguinte, estava até um pouco melhor.

A casa onde Melanctha morava com a mãe era de tijolos vermelhos e tinha dois andares. Não havia muita mobília e algumas vidraças estavam quebradas. Melanctha não tinha dinheiro, mas, com a ajuda da prestativa vizinha, conseguia cuidar da mãe e manter a casa razoavelmente limpa.

A mãe estava numa cama no segundo andar, aonde se chegava por uma escadaria. Só havia dois quartos no andar de cima. Naquela noite de vigília, Melanctha e o dr. Campbell sentaram-se lado a lado nos degraus, para que pudessem prestar atenção na paciente sem que a luz direta a incomodasse, e também para poderem ler, se quisessem, ou conversar em voz baixa sem acordar d. Herbert.

O dr. Campbell adorava ler, mas se esquecera de trazer um livro. Gostaria de ter algo no bolso para folhear e se distrair durante a noite. Após examinar d. Herbert, saiu do quarto e sentou-se num degrau acima de onde Melanctha estava. Falou que tinha se esquecido de trazer um livro. Melanctha disse que havia uns jornais antigos nos quais o dr. Campbell poderia encontrar algo para passar o tempo. Certo, disse o dr. Campbell, seria melhor do que ficar sentado sem ter o que fazer. Pôs-se a ler os jornais que Melanctha lhe dera. Quando alguma coisa chamava a sua atenção, lia em voz alta. Melanctha estava muito calada. O dr. Campbell sentiu alguma coisa na forma como ela reagia. Pensou que ela talvez possuísse uma boa cabeça — coisa que não podia saber com certeza, mas já desconfiava.

Jefferson Campbell gostava de falar sobre seu trabalho e seu esforço em benefício dos companheiros de cor. Melanctha Herbert nunca pensara nessas coisas. Não dava ao dr. Campbell sua opinião sobre elas. Melanctha não tinha as mesmas ideias que ele sobre a necessidade de se levar uma vida boa e regular, sem excitações constantes, que era o que Jefferson Campbell desejava que os negros fizessem para permanecerem sábios e felizes. Melanctha sempre teve noção do que era uma experiência verdadeiramente autêntica.

Melanctha Herbert nunca considerara essa outra forma de chegar ao conhecimento.

O dr. Campbell logo terminou a leitura dos jornais e, por algum motivo, passou a discutir suas ideias. Disse que gostava de trabalhar para entender o que incomodava as pessoas, e não apenas pela excitação da profissão, e afirmou que era preciso respeitar os pais e levar uma vida regular, sem desejos e excitações, assim como era preciso saber onde estamos, o que esperamos e dizer exatamente o que sentimos. Jeff Campbell repetia que esse era o único tipo de vida possível. "Não, não vejo por que viver numa excitação constante, almejando todos os tipos de experiência. Já tenho o suficiente ao levar uma vida tranquila com minha família, trabalhando, tomando conta das pessoas e procurando entendê-las. Não acredito nessa coisa de perambular e não quero ver meus companheiros de cor metidos nisso. Sou um homem de cor e não me envergonho disso, e gosto de ver meus companheiros desejarem aquilo que é bom e o que eu gostaria que fizessem, ou seja: levar uma vida regular, trabalhar duro e entender a vida, que é o suficiente para excitar qualquer homem decente." Jeff Campbell falava com um certo fervor. Mas não pensava em Melanctha. Referia-se diretamente ao seu ideal de vida e ao que aspirava para seu povo.

Melanctha Herbert escutava. Sabia que ele falava a sério, mas, ainda assim, aquele discurso não lhe dizia nada, e um dia o próprio médico descobriria que não levava, de modo algum, à verdadeira sabedoria. Melanctha sabia muito bem o que era o conhecimento de verdade. "Mas, e Jane Harden?", perguntou ela. "Me parece, dr. Campbell, que o senhor vê alguma coisa nela, pois vai visitá-la sempre e conversa com ela mais do que com as moças direitas que ficam em casa com os pais, essas que o senhor elogia tanto. Ah, doutor, não vejo muita coerência entre o que senhor diz e o que o senhor faz. E sobre ser tão bondoso, dr. Campbell", prosseguiu Melanctha, "o senhor não se dá o trabalho de ir à igreja, mas vive dizendo que as pessoas devem fazer essas coisas. Me parece que o senhor, assim como todo mundo, quer ter uma vida agitada, mas fica dizendo que é preciso ser bom e não buscar excitações, e o senhor mesmo não quer fazer isso, dr. Campbell, não mais do que eu ou Jane Harden. Não, dr. Campbell, me parece que o senhor não conhece bem a si mesmo, nem sabe o que quer dizer."

Era hábito de Jefferson falar sem parar, e a resposta de Melanctha o incitara. Ele riu, mas em um tom baixo, como se não quisesse perturbar d. Herbert, que dormia profundamente, então olhou de forma divertida para Melanctha e formulou sua resposta.

"Eu sei", começou, "nesses termos, não parece mesmo que sei do que estou falando, srta. Melanctha, mas é só porque você não entendeu direito as minhas palavras. Nunca afirmei conhecer todos os tipos de pessoas, tampouco neguei que há diversos tipos delas, e nem que descarto alguém como Jane Harden como uma pessoa agradável de se conhecer, mas, veja, é o atributo da força que aprecio em Jane, não as suas excitações. Não aprovo sua má conduta, mas Jane é uma mulher forte e sempre admirei isso nela. Sei que não acredita no que estou dizendo, srta. Melanctha, mas é verdade, e, se você age assim, é porque não entende minhas palavras. Sobre a religião, esse não é meu jeito de exercer a bondade, mas, para muitos, é um bom caminho em direção a uma vida boa e regular, e, se eles acreditam nisso e se os ajuda a serem melhores, não tenho nada contra. Não, srta. Melanctha, o que não aprovo em meus companheiros de cor é quando eles buscam novas formas de excitação."

Jefferson Campbell interrompeu seu discurso. Melanctha Herbert não respondeu coisa alguma. Ambos ficaram calados nos degraus.

Jeff Campbell voltou a se ocupar com os jornais velhos. Continuava sentado num degrau acima de onde Melanctha estava e retomou sua leitura, balançando a cabeça, lendo ou pensando no que gostaria de estar fazendo, e então esfregava a boca com o dorso da mão, franzia a testa e coçava a cabeça para pensar melhor. Melanctha continuava imóvel observando o lampião e às vezes diminuía um pouco a chama quando o vento soprava forte e ameaçava apagá-la.

E assim Jeff Campbell e Melanctha Herbert permaneceram calados por muito tempo, sem parecer fazer caso

MELANCTHA 107

da presença um do outro. Passaram cerca de uma hora nos degraus, e então Jefferson deu-se conta de que estava sozinho com Melanctha. Não sabia se ela também tinha aquela forte sensação de sua presença. Jefferson pensou por um instante. Aos poucos, viu que ambos deviam sentir a mesma coisa. Era importante saber que ela também sentia a mesma coisa. Permaneceram ali, calados, por muito tempo.

Por fim, Jefferson pôs-se a falar sobre o lampião que fumegava. Explicou o que fazia um lampião fumegar. Melanctha deixou-o falar. Não respondeu, de modo que ele deu a conversa por encerrada. Logo ela se aprumou e começou a interrogá-lo.

"Sobre o que o senhor estava falando, dr. Campbell, de levar uma vida regular e tudo o mais, não entendi mesmo o que quis dizer. O senhor não se parece com toda essa gente boa e religiosa com quem gosta de se comparar. Conheço pessoas boas, dr. Campbell, e o senhor não se parece com elas. É tão livre e sossegado quanto o resto de nós e gosta de ficar com a Jane Harden, que é bem malvada, coisa que não parece aborrecê-lo e que o senhor nem sequer desaprova. Sei que gosta dela como amigo, dr. Campbell, e por isso não entendi o que o senhor quis dizer. Vejo que é muito sincero e tento acreditar no senhor, mas não posso dizer que entendi o que quis dizer quando falou que quer ser bom e devoto, porque tenho certeza, doutor, que o senhor não é desse tipo de homem e nunca se envergonhou de andar com gente diferente. O senhor pensa que está fazendo o que diz, mas não consigo entender o que quer dizer."

O dr. Campbell riu tão alto que quase acordou d. Herbert. Gostava do jeito com que Melanctha dizia essas coisas. Pensou que ela devia possuir uma boa cabeça, de verdade. Gargalhava abertamente, mas não a ponto de irritá-la. Sua risada era simpática, mas logo cessou. Ele fechou a expressão e coçou a cabeça para pensar melhor.

"Eu sei, srta. Melanctha", começou, "não é fácil entender o que eu quis dizer, e talvez as boas pessoas que admiro não aprovem meu jeito de fazer o bem, exatamente como você, srta. Melanctha. Mas isso não importa. O que eu quis dizer é que nunca, nunca acreditei em agir apenas para obter excitações. Quer dizer, do jeito que muitas pessoas de cor fazem. Em vez de trabalharem duro, optando por uma vida regular com a família e economizando para criar os filhos, em vez de levarem vidas regulares e de se virarem com uma existência decente, limitam-se a perambular por aí, bebendo e cometendo todos os pecados possíveis — não porque gostam de fazer essas coisas, mas sim porque buscam excitações. Não, srta. Melanctha, eu sou um homem de cor e não me envergonho disso; quero ver meus companheiros sendo bons, cuidadosos, honestos e levando vidas regulares, e tenho certeza de que todos podem ser felizes e podem aproveitar a vida sem ter que escolher o mau caminho e procurar excitações. É isso mesmo, srta. Melanctha, eu gosto das coisas boas, tranquilas e acho que é o melhor caminho para nós. Não quis dizer nada além disso. Nada, senão agir de forma correta. Não é ser devoto e evitar as pessoas diferentes, srta. Melanctha, eu nunca disse que, quando alguém diferente entra na sua vida, é preciso expulsá-lo. Só acho que não se deve tentar conhecer todo mundo que se vê pela frente, apenas para passear e ficar excitado. É esse tipo de atitude que rejeito, srta. Melanctha, e que é tão ruim para nós. Não sei se entendeu melhor agora, mas pelo menos sabe que estou falando sério."

"Entendi, dr. Campbell. Sei que o senhor está falando sério. Já sei: acha que não devemos amar ninguém."

"Não, não é nada disso, srta. Melanctha, eu acredito no amor, em ser bom com o próximo, em tentar entender as necessidades dos outros para ajudá-los."

"Sei disso, dr. Campbell, mas não é desse tipo de amor que estou falando. É do amor de verdade, forte e

MELANCTHA 109

quente, que nos faz cometer todo tipo de loucura por quem amamos."

"Ainda não conheço esse tipo de amor, srta. Melanctha. As coisas são assim comigo. Vivo ocupado com o trabalho e não tenho tempo para bobagens, e além disso, não gosto de excitações, e esse tipo de amor implica ficar excitado o tempo todo. É o que penso quando vejo os outros apaixonados, o que decerto não combina comigo. Veja, srta. Melanctha, sou um sujeito muito tranquilo que acredita numa vida tranquila para as pessoas de cor. Não, nunca me meti nesse tipo de encrenca."

"Entendi, dr. Campbell", respondeu Melanctha, "foi isso o que me impediu de conhecê-lo direito e foi isso o que o senhor quis dizer. O senhor tem medo de sentir as coisas. Deseja apenas discorrer sobre a bondade e divertir-se com os outros sem se meter em complicações. Para ser sincera, dr. Campbell, não gosto muito desse seu jeito de agir. Quanto a mim, não sou lá tão boa. Pelo menos não sou mais, porém o senhor, dr. Campbell, tem medo de sentir as coisas, e é a única explicação que posso dar para o que o senhor me disse, para aquilo que o senhor quis dizer."

"Não sei dizer, srta. Melanctha, acho que não consigo sentir nada profundamente, embora goste das coisas boas e tranquilas, mas não vejo mal em me manter seguro, srta. Melanctha, quando não desejo morrer por uma coisa dessas — não conheço nada mais perigoso do que se apaixonar perdidamente por alguém. Não tenho medo de doenças ou de complicações reais, srta. Melanctha, e não gosto de me gabar sobre o que sou capaz de fazer a esse respeito, mas não vejo motivos para me meter em encrencas apenas em busca de excitações. Não, srta. Melanctha, eu conheço dois tipos de amor. Um deles é o sentimento tranquilo de trabalhar com afinco, levando uma vida regular e correta, e o outro é praticado pelos animais vadios e não me parece bom, embora eu não me considere apto para julgar aqueles que o apreciam. São esses os tipos de amor que conheço, e não vejo motivos para me enredar neste último, se for apenas para arrumar encrenca."

Jefferson interrompeu seu discurso e Melanctha pensou um pouco.

"Isso confirma o que eu achava do senhor esse tempo todo. Não entendia como o senhor podia ser tão vivo, conhecedor de tudo e de todos, tão falante, querido e pensativo, ainda que jamais tivesse conhecido alguém e não tivesse entendido propriamente o mundo. É que o senhor tem medo de perder o controle ao ser tão bom, e me parece, dr. Campbell, que esse tipo de bondade controlada não tem muito valor."

"Talvez você tenha razão, srta. Melanctha", respondeu Jefferson. "Não posso negar, talvez você tenha razão. Preciso aprender mais, srta. Melanctha, e cuidar das pessoas de cor vai me fazer bem. Não posso negar. Talvez eu possa conhecer melhor as mulheres se tiver uma boa professora."

Então d. Herbert se mexeu na cama. Melanctha subiu os degraus correndo e o dr. Campbell precipitou-se para ajudá-la. D. Herbert acordou e estava ligeiramente melhor. Já era de manhã, e o médico deixou orientações para Melanctha, em seguida foi embora.

Em toda a sua vida, Melanctha Herbert amou e procurou as pessoas bondosas e atenciosas. Jefferson Campbell era tudo o que ela queria. Era um mulato forte, elegante, alegre, bondoso e esperto. De início, não se interessou por Melanctha e, quando começou a notá-la, achava que não teria um futuro decente. Além disso, Jefferson Campbell era gentil. Ao contrário dos outros homens, jamais fizera certas coisas que agora lhe pareciam muito feias. Além disso, o médico não sabia o que Melanctha queria, o que, aos olhos dela, só fazia aumentar seu encanto.

Ele passou a vir todos os dias para ver d. Herbert. Depois daquela noite de vigília, a paciente de fato apresentara melhoras, mas ainda estava muito doente e logo morreria. Na época, Melanctha fez o que podia. Nem por isso, Jefferson passou a gostar mais dela. Não era essa bondade que queria encontrar nela. Sabia que Jane Harden estava certa ao dizer que Melanctha era boa com todos, mas que isso não a tornava melhor aos olhos de ninguém. Nem d. Herbert passara a gostar mais da filha, mesmo em seus últimos dias de vida, e por isso Jefferson nunca deu valor à bondade de Melanctha com a mãe.

Agora Jefferson e Melanctha se viam com frequência. Apreciavam a companhia um do outro e adoravam conversar. Em geral, falavam sobre coisas externas e emitiam suas opiniões a respeito de tudo. Em raros momentos, confessavam o que sentiam. Às vezes, Melanctha provocava Jefferson apenas para mostrar que não se esquecera, mas normalmente se limitava a ouvi-lo tagarelar sobre suas convicções. Melanctha gostava cada vez mais de Jefferson Campbell; Jefferson via que Melanctha possuía mesmo uma boa cabeça e começava a perceber sua verdadeira doçura. Não em sua bondade com a mãe, pois aquilo nunca tivera grande significado, mas havia um tipo forte de doçura que Jefferson percebia em sua presença.

D. Herbert estava piorando. De novo, o dr. Campbell garantiu que ela morreria antes do raiar do dia. Disse que voltaria para fazer companhia a Melanctha e para tornar aquela morte o mais tranquila possível. O médico retornou mais tarde, após concluir suas visitas, e consolou d. Herbert, depois se sentou num degrau acima de onde Melanctha, cansada, encarava o lampião. Ele também estava exausto, e ambos permaneceram calados.

"O senhor parece imensamente cansado hoje, dr. Campbell", disse Melanctha, por fim, num tom de voz baixo e gentil. "Por que não se deita e dorme um pouco?

O senhor é tão bondoso e eu gostaria de tê-lo ao meu lado hoje à noite, mas não me parece certo mantê-lo aqui, quando há tantos outros pacientes para cuidar. O senhor foi muito gentil de voltar, dr. Campbell, mas posso me virar esta noite sem o senhor. Vá para casa dormir, o senhor está precisando."

Por um instante, Jefferson não respondeu, a fitar Melanctha com uma expressão muito doce.

"Nunca pensei que você pudesse ser tão doce e atenciosa comigo, srta. Melanctha." Ainda num tom delicado, ela retrucou: "Dr. Campbell, nunca pensei que o senhor se permitiria gostar de mim. Achei que não aceitaria descobrir por si próprio se eu tinha alguma doçura".

Por muito tempo, ambos permaneceram calados e exaustos. Por fim, Melanctha se pôs a falar com Jefferson Campbell em um tom baixo e monocórdio.

"O senhor é um homem bom, dr. Campbell, é o que vejo cada vez mais. Sem dúvida, desejo muitíssimo ser amiga de um homem tão bom, agora que o conheço. Ao contrário dos outros homens, o senhor jamais me fez certas coisas que agora me parecem tão feias. Diga-me a verdade, doutor, o que acha de ser meu amigo? Sei que o senhor é um homem bom e que, se aceitar minha proposta, não me desapontará do jeito que os homens costumam fazer com as mulheres que gostam deles. Diga-me a verdade, dr. Campbell, o que acha de ser meu amigo?"

"Oh, srta. Melanctha", respondeu lentamente o médico, "você sabe que não posso responder a essas coisas assim, de repente. Você sabe, srta. Melanctha, que ficarei muito feliz se isso for acontecendo e se ficarmos muito amigos, mas veja, sou um sujeito bastante lerdo e tímido. Embora tenha respostas muito rápidas com os outros, não consigo falar assim de repente sobre um assunto tão sério, pelo menos até conhecê-la melhor, até saber o quanto gosto de você e o que desejo fazer de bom em seu favor. Você sabe, srta. Melanctha."

MELANCTHA   113

Ela exclamou: "Que bom que está sendo sincero comigo, Jeff Campbell".

"Ah, eu sempre sou sincero, srta. Melanctha. É fácil para mim ser sincero, é só dizer exatamente o que estou pensando. Nunca tive motivos para não dizer com franqueza o que penso."

Ambos permaneceram quietos nos degraus. "Fico imaginando", começou Jeff Campbell, "fico imaginando se nós sabemos exatamente o que o outro está pensando. Fico imaginando, srta. Melanctha, se sabemos de verdade o que o outro está querendo dizer."

"Isso significa que o senhor me julga uma má pessoa, Jeff Campbell", disparou ela.

"Claro que não, srta. Melanctha, penso melhor de sua pessoa a cada dia e adoro conversar com você; aliás, acho que ambos gostamos de ficar juntos, e cada vez você me parece melhor e mais doce. É só que sou muito lerdo, mesmo tendo respostas tão rápidas com os outros, e não gosto de afirmar algo de que não tenho certeza, e além disso não sei exatamente o que você quis dizer. Você sabe, srta. Melanctha, é isso que me faz afirmar o que eu lhe disse há pouco, quando você me fez a pergunta."

"Agradeço novamente por ser sincero comigo, dr. Campbell", ela repetiu. "Acho que irei deixá-lo agora, doutor. Vou me deitar um pouco no outro quarto. Não ficarei aqui, de modo que o senhor pode ir para casa descansar. Boa noite, dr. Campbell, eu o chamarei se precisar de ajuda. Espero que durma bem."

Quando Melanctha saiu, Jeff Campbell permaneceu imóvel nos degraus, pensando. Nunca entendia o que Melanctha queria dizer. Não sabia o quanto a conhecia. Pensou se devia passar tanto tempo com ela e ficou imaginando o que devia fazer. Jefferson Campbell gostava de todo mundo e muita gente apreciava sua companhia. As mulheres gostavam dele, pois era forte, bom e compreensivo, além de inocente, firme e gentil. Às vezes elas imploravam sua presença e, quando ele cedia, a convivência podia ser cansativa. Às vezes, distraía-se com as mulheres, mas jamais tivera qualquer sentimento mais forte. Com Melanctha Herbert, era diferente. Jefferson não sabia o que queria. Não sabia exatamente o que ela queria. Se fosse apenas diversão, não iria continuar. Mas, afinal, ela vivia dizendo que o médico não sabia sentir as coisas profundamente. Dizia que ele tinha medo de se deixar levar pelos sentimentos e que, além do mais, ele nunca entendia as coisas. Isso o preocupava muito, pois queria entender. Se apenas soubesse o que Melanctha desejava. Antes, Jefferson achava que conhecia um pouco as mulheres. Agora descobria que não sabia de nada. Não tinha a mínima noção sobre quem era Melanctha. Não sabia o que era certo fazer. Ficava imaginando se tudo aquilo era uma grande brincadeira. Se fosse, ele não queria continuar, mas se fosse apenas um desentendimento da parte dele, então não podia agir de forma covarde. Era difícil saber o que Melanctha queria. Ele pensava e pensava, mas nunca entendia. Por fim, desistiu de pensar. Concluiu que era tudo uma brincadeira. "Não vou mais continuar com isso", decidiu em voz alta. "Vou parar e me concentrar no trabalho e nas doenças de pessoas como d. Herbert"; então Jefferson tirou o livro do bolso, aproximou-se do lampião e retomou suas leituras científicas.

Passou uma hora lendo e se esqueceu por completo de sua dificuldade de entender o sentido das palavras de Melanctha. Então d. Herbert sentiu dificuldades para respirar. Acordou arquejante. O dr. Campbell correu em seu auxílio e deu-lhe um remédio. Melanctha surgiu do outro quarto e seguiu as instruções do médico. Juntos, deixaram d. Herbert mais confortável e tranquila, e ela logo voltou a cair no sono.

O dr. Campbell voltou a se acomodar nos degraus. Melanctha saiu do quarto e passou um tempo em pé junto dele, então se sentou e observou-o a ler. Aos poucos, voltaram a conversar. Jeff Campbell percebeu que estava tudo diferente. Talvez não fosse só brincadeira. De qualquer forma, gostava de estar com ela. Pôs-se a falar do livro que estava lendo.

Melanctha lhe fazia perguntas inteligentes. Jefferson sabia que ela tinha uma boa cabeça. Estavam passando momentos agradáveis juntos, a conversar. Mas logo voltaram a ficar quietos.

"Que bom que você voltou para falar comigo, srta. Melanctha", Jefferson disse, por fim, pois agora tinha certeza de que não era tudo brincadeira. Melanctha era uma boa mulher, tinha uma boa cabeça e uma doçura real, e de fato poderia ensinar-lhe alguma coisa. "Ah, eu gosto muito de conversar com você, dr. Campbell", ela respondeu, "você foi sincero comigo, gosto quando um homem é sincero." Então tornaram a ficar em silêncio, sentados nos degraus, com o lampião fumegante entre eles. Melanctha inclinou-se em direção ao dr. Campbell, tomou-lhe a mão e a apertou, sem dizer nada. Soltou-a e aproximou-se ainda mais. Jefferson moveu-se ligeiramente, mas não reagiu. Por fim, Melanctha disse, de forma severa: "Certo". "Eu estava pensando...", ele arriscou, "estava imaginando...", e media as palavras. "Nunca interrompa assim seu pensamento ao expressar sentimentos, Jeff Campbell", disse Melanctha de um jeito triste. "Não sei", explicou o médico, "não sei dizer. Não consigo parar de pensar e, no dia em que sentir alguma coisa sem pensar, tenho medo de não chegar a lugar algum com esse tipo de sentimento. Mas sei que você não está preocupada com a minha habitual falta de emoções, srta. Melanctha. Sinto alguma coisa, sim, embora o sinta sem saber como parar de racionalizar." "Acho que não dou muito valor a essa maneira de sentir, dr. Campbell." "Pois está muito enganada, srta. Melanctha. Sinto mais coisas por você do que jamais sentiu por mim, juro. Não acho que me conhece o suficiente quando fala assim de forma tão dura. Me diga com franqueza, srta. Melanctha, o quanto você gosta de mim?"

"Gosto de você, Jeff Campbell", respondeu ela lentamente. "Gosto do senhor menos do que o senhor supõe e muito mais do que jamais saberá."

Jeff Campbell parou e calou-se diante do obscuro significado das palavras de Melanctha. Permaneceram em silêncio por um longo tempo. "Bom, Jeff Campbell", disse ela. "Oh", o médico respondeu e se mexeu ligeiramente, então permaneceram calados por muito tempo. "Não tem nada a me dizer, Jeff Campbell?", ela perguntou. "Oh, sim, a respeito do que estávamos falando um para o outro... Veja, srta. Melanctha, sou um sujeito muito lerdo e tímido, e nunca sei exatamente o que você quer dizer. Mas sei que gosto muito de você e sei que tem ótimas qualidades. Acredite no que estou dizendo." "Claro que acredito, Jeff Campbell", ela respondeu e calou-se, com certa tristeza no olhar. "Acho que vou entrar de novo para descansar, dr. Campbell", disse ela. "Não me deixe, srta. Melanctha", pediu o médico, sem hesitar. "Por que não, o que o senhor quer de mim?", ela perguntou. "Como assim?", disse o médico. "Quero conversar com você sobre todos os assuntos. Você sabe muito bem, srta. Melanctha." "Acho que vou me deitar e deixar o senhor com os seus pensamentos", explicou Melanctha gentilmente. "Estou muito cansada hoje, doutor. Boa noite, espero que o senhor descanse bem." Ela curvou-se para dizer boa-noite e então, de repente, deu-lhe um beijo, virou as costas e foi embora.

O dr. Campbell permaneceu em silêncio, pensando um pouco naquilo e, às vezes, sentindo alguma coisa em seu íntimo. Ficou sozinho até o amanhecer, quando, com a ajuda de Melanctha, entrou no quarto de d. Herbert e velou por ela. Ela resistiu até as dez da manhã, quando, então, lentamente e sem dor, faleceu. O médico ficou ao seu lado até o último suspiro, também porque queria consolar Melanctha. Assim que tudo chegou ao fim, pediu que a vizinha ajudasse Melanctha a arranjar as coi-

MELANCTHA 117

sas e foi cuidar dos outros pacientes. Mas logo voltou
para vê-la e ajudou-a a organizar o funeral. Melanctha
mudou-se para a casa da boa mulher que fora sua vizinha. Ainda encontrava Jeff Campbell com frequência. As
coisas foram ficando mais sérias entre eles.

Agora ela não perambulava mais, exceto na companhia de Jeff Campbell. Às vezes ambos passeavam por
um longo tempo. Jeff não perdera o hábito de tagarelar
sobre tudo o que pensava. Já Melanctha não falava tanto. Às vezes ele a provocava por causa de seu silêncio.
"Eu achava que você era bem mais falante, pelo que Jane
Harden dizia de você e pelo que pude ouvir quando a vi
pela primeira vez. Me diga a verdade, Melanctha, por
que quase não conversa comigo? Talvez eu fale demais e
não lhe dê chance, ou talvez você me ouça falar tanto que
perdeu o gosto por pessoas tagarelas. Me diga a verdade,
Melanctha, por que quase não conversa comigo?" "Sabe
muito bem por quê, Jeff Campbell", ela respondeu. "É
óbvio que não se interessa pelas minhas opiniões. Costuma pensar sobre as coisas mais do que eu, Jeff, e não se
importa com o que tenho a dizer. Sabe que é verdade o
que estou falando e gostaria que admitisse, se quiser ser
realmente sincero comigo, como eu gosto que você seja."
Jeff riu e fitou Melanctha com carinho. "Nunca digo que
você tem razão quando me fala essas coisas. O problema
é que você gosta de falar o que acha que os outros que-
rem ouvir, e quando é assim, Melanctha, sinceramente,
não faço questão de ouvi-la, mas às vezes você me diz
o que realmente está pensando e então gosto muito de
prestar atenção." Melanctha sorriu com extrema doçura e sentiu profundamente seu poder. "É verdade, não
costumo tagarelar quando realmente gosto de alguém.
Veja, para as mulheres, não adianta muito falar sobre as
emoções. Você vai ver quando sentir verdadeiramente as
coisas. Não se sentirá tão preparado para falar. Vai ver
que eu tenho razão." "Nunca disse que você não tinha

razão, Melanctha", respondeu Jeff Campbell. "Talvez meus pensamentos não sejam tão claros assim. Nunca disse e nem direi que você está errada. Talvez eu perceba que é tudo muito diferente, quando enfim entender o que você está me dizendo." "Você é tão bom e doce comigo, Jeff Campbell", ela observou. "Puxa, eu certamente não sou bom com você, Melanctha. Eu a perturbo o tempo todo com meu falatório, sim, mas gosto muito de você." "E eu gosto de você, Jeff Campbell. Sempre foi para mim meu pai, minha mãe, meu filho, tudo. Não saberia dizer o quanto tem sido bom comigo. Antes de encontrar você, nunca tinha conhecido um homem que não me fizesse coisas feias. Até mais, Jeff, venha me ver amanhã depois de visitar os pacientes." "Claro, Melanctha, você sabe que eu virei", disse Jeff Campbell; então foi embora.

Aqueles meses foram de grande incerteza para o médico, que não sabia o quanto conhecia Melanctha. Agora passavam muito tempo juntos e ele gostava cada vez mais dela. Mas ainda não a conhecia o suficiente. Estava começando a achar que quase podia confiar em sua bondade. Porém não tinha certeza de nada. Melanctha sempre agia de modo a provocar desconfianças, e ainda assim ele se sentia tão próximo dela. Não pensava mais naquilo concretamente. Deixava tomar-se pela emoção. Decidira não participar da luta que se dava em seu íntimo.

Jeff gostava de ficar com Melanctha, mas odiava ter que ir visitá-la. Tinha um certo medo de vê-la, mas tomava o cuidado de não demonstrar covardia. Quando estava com ela, perdia o medo. Ambos eram sinceros e se aproximavam. Porém, no caminho para a casa dela, Jeff rezava para que acontecesse qualquer coisa que o desviasse.

Aqueles foram meses muito incertos para Jeff Campbell, que não sabia o que queria e não sabia o que Melanctha queria. Por toda a sua vida, Jeff apreciou a companhia das pessoas e gostou de refletir, mas era apenas um moleque crescido e nunca sentira uma coisa tão esquisita. Naquela noite, após livrar-se de suas tarefas e se ver pronto para ir visitá-la, puxou assunto com todos os que podiam retê-lo, de modo que, quando chegou à casa de Melanctha, já era muito tarde.

Jeff andou em direção a ela, tirou o casaco e o chapéu, puxou uma cadeira e acomodou-se diante da lareira. A noite estava fria, e Jeff ficou ali, esfregando as mãos e tentando aquecê-las. Disse apenas "tudo bem?", e mais nada. Melanctha estava em silêncio, sentada diante do fogo. O calor conferia um brilho rosado ao seu rosto claro e atraente. Ela estava numa cadeira baixa, e suas mãos, com os dedos longos e inquietos, sempre prontos a demonstrar intensidade, descansavam em seu colo. Melanctha estava cansada de esperar Jeff Campbell. Permanecia sentada a observá-lo. Jeff era um negro robusto, saudável e alegre. Suas mãos eram fortes, gentis e calmas. Ele costumava tocar as mulheres com aquelas grandes mãos, como se fosse um irmão. Possuía um brilho inflamado nos olhos, como a luz do sol meridional. Nunca fora misterioso. Era aberto, amável, alegre e agora tinha o desejo de entender a vida, exatamente como Melanctha no passado.

Naquela noite, Jeff ficou sentado por um longo tempo, aquecendo as mãos na lareira. Não fez caso de Melanctha, que estava a fitá-lo. Sentou-se e ficou olhando para o fogo. De início, seu rosto simpático estava sorridente e ele esfregava a boca com o dorso da mão, como se aquilo o ajudasse a sorrir. Depois ficou pensativo, franziu a testa e esfregou a cabeça com força, como se aquilo o ajudasse a pensar. Então sorriu de novo, mas de uma forma menos amável. Seu sorriso agora beirava o desdém. Transformava-se cada vez mais, e então ele assumiu uma expressão de desgosto. O rosto dele estava sombrio e o sorriso, amargo; então, sem tirar os olhos do fogo, o médico se pôs a falar com Melanctha, que se achava cada vez mais apreensiva.

"Melanctha Herbert", começou Jeff Campbell, "depois de todo esse tempo, sei muito pouco sobre você. E você sabe, comigo é assim." Jeff franziu a testa e olhou para o fogo: "Comigo é assim, Melanctha. Às vezes você me parece um tipo de mulher e de repente é outra coisa completamente distinta, e essas duas faces são tão diferentes, não têm nada a ver uma com a outra e não fazem sentido juntas em uma só pessoa. Não possuem qualquer semelhança entre si. Às vezes você é uma mulher que me inspira desconfiança e tem uma risada tão forte que parece uma matraca, e diz coisas tão más que eu não acho que as leve a sério, e no entanto, essa é a face que Jane Harden e a sua mãe perceberam, e é isso o que me faz odiar visitá-la. Outras vezes, Melanctha, você é uma pessoa totalmente diferente, e eu vejo em você uma beleza verdadeira. Não saberia descrever o quanto isso é adorável. Nesses momentos, você tem uma doçura real que é mais maravilhosa do que uma flor, uma delicadeza que é mais suave que o sol, uma bondade que me traz de volta o verão e uma compreensão que recobre todas as coisas; tudo isso é real pelo tempo que dura, pelo breve instante em que eu as vejo, e me dá uma impressão quase celestial. Mas, assim que me cubro desse sentimento, a outra mulher aparece, e eu percebo que ela é mais autêntica, e por isso fico com tanto medo de vê-la, e sei que não posso confiar em você. Não sei nada sobre você e não sei quem é a verdadeira Melanctha Herbert, e então perco a vontade de ficar em sua companhia. Me diga a verdade, Melanctha, quem é você quando está sozinha. Me diga, Melanctha, pois eu quero saber".

Melanctha não respondeu coisa alguma e Jeff prosseguiu, sem olhar para ela. "Às vezes você é cruel e não se importa com quem está triste ou em dificuldades, e é tão dura que me deixa nervoso, como quando você cuidou de d. Herbert. Você fez tudo o que podia, Melanctha, nunca vi ninguém se esforçar tanto, mas não sei, havia algo de insensível em seus sentimentos, algo que não era bondade, e era disso que Jane Harden e d. Herbert falavam quando se referiam a você. No entanto, eu me sentia tão próximo, e além disso você demonstrava, sim, um tipo poderoso de doçura. Eu realmente quero saber se tenho alguma coisa a temer. Antes pensava que conhecia as mulheres. Agora vejo que não sei nada sobre você, Melanctha, embora estejamos juntos há muito tempo e eu goste da sua companhia, pois posso dizer tudo o que estou pensando. Eu queria entendê-la melhor, Melanctha. Queria mesmo."

Jeff interrompeu seu discurso e fitou o fogo ainda mais fixamente. Sua expressão pensativa assumiu a forma de antes, como se aqueles pensamentos lhe desagradassem profundamente. Ficou calado por muito tempo, e então, lentamente, percebeu que Melanctha Herbert estava desolada, a tremer. "Oh, Melanctha", gemeu Jeff Campbell, levantando-se e enlaçando-a ternamente. "Aguentei o máximo que pude, Jeff", soluçou ela, entregando-se a seu sofrimento. "Estava disposta a deixá-lo dizer o que quisesse e suportaria de tudo para agradá-lo, mas você foi tão cruel comigo. Quando vê o quanto pode fazer uma mulher sofrer, tem que dar um descanso a ela, Jeff. Ninguém consegue aguentar para sempre. Eu aguentei o que pude só para agradá-lo, mas eu — oh, Jeff, agora você foi longe demais. Eu não aguento. Se quiser entender uma mulher, não deve ser tão cruel, não deve testar o quanto ela suporta, não desse seu jeito tão duro, Jeff." "Oh, Melanctha", gemeu Jeff Campbell, tomado de horror, porém com muito carinho. E disse, com seu jeito forte e gentil de irmão mais velho: "Oh, Melanctha, minha querida, não entendi o que você está querendo dizer. Pobrezinha, não achou que eu estava fazendo-a sofrer de propósito, achou? Como pode gostar de mim, se me julga capaz de agir como um pele-vermelha?". "Eu não sabia, Jeff", e Melanctha aninhou-se em seus braços, "eu não sabia o que você queria comigo, mas queria que fizesse o que gostasse, pois minha intenção era ser compreensiva. Tentei suportar, Jeff, para que você pudesse fazer o que quisesse." "Meu Deus, Melanctha!", gemeu Jeff Campbell. "Nunca cheguei a entendê-la, pobrezinha, minha querida", exclamou, segurando-a bem forte, "mas agora eu a admiro e confio em você. Juro que confio, pois nunca imaginei que a estivesse magoando com minhas palavras. Pobre e doce Melanctha, seja boazinha comigo. Nunca conseguirei mostrar o quanto me arrependo de tê-la magoado." "Eu sei, eu sei", murmurou Melanctha, abraçando Jeff. "Sei que você é um homem bom. Sempre soube, não importa o quanto me machuque", ela disse, sorrindo em meio às lágrimas. "Sabe, Jeff, nunca encontrei alguém que eu conhecesse tão bem e que, ainda assim, continuasse respeitando." "Isso eu não entendo direito, Melanctha. Sou tão amargo quanto as outras pessoas de cor. Você teve azar com os homens que encontrou antes de mim, é isso. Não sou tão bom quanto você pensa." "Quieto, Jeff, você não sabe de nada", ela disse. "Talvez você esteja certa, Melanctha. Não direi mais nada, você está certa", então Jefferson suspirou e sorriu, e ambos ficaram calados por um tempo. Após trocarem alguns carinhos, já era tarde e ele foi embora.

Em todos aqueles meses, Jeff Campbell não contara à sua mãe coisa alguma sobre Melanctha Herbert. Por alguma razão, guardava tudo para si. Melanctha também não o apresentara às amigas. Eles agiam como se tudo aquilo fosse um segredo, embora não houvesse ninguém no mundo capaz de atrapalhá-los. Jeff Campbell não sabia o motivo e a origem de tanto mistério. Não sabia se era o desejo de Melanctha. Nunca conversaram sobre isso. Parecia mais um acordo tácito de que ninguém podia ficar sabendo de seus encontros. Era como se tivessem combinado que viveriam sozinhos e, assim, se entenderiam melhor.

MELANCTHA

123

Jefferson às vezes lhe falava sobre sua mãe, mas não ousava perguntar se Melanctha queria conhecê-la. Jefferson não entendia o motivo de tanto segredo. Jamais soube o que Melanctha queria. Por instinto, fazia o que achava que ela queria. Então continuaram sós e cada vez mais juntos, até que veio a primavera e puderam, então, sair para passear.

Tiveram muitos dias felizes. Jeff gostava cada vez mais de Melanctha. Agora ele sentia profundamente alguma coisa. Adorava conversar com ela e dizer o quanto as coisas andavam bem e o quanto apreciava sua companhia. Certa vez, combinaram passar um domingo no campo, onde aproveitariam a tarde sozinhos. Um dia antes, Jeff foi chamado para examinar Jane Harden.

Jane Harden passara o dia todo doente e Jeff Campbell fez o que pôde para confortá-la. Depois de um tempo, ela melhorou e se pôs a falar de Melanctha. Não sabia que Jeff estava saindo com ela, pois, naquela época, já não a via mais. Contou como conheceu Melanctha e falou do tempo em que ela não entendia a vida. Àquela altura, era jovem e tinha uma boa cabeça. Jane Harden não negava que Melanctha tinha uma boa cabeça, mas era verdade que não sabia de nada. Jane contou ao médico que ensinara Melanctha em todos os sentidos e que ela estava ávida de todo tipo de aprendizado. Descreveu suas andanças e falou que Melanctha a tinha amado, a ela, Jane Harden. Explicou todas as perversidades que a amiga tinha feito e tudo o que continuou a fazer após abandoná-la. Falou dos diferentes tipos de homens, pretos e brancos, pois Melanctha nunca fizera distinção, não que ela fosse má (pois tinha uma boa cabeça, Jane Harden não podia negar), mas gostava de experimentar todas as formas de conhecimento que aprendera e, portanto, queria conhecer tudo o que havia para explorar.

Sem saber, Jane estava tornando as coisas mais claras para Jeff Campbell. Não tinha ideia do verdadeiro efeito de suas palavras e ignorava o que Jeff estava sentindo, mas costumava falar francamente e aconteceu de mencionar os velhos tempos com Melanctha Herbert. O médico notou que era tudo verdade. Jeff Campbell agora enxergava com mais clareza. Começara a sentir-se, em seu íntimo, muito enjoado. Percebeu que Melanctha não lhe ensinara tudo. Estava enjoado e sentia o coração pesado, pois agora ela lhe parecia uma criatura horrível. Jeff estava começando a entender o que era sentir profundamente as coisas. Passou mais um tempo cuidando de Jane Harden, depois foi visitar outros pacientes e voltou para casa, onde se sentou e decidiu parar de pensar naquilo. Estava enjoado e sentia o coração pesado. Estava cansado e o mundo lhe parecia sombrio; então ele soube que, afinal, estava sentindo profundamente as coisas. Soube por causa da dor que sentia. Viu que estava entendendo a vida. Tinha combinado passar o dia seguinte com Melanctha, um dia alegre no campo. Escreveu um bilhete dizendo que não poderia ir, pois precisava cuidar de um paciente. Nos três dias que se seguiram, não deu notícias. Estava muito enjoado e sentia o coração pesado; sabia que, enfim, aprendera a sentir profundamente as coisas.

Por fim, recebeu uma carta de Melanctha. "Não sei o que você está querendo fazer comigo, Jeff Campbell. Não sei por que se afastou de mim esses dias, mas suponho que seja mais uma de suas formas esquisitas de ser bondoso e aparecer de repente. Devo admitir que não aprovo esse seu método, Jeff Campbell. Me desculpe, mas não posso aturar mais essas suas atitudes. Não suporto quando você julga que sou suficientemente boa e, depois, age como se eu fosse má e me despreza. Não aguento mais. Não gosto de como você está sempre mudando de ideia. Pra ser sincera, não acho que você seja homem o suficiente para merecer alguém. Infelizmente, dr. Campbell, acho que não quero mais vê-lo. Adeus, espero que você seja feliz."

Depois de ler essa carta, Jeff Campbell ficou no quarto em silêncio por um bom tempo. Permaneceu imóvel e, de início, se enfureceu. Como se ele também não soubesse o que era sofrer ao extremo. Como se não tivesse sido forte ao ficar com Melanctha sem saber o que ela realmente queria. Tinha direito de ficar zangado, pois não fora covarde. Melanctha fizera muitas coisas difíceis de perdoar. Ele tinha feito o possível para ser fiel e confiar nela, e agora — e então Jeff subitamente se lembrou da noite em que fizera Melanctha sofrer, e toda a sua doçura lhe voltou à mente. Viu que podia perdoá-la e se arrependeu de tê-la magoado, e quis ir ao encontro dela para consolá-la. Sabia que era verdade o que Jane Harden lhe contara sobre o lado mau de Melanctha, mas ainda assim queria muito estar em sua companhia. Talvez ela pudesse fazê-lo entender melhor essas coisas. Talvez conseguisse convencê-lo de que era tudo verdade, mas que, mesmo assim, podia confiar nela.

Jeff sentou-se para redigir uma resposta. "Querida Melanctha", começou. "A julgar pela sua carta, acho que você não está sendo justa ou compreensiva diante de meus esforços para confiar em você. Certamente não sabe como é duro para um homem tão racional ignorar o que você faz de errado. Tenho razão de me zangar ao receber sua carta. Sei muito bem que não fui covarde. É muito difícil para mim, e isso nunca neguei, é muito difícil entender as coisas, saber o que você realmente deseja e o que quer dizer. Nunca disse que era fácil para você tolerar minha lerdeza em entender seus desejos. Sabe, Melanctha, é doloroso ver você sofrer por minha culpa, mas preciso ser sincero. Não posso ser diferente, e eu também me machuco quando não consigo entender de imediato o que você quer. Não gosto de ser covarde e nem de esconder o que estou pensando. E se você não aprecia a minha sinceridade, bom, então não poderei mais falar com você, e está certa quando diz que não irá mais me ver, mas se tem alguma noção do que sinto, de como é difícil confiar em você, então terei muito prazer em ir visitá-la e começar tudo de novo. Não posso descrever como tenho me sentido mal esta semana, desde nosso último encontro. Não me faria bem falar nisso. Só sei que faço o melhor possível e não posso ser outra coisa senão sincero e obedecer ao máximo seus ensinamentos de como chegar ao conhecimento. Portanto, não fale mais bobagens sobre minha inconstância. Eu nunca mudo de ideia e só faço o que é certo, nunca lhe disse outra coisa, e você sempre soube que eu era assim. Se quiser que eu vá visitá-la amanhã para sairmos juntos, eu ficaria muito feliz, Melanctha. Me diga imediatamente o que deseja que eu faça.

Com amor,

JEFFERSON CAMPBELL."

"Por favor, venha", respondeu Melanctha. Jeff dirigiu-se lentamente à casa dela, feliz com o reencontro. Ao avistá-lo, Melanctha correu em sua direção. Entraram juntos. Estavam felizes e se trataram muito bem.

"Ah, Melanctha, dessa vez eu realmente pensei que você não queria me ver nunca mais", disse Jeff Campbell, quando voltaram a se falar. "Você me fez pensar que estava tudo terminado, Melanctha, eu e você, e eu fiquei tão bravo e triste."

"Bom, você foi muito mau comigo, Jeff Campbell", respondeu Melanctha, carinhosamente.

"Nunca mais vou duvidar de você, Melanctha", ele afirmou, e estava muito disposto, com uma gargalhada feliz. "Mas, falando sério, acho que não fui tão mau assim com você, nada além do necessário."

Jeff abraçou Melanctha e a beijou. Depois suspirou e ficou em silêncio. "Bom, Melanctha", disse, por fim, rindo ainda mais, "bom, Melanctha, de qualquer forma, você não pode negar que, se continuarmos bons amigos, realmente nos esforçamos para isso. Nós merecemos." "É verdade, nós trabalhamos duro", ela respondeu. "Isso eu não posso negar, principalmente quando fico assim tão exausta com a dor de cabeça que você me dá, Jeff, seu malvado", e então Melanctha sorriu e suspirou, depois ficou em silêncio.

Enfim, Jeff disse que precisava ir. Eles se despediram longamente nos degraus. Enfim, Jeff disse adeus. Enfim, desceu a escada e foi embora.

No domingo seguinte, combinaram fazer aquele passeio cancelado por causa do falatório de Jane Harden. Não que Melanctha Herbert estivesse por dentro do que acontecera na casa de Jane Harden.

Jeff via Melanctha todos os dias. Estava um pouco apreensivo, pois ainda não havia contado o motivo que quase o levara a abandoná-la. Sabia que não era certo esconder isso e que só haveria tranquilidade naquela relação quando ele fosse sincero. Naquele domingo, decidira contar.

O passeio foi muito feliz. Eles levaram coisas para comer. Sentaram-se na relva, vagaram pelos bosques e curtiram a felicidade. Jeff gostava dessa forma de perambular. Apreciava as plantas em crescimento, admirava as cores nas árvores e no chão, além dos insetos coloridos que buscava no solo úmido e na grama onde se deitava. Jeff amava tudo o que se movia e o que era imóvel, tudo o que tinha cor, beleza e vida.

Jeff aproveitou o dia. Quase se esqueceu que havia uma questão para resolver. Gostava de estar com Melanctha Herbert, pois ela prestava atenção no que ele vinha lhe mostrar, compartilhava profundamente sua alegria e nunca reclamava de nada. Foi um dia feliz e movimentado, aquele primeiro dia de andanças.

Mais tarde, quando estavam realmente exaustos, Melanctha foi descansar na relva e Jeff deitou-se ao seu lado. Ele ficou em silêncio, beijou e tomou sua mão, dizendo: "Você é muito boa para mim, Melanctha". Ela sentiu profundamente aquelas palavras e não respondeu. Jeff ficou deitado por um bom tempo, olhando para cima. Contava as folhas de uma árvore próxima. Seguia as nuvens com os olhos, conforme elas passavam. Observava os pássaros, e, o tempo todo, sabia que era preciso contar a Melanctha o que Jane Harden lhe dissera na semana anterior. Sabia que era necessário. Era difícil, mas a confissão era a única forma de se livrar disso. A única forma de conhecer verdadeiramente Melanctha era revelar todo o esforço que fizera para aceitá-la, a fim de que ela pudesse ajudá-lo a entender melhor esses problemas e ele voltasse a confiar nela.

Jeff ficou deitado por um bom tempo, em silêncio, olhando para cima, e ainda assim sentia-se muito próximo dela. Por fim, voltou-se para Melanctha, tomou suas mãos para criar coragem e então, lentamente, pois as palavras lhe saíam com dificuldade, pôs-se a falar.

"Melanctha", arriscou, muito devagar, "Melanctha, não é certo esconder de você o motivo que me fez sumir na semana passada e quase me fez desistir de tudo. Jane Harden ficou doente e eu fui visitá-la. Ela me contou o que sabia de você, sem desconfiar que nós somos íntimos, eu e você. Não a interrompi. Fiquei escutando, enquanto ela me contava. Foi muito difícil ouvir aquelas coisas. Sabia que ela estava falando a verdade. Sei que você foi muito livre, Melanctha. Sei que procurava excitações de uma forma que sempre odiei nas pessoas de cor. Mas não sabia, até então, que você fizera coisas tão feias. Quando Jane Harden me contou, fiquei muito enjoado, Melanctha. Não conseguia suportar a ideia de que eu era apenas mais um homem na sua vida. Talvez eu tenha errado em não confiar em você, mas aquilo tornava tudo horroroso. Estou tentando ser honesto, Melanctha, do jeito que você sempre me pediu."

Melanctha retirou sua mão imediatamente. Permaneceu sentada, e, furiosa, retrucou de forma cínica.

"Se você não fosse tão egoísta, Jeff Campbell, teria o cuidado de não me dizer essas coisas."

Jeff fez silêncio e pensou antes de responder. Não foi o poder das palavras de Melanctha que o deteve, pois, para isso, havia uma resposta. Foi o poder da emoção que a arrebatava — para aquilo, ele não tinha resposta. Por fim, Jeff dominou o medo e, com determinação lenta e persistente, começou a falar.

"Sei que teria sido melhor interromper Jane Harden e procurar você, para que me contasse o que fazia antigamente. Sei que era o certo. Mas não há dúvida de que eu tinha direito de saber quem você era e como tentava usar seu conhecimento. Eu tinha o direito de saber essas coisas, Melanctha. Sei que teria sido melhor interromper Jane Harden, procurar você e pedir que você mesma me contasse tudo, mas acho que eu queria me poupar do sofrimento de ouvi-la confessar essas coisas. Ou talvez eu quisesse evitar a você o sofrimento de confessá-las. Enfim, não sei dizer se foi para poupá-la de maiores desgostos ou se foi para poupar a mim mesmo. Talvez eu tenha sido covarde de deixar Jane Harden falar, em vez de procurar você e ouvi-la por si só, mas sei que tinha o direito de saber essas coisas. Nunca afirmei que não tinha." Melanctha soltou sua gargalhada mais cruel. "Você não devia se incomodar com isso, Jeff Campbell. Podia ter me perguntado, eu não ficaria nem um pouco magoada. Nunca teria contado coisa alguma." "Não tenho tanta certeza disso, Melanctha", ele respondeu. "Sei que teria me contado. Sei que ficaria à vontade para me contar. O que fiz de errado foi deixar Jane Harden falar, e não há nada de mal em confessar isso. Sei muito bem, Melanctha, que se eu tivesse vindo procurá-la, você teria me contado."

Ele ficou em silêncio; a discórdia estava no ar. Era um mal-estar que nunca se dissiparia. Um mal-estar que não se dissiparia, pois seus corações e mentes sempre veriam as coisas de modos distintos.

Por fim, Melanctha tomou a mão de Jeff, aproximou-se dele e o beijou. "Eu gosto mesmo de você, Jeff Campbell", sussurrou.

Então, por algum tempo, não houve desentendimentos entre Jeff Campbell e Melanctha Herbert. Agora passavam um bom tempo juntos e encontravam grande alegria nessa convivência.

Chegou o verão, e, com ele, dias ensolarados para passear. Chegou o verão, e agora Jeff Campbell tinha mais tempo para sair, pois as pessoas de cor não ficavam tão doentes no calor. Chegou o verão e havia um silêncio preenchendo todas as coisas, e até mesmo os barulhos eram agradáveis, o que só fazia aumentar sua alegria naqueles dias quentes, em que adoravam ficar juntos.

Conversavam muito naquelas tardes, Jeff Campbell e Melanctha Herbert, que cada vez mais pareciam verdadeiros amantes. Jeff já não falava tanto do que vivia pensando. Às vezes, mencionava sem querer algum de seus pensamentos, como se ainda não tivesse despertado completamente para Melanctha, e então percebia que passava o tempo todo com ela e que, portanto, não tinha mais em que pensar.

Às vezes, Jeff era tomado por uma verdadeira alegria, naqueles dias quentes em que adorava passear com Melanctha. De vez em quando, perdia-se num sentimento poderoso. Cada vez mais, e com uma alegria mais intensa, ele se via distraído, sem saber no que estava pensando. E Melanctha adorava fazê-lo se sentir assim. Ela ria dele e se lembrava do tempo em que não conseguia parar de pensar, provocando-o também por sua recente bondade — assim é que Melanctha, com seu jeito livre e seu poder puro e forte, lhe dava o amor que conhecia tão bem e que ele tanto desejava, com toda a segurança de que ele fazia questão.

E Jeff, sentindo a alegria do instante, aceitava plenamente aquele amor e o via crescer em seu íntimo, retribuindo-o com liberdade, carinho e alegria, além de respeitosas carícias. Melanctha o amava por isso, pois ele nunca fazia coisas feias, como os outros homens que conhecera. Ambos adoravam o novo sentimento que ia surgindo naqueles dias tão quentes e longos; cada vez mais juntos, mais carinhosos e mais sozinhos nas noites de passeios, em meio à agitação das ruas cheias, da música dos órgãos, da dança, do perfume acolhedor do povo, dos cães e dos cavalos, da alegria poderosa, doce e úmida do verão naquele bairro negro do Sul.

A cada dia, Jeff chegava mais perto do verdadeiro amor. A cada dia, Melanctha o recompensava com mais liberdade. A cada dia, tudo parecia mais forte e certo. A cada dia, eles reconheciam melhor os sentimentos do outro. Jeff confiava progressivamente em Melanctha e não tentava mais traduzir suas ações em palavras. A cada dia, Melanctha demonstrava mais e mais como era verdadeiro e forte seu sentimento.

Certa vez, a alegria foi maior do que nunca, muito mais do que haviam experimentado com aquele novo sentimento. Ambos passaram o dia todo perambulando. Agora estavam deitados a descansar, em meio a uma paisagem muito verde e salpicada de sol.

O que houve, então, com eles? O que Melanctha fez para tornar tudo tão feio? O que foi que Melanctha sentiu, fazendo com que Jeff revivesse aquela sensação de saber que ela tinha sido tão experiente? Jeff não podia dizer o que houve. Era tudo muito verde, quente e agradável quando Melanctha fez tudo ficar tão feio. O que ela pretendia com ele? O que era mesmo o que ele pensava sobre a maneira correta de agir das pessoas de cor, a forma certa de viver? Por que Melanctha Herbert lhe parecia, agora, tão repugnante?

De alguma forma, Melanctha Herbert deixara bem claro o que queria dele. Jeff Campbell sentia, em seu íntimo, aquilo que julgava existir apenas nas pessoas experientes. Sentiu um profundo desgosto; não por Melanctha, nem por si mesmo, nem por aquilo que todos queriam experimentar; sentiu desgosto por não conseguir compreender o que era certo fazer, quanto às coisas que antes acreditava serem corretas para as pessoas de cor: a vida regular, o desinteresse por novidades, a retidão e a falta de excitações. Esses velhos pensamentos retornaram à sua mente com mais intensidade. Então ele deu um passo para trás e se afastou de Melanctha.

Mesmo então, Jeff jamais soube que forças o moviam. Não sabia como Melanctha era de verdade quando agia com sinceridade. Pensava que sabia, mas então se deparava com uma situação dessas, em que ela o despertava e o dominava. Então via que estava errado e que nunca descobriria as intenções dela. Não reconhecia sequer o que sentia em seu próprio íntimo. Tudo era tão confuso. Sabia apenas que apreciava a companhia de Melanctha, mas que, ao mesmo tempo, desejava se afastar dela. O que Melanctha realmente queria dele? O que ele, Jeff, queria dela? "Eu quase julguei", Jeff Campbell murmurou consigo mesmo, "quase julguei ter entendido exatamente o que eu queria. Achei que estivesse aprendendo a confiar em Melanctha. Achei mesmo; afinal, estava passando muito tempo com ela. E agora vejo que não sei nada. Que Deus me ajude!", e Jeff soltou um forte gemido, enterrando o rosto na grama, enquanto Melanctha Herbert permanecia em silêncio.

Então ele se virou para vê-la. Melanctha estava deitada e corriam lágrimas em seu rosto. Jeff ficou triste, como costumava ficar quando a magoava. "Não tive a intenção de ser mau com você de novo, Melanctha querida. Não sei o que me faz tratá-la assim, quando não tenho o mínimo desejo de machucá-la. Não tive a intenção de maltratá-la, Melanctha, é só que as coisas me vêm antes que eu perceba o que estou fazendo. Peço desculpas por ter sido tão duro e mau com você, Melanctha querida." "Eu acho, Jeff", disse Melanctha, num tom baixo e amargo, "acho que você tem

MELANCTHA 133

vergonha de ser visto em minha companhia e não vê saída para isso, por eu me sentir como me sinto, então não vê saída senão me tratar desse jeito. É assim com você, Jeff Campbell, se é que eu entendi como você me trata. É exatamente assim. Você não confia mais em mim, não é? Por isso me trata mal. É isso. De qualquer forma, tenho o direito de lhe perguntar se não confia mais em mim, Jeff, tendo me tratado como se nunca tivesse me conhecido. Você nunca chegou a confiar em mim, não é? Está prestando atenção?" "Estou, Melanctha", ele respondeu lentamente. Ela hesitou. "Acho que desta vez não posso perdoá-lo, Jeff Campbell", disse, com firmeza. Jeff também hesitou e pensou um pouco. "É, acho que você não pode mesmo, Melanctha", respondeu, tristemente.

Passaram um tempo deitados, cada qual com seus pensamentos. Por fim, Jeff disse a Melanctha o que pensava a seu respeito. "Eu sei que você não aguenta mais me ouvir, Melanctha, mas veja, comigo é assim. Sempre. Você se lembra do que eu lhe disse, quando ainda não nos conhecíamos tanto, de como eu conhecia apenas dois tipos de amor, um familiar e o outro animal, e de como eu não gostava desse último? Sabe, Melanctha, comigo é assim. Aprendi um sentimento novo com você, que é como uma nova religião, e vejo que o amor deve ser desse jeito: dividir tudo com alguém, descobrir novas sensações, coisas que antes eu julgava más, como que para formar um só sentimento. É assim que você me faz ver o mundo; eu não sabia que todos os tipos de sentimento se juntavam para formar um só amor de verdade. Às vezes sinto isso do jeito que você me ensinou, e nesses momentos amo você, Melanctha, como se tivesse encontrado uma nova religião, mas depois percebo que não sei nada sobre você, minha querida, e percebo de repente que eu talvez esteja errado de pensar desse jeito tão amável, descartando minhas velhas ideias sobre o tipo de vida correto para nós, as pessoas de cor, e então penso, Melanctha, que você é uma pessoa má, e penso que estou agindo assim por estar ansioso para experimentar todas as excitações, como não fazia antes, e nesses momentos não posso evitar de ficar bravo com você, pois, se pretendo agir corretamente, tenho que fazer as coisas direito. Eu quero agir de forma correta, é a única forma que conheço, e não vejo meio de saber o que é melhor: se o meu pensamento antigo ou o novo jeito de ser, que você faz parecer tão religioso. Não sei qual é a forma certa de pensar, e por isso fico tão triste de lhe causar tantos problemas e machucar você dessa forma. Será que você não poderia me ajudar, Melanctha, a fazer o que é certo, de modo que eu saiba exatamente como devo agir? Nunca quis ser covarde — se ao menos soubesse com certeza qual é a forma correta de agir. Será que você não poderia me ajudar a encontrar o que é verdadeiro, Melanctha querida? Sempre quis saber como agir."

"Não, Jeff querido, não posso ajudá-lo nesse tipo de angústia que você tem a meu respeito. Só o que posso fazer é fiar-me na certeza de sua bondade e, embora você me machuque tanto, ter bastante fé em você, Jeff, mais do que você tem em mim, pelo menos a julgar pelo modo como me trata."

"Você é muito boa comigo, Melanctha querida", Jeff respondeu, depois de um longo e carinhoso silêncio. "É mesmo muito boa, querida, e eu a trato tão mal. Você me ama de verdade, Melanctha, para sempre?" "Para sempre, pode ter certeza, agora que eu sou sua. Oh, Jeff, você é tão burro." "Isso não posso negar, Melanctha", ele respondeu. "Oh, Jeff querido, eu amo você, é bom ter certeza disso. Se ainda não sabe, provarei agora mesmo, para sempre." E permaneceram deitados, amando-se, e então Jeff voltou a aproveitar tudo com liberdade.

"Acho que estou sendo um bom aluno e aprendendo tudo o que você me ensina, Melanctha querida", sorriu Jeff Campbell. "Não se pode negar o fato de que sou um bom aluno, sempre pronto para as lições e sem faltar a uma só aula. Não se pode negar que eu estudo para ficar tão sabido quanto a professora. Acho que sou um aluno nota dez." "Não tanto quanto a professora, que é tão boa e paciente, e além disso nunca ensina coisas que os alunos não devem saber, ouviu, Jeff Campbell? Só as coisas que eles podem. Mas não acho certo perdoá-lo sempre, quando você é tão mau, e eu, tão paciente e compreensiva em meus ensinamentos." "Mas você sempre me perdoa, não é, Melanctha?" "Sempre. Sempre. Pode ter certeza, Jeff, e acho que nunca poderei parar de perdoá-lo, mesmo que você me trate tão mal, mesmo que eu tenha que ser tão magnânima." "Oh! Oh!", exclamou Jeff Campbell, rindo. "Não serei sempre tão mau, não mesmo, minha querida Melanctha. Você tem certeza de que me perdoa de verdade e que me ama profundamente, tem certeza?" "Claro que sim, meu amor, pode ter certeza. Sempre." "Terei, sim, de todo coração, Melanctha querida." "Eu também, Jeff, meu amor, agora você sabe o que é amar de verdade, eu provei hoje e você nunca irá esquecer. Veja: é isso o que eu estava tentando lhe dizer." "É mesmo, Melanctha querida", murmurou ele, e estava muito feliz. No ar quente daquele dia abafado de verão no Sul, ambos ficaram deitados, descansando.

E assim, por um bom tempo, não houve atritos entre Jeff Campbell e Melanctha Herbert. Então aconteceu que Jeff não podia mais dizer abertamente o que desejava, nem perguntar o que queria saber e quais eram as intenções de Melanctha.

Às vezes, Melanctha, cansada de tantas excitações, quando Jeff se punha a falar sobre o que era direito ambos fazerem, esvaziava os pensamentos e perdia-se num mau pressentimento. Às vezes, quando haviam sido ardentes no amor e Jeff estava estranho, e Melanctha pressentia aquilo, perdia-se numa sensação ruim que a fazia agir como se não soubesse o que estavam fazendo. Aos poucos, Jeff passou a achar que Melanctha ficaria muito magoada se tivesse que aturar mais uma vez suas angústias, sua ânsia de entender a vida.

Agora Jeff achava que Melanctha, em todo o seu sofrimento, não aguentaria mais suas dúvidas sobre o que seria certo fazer. Sentia que, com ela, não podia mais expressar esse tipo de conflito interno. Jeff Campbell ainda não sabia o jeito certo de viver. Antes, aproximava-se cada vez mais do entendimento, mas Melanctha, com seu sofrimento, não suportava ouvir as dúvidas dele sobre o que deviam fazer com aquele amor.

Jeff viu que teria que ser muito rápido para compreender os desejos de Melanctha, sem que ela tivesse que esperar. Já não podia mais ser franco ou demonstrar um verdadeiro interesse em entender a vida, pois quando sentia algo mais intenso dentro de si, Melanctha acabava sofrendo.

Naqueles dias, Jeff não sabia ao certo o que estava acontecendo com ele. Só o que sabia era que, ao exprimir honestamente seus sentimentos, quando ambos estavam se tornando ardentes, Melanctha parecia não escutá-lo: apenas olhava para ele como se sua cabeça estivesse doendo, e então Jeff tinha que se conter em sua franqueza. E tinha que ser rápido para fazer o que Melanctha queria.

Em seu íntimo, Jeff não gostava daquilo. Sabia muito bem que Melanctha não era forte o suficiente para aguentar sua relutância em demonstrar o que sentia. E agora via que não estava sendo honesto. Tinha que exagerar o amor a Melanctha. Ela o fazia ir depressa e, portanto, ele não era sincero, mas não podia mais fazê-la sofrer por causa de sua relutância em demonstrar os sentimentos.

Era muito duro para Jeff Campbell agir dessa forma. Se não pudesse ser honesto de verdade, não conseguiria ser forte por dentro. Melanctha, ao fazê-lo sentir o tempo todo como ela era boa e como tinha sofrido por causa dele, o obrigava a ir depressa; portanto, ele não podia ser forte ou honesto em seus sentimentos. Agora, quando es-

MELANCTHA 137

tava ao seu lado, tinha que demonstrar muito mais do que estava sentindo. Agora, quando estava ao seu lado, alguma coisa o detinha; agora, quando estava ao seu lado, ele se distanciava de seu verdadeiro sentimento.

Naqueles dias, Jeff Campbell não sabia ao certo o que estava acontecendo com ele. Só o que sabia é que não se sentia bem com Melanctha. Só o que sabia era que não se sentia bem com Melanctha, não que não a compreendesse, mas, sim, porque não podia ser sincero com ela, porque sentia profundamente seu sofrimento, porque sabia que nutria por ela um amor verdadeiro, mas, ao passo que ela ia depressa, ele era tão lerdo; Jeff sabia que seu amor nunca teria chance de mostrar sua força.

Tudo isso ia se tornando mais difícil para Jeff Campbell. Ele se orgulhava de ser forte, aquele Jeff Campbell. Tomava cuidado para não machucar Melanctha, quando percebia que ela ficaria magoada. Odiava não poder ser franco e desejava poder ficar sozinho para pensar no problema, mas temia que ela sofresse, caso se afastasse. Nunca estava à vontade com ela, nunca estava à vontade mesmo quando pensava nela. Seu amor era forte e verdadeiro, mas não podia usá-lo para ser bom e honesto com ela.

Naqueles dias, Jeff Campbell não sabia o que fazer para tornar as coisas melhores. Não sabia o que fazer para concatenar suas ações e seus pensamentos. Afinal, ela se agarrava tão fortemente a Jeff, mas, se é verdade que ele não ousava magoá-la, por outro lado não podia ir tão depressa, não do jeito que ela queria.

Os dias já não eram felizes para Jeff Campbell. Ele não tentava mais exprimir em palavras o que pensava dela. Não sabia qual era o problema com aquela relação.

Às vezes, esquecendo-se de todos os problemas, Jeff e Melanctha eram felizes em seu amor forte e delicado. Às vezes, naqueles momentos, Jeff sentia seu amor elevando-se aos níveis mais altos. Às vezes sentia sua alma existir plenamente. Então experimentava uma emoção profunda.

Era obrigado a ir mais depressa do que sentia, mas, ainda assim, sabia que nutria por ela um amor forte e verdadeiro. Em seus pensamentos, era do amor de Melanctha que duvidava. Vivia se perguntando se ela era verdadeira em seu amor e sentia-se esquisito, embora a dúvida nunca fosse tão forte e ela sempre respondesse de forma positiva. "Claro, Jeff, sem dúvida, você sabe disso", mas ele tinha suas dúvidas.

Experimentava uma emoção profunda e não sabia se Melanctha era sincera em seu amor.

Naqueles dias, Jeff estava inseguro e não sabia como agir corretamente, de modo a não colocá-los em encrenca. Agia como se tivesse que se certificar do amor de Melanctha, mas se continha, com medo de machucá-la.

Ao visitá-la, torcia para ser interrompido no meio do caminho. Não gostava mais de sua companhia, embora não desejasse ficar sem ela. Não se sentia à vontade com Melanctha, mesmo que ainda fossem bons amigos. Já não podia ser franco e nunca seria feliz sem poder confessar os próprios sentimentos. Era cada vez mais difícil passar o tempo sem dizer o que pensava e em discutir com ela.

Certa noite, ele estava se preparando para ir visitá-la e resolveu demorar mais um pouco. Estava com medo de machucá-la. Não gostava de ir quando tinha o pressentimento de que eles iam brigar.

Quando chegou, Melanctha estava sentada com um olhar furioso. Jeff pendurou o casaco e o chapéu e sentou-se diante do fogo.

"Se você passar a vir a essa hora, Jeff Campbell, não vou mais querer vê-lo nem falar com você, embora suas desculpas sejam muito tocantes." "Desculpas?", ele riu com desprezo, "desculpas? Não sou tão orgulhoso assim, Melanctha. Não me incomodo de pedir desculpas, só me importo em fazer as coisas certas para você." "É fácil falar assim. Mas você nunca se gabou de ser corajoso comigo." "Não tenho muita certeza disso, Melanctha. Sei falar algumas verdades quando quero." "Ah, sim, eu sei disso. Estou falando de coragem de verdade, de andar por aí sem saber o que vai acontecer, e estar sempre pronto para enfrentar todo tipo de problemas. É o que eu chamo de coragem de verdade, Jeff, se você quer saber." "Ah, sim, conheço todos os tipos de coragem. Vejo-os em certos tipos de homens de cor e em garotas como você e Jane Harden. Sei que vive se gabando porque não tem medo de se meter onde não é chamada, e acaba se machucando, como não poderia deixar de ser. As pessoas como você são muito corajosas, sim, em todo o seu sofrimento, mas, na minha opinião, observando meus pacientes, esse tipo de coragem traz todo tipo de encrenca para aqueles que não são tão nobres; esses sofrem mais, pois, no fim, ficam com a pior parte. É como um homem que perambula e gasta dinheiro, mas sua esposa e filhos é que vão morrer de fome e eles nem sabem o que é coragem, nunca quiseram sofrer assim, e têm que aguentar sem reclamar. É assim a coragem de alguns tipos de pessoas de cor. Fazem um escarcéu para mostrar como são bravas e não se queixam, mas são as próprias vítimas de um sofrimento que elas mesmas arranjaram, ao se meter onde não são chamadas. Não posso negar que são corajosas em não se queixar, mas nunca vi propósito em arrumar encrenca apenas para mostrar que você aguenta o tranco. É certo ser corajoso todos os dias, levando uma vida regular e sem excitações. Não, não vejo lógica em ser corajoso apenas para contar vantagem, quando não se está certo. Não tenho vergonha de dizer que não quero ser corajoso perambulando em busca de encrencas." "É bem a sua cara, Jeff, você nunca entende as coisas direito, do modo que está realmente sentindo. Não há como entender se você não vai à procura de novidades e excitações." "Não, Melanctha, nunca entendi por que as pessoas pensam que não vai acontecer nada de mau com elas ao andarem por aí procurando encrenca. Não, Melanctha, é muito bonita toda essa conversa sobre riscos, sobre estar disposto e nunca se queixar, mas quando dois homens brigam, o mais forte leva a melhor e o adversário que está apanhando jamais gosta daquilo, pelo que eu sei, e eu não vejo diferença na dignidade de nenhum dos dois, quando não têm motivos para brigar. É assim que eu vejo essas coisas, Melanctha, sempre que posso observar." "É porque você não consegue enxergar nada que seja mais complicado do que você pensa. Faz muitíssima diferença a maneira com que as pessoas são corajosas, Jeff Campbell." "Pode até ser, Melanctha, que você tenha razão. Só estou sendo sincero. Talvez se eu me meter onde não sou chamado, se ficar de pé e disser: 'sou corajoso', nada me machucaria, e talvez nada a machuque, Melanctha. Nunca vi acontecer. Não posso dizer nada além disso e estou disposto a aprender com você. Talvez quando alguém a magoar de verdade, atirando uma pedra, você não se queixe. Não posso saber, Melanctha, só estou dizendo que não costuma ser assim nos casos que tenho oportunidade de observar."

Eles permaneceram calados junto ao fogo e não pareciam muito amáveis.

"Eu fico pensando", disse Melanctha de forma sonhadora, quebrando aquele silêncio gélido. "Fico pensando por que só me apaixono por pessoas que não são boas o suficiente para que eu as respeite."

Jeff olhou para Melanctha. Levantou-se e andou de lá pra cá. Quando voltou, seu rosto estava impassível e sombrio.

"Ah, Jeff querido, e agora, por que está tão sério comigo? Eu certamente não quis dizer isso. Deus, o que foi que eu lhe disse? Só estava pensando nas coisas que me acontecem."

Jeff Campbell sentou-se muito rígido e sombrio, sem responder nada.

"Sabe, Jeff, você podia ser bonzinho comigo hoje à noite; minha cabeça está doendo muito e eu fiquei exausta de pensar, e, além disso, já tenho tantos problemas para resolver sozinha, sem ninguém para me ajudar. Você podia ser bonzinho comigo e não ficar zangado com qualquer bobagem que eu lhe digo."

"Nunca ficaria zangado só porque você me diz coisas, Melanctha. Mas agora acho que você realmente quis dizê-las." "Mas você fala o tempo todo que não é bom o suficiente em seu amor e diz o tempo todo que não é bom ou compreensivo o bastante." "É o que eu sempre digo, com toda a sinceridade, e tento manter aceso esse sentimento dentro de mim, mas não é certo você senti-lo. Quando você o sente, estraga todo o nosso amor. Quando isso acontece, não posso suportá-lo."

Eles permaneceram sentados diante do fogo, calados e gélidos, sem trocarem um só olhar. Melanctha estava agitada e nervosa. Jeff estava solene, sombrio e calado.

"Mas você não pode esquecer o que eu disse, Jeff? Eu estou tão cansada, minha cabeça dói, e agora isso."

Jeff se mexeu na cadeira: "Está certo, Melanctha, não vá ter dor de cabeça e se atormentar com isso", e obrigou-se a dizê-lo, incorporando de volta o médico compreensivo, ao sentir que ela realmente estava sofrendo. "Está tudo bem, minha querida, está mesmo. Vá se deitar um pouco e eu ficarei aqui sentado, a vigiá-la, para o caso de você precisar de mim." E assim Jeff foi um bom médico para ela, muito doce e carinhoso, e Melanctha, sabendo que ele estava lá, conseguiu adormecer. Jeff esperou em sua cabeceira até que ela caísse no sono, então voltou à lareira e sentou-se.

Quis retomar seus pensamentos, mas não podia pensar com clareza, pois era tudo muito pesado e mau — coisas que não conseguia entender, apesar de pensar muito nelas. Então pegou um livro para distrair seus pensamentos, e, como sempre, concentrou-se na leitura e se esqueceu daquelas coisas que nunca conseguia entender.

Jeff perdeu-se em seus livros, enquanto Melanctha dormia. Então ela acordou gritando. "Oh, Jeff, achei que você

tinha ido embora para sempre. Oh, Jeff, nunca me aban-
done. Oh, Jeff, seja bom assim comigo, sempre, sempre,
sempre."

A partir daí, Jeff passou a carregar um peso constante
que não o deixava relaxar. Tentava ignorá-lo ou fazer
com que Melanctha não o notasse, mas o peso não su-
mia de lá. Agora Jeff Campbell vivia sério, sombrio e calado, e passava longos períodos sentado, sem se mover.

"Você nunca me perdoou pelo que eu disse naquela
noite, não é?", Melanctha perguntou certa vez, após um
longo silêncio. "Não é questão de perdoar, Melanctha.
É só que faz diferença o que você sente por mim. Desde
então, não vi nada em você que me convencesse que não
quis dizer aquilo, que não me achava mais uma pessoa
bondosa, uma pessoa que valesse a pena amar."

"Nunca vi ninguém como você, Jeff, sempre querendo
exprimir tudo em palavras. Não vejo motivos para ter
que me explicar assim. Você não deve ter nenhum carinho por mim, para me perguntar o que eu quis dizer em
uma noite em que estava tão cansada. Nem sei mais o
que eu falei." "Por que não me diz agora, neste momento, que não quis mesmo dizer aquilo?" "Oh, Jeff, você é
tão estúpido comigo e só me aborrece com suas perguntas. E eu não me lembro de nada das coisas que lhe disse.
Veja: a minha cabeça dói e quase me mata, e meu coração
fica acelerado também, às vezes acho que vou morrer, e
estou tão deprimida que penso em me matar, e tenho tantos problemas para resolver e tantas preocupações, e
tudo o mais, e então você vem e me pergunta o que eu
quis dizer. Não faço a menor ideia, Jeff. Me parece que às
vezes você podia ter mais cuidado com o que diz." "Você
não tem o direito, Melanctha Herbert", disparou Jeff
com ira redobrada, "não tem o direito de se aproveitar
da mágoa, da doença e do sofrimento para me fazer agir
de um jeito que nunca foi certo. Não tem o direito de
ostentar sua dor para mim." "O que quer dizer com isso,

Jeff Campbell?" "É isso mesmo, Melanctha. Você age como se eu fosse o único responsável pelo nosso amor. E quando fica magoada, é como se eu tivesse provocado tudo. Não sou covarde, ouviu, Melanctha? Nunca jogaria meus problemas nas costas dos outros, alegando que eles são os responsáveis. Estou sempre pronto, Melanctha, você já devia saber que assumo meus problemas, mas vou ser sincero: não quero mais ser a razão de todo o seu amor e sofrimento." "Pois não devia se sentir assim, Jeff Campbell. Sempre o deixei fazer o que queria. Nunca o forcei a me amar. Não fiz nada além de ficar quieta suportando o seu jeito de amar. Jamais agi como se quisesse tê-lo exclusivamente para mim."

Jeff encarou Melanctha. "Então é isso o que você pensa? Não tenho mais nada a dizer, se é isso o que você pensa." Jeff quase riu-lhe na cara, então voltou-se para apanhar suas coisas e ir embora de vez.

Melanctha levou as mãos à cabeça, tremendo toda, inclusive por dentro. Jeff parou e olhou para ela com tristeza. Não podia abandoná-la desse jeito.

"Oh, agora vou enlouquecer, eu aposto", Melanctha murmurou, miserável e debilitada em sua poltrona.

Jeff aproximou-se e a abraçou. Foi muito gentil, mas nenhum deles se sentia bem na presença do outro.

A partir de então, Jeff foi consumido por um infinito tormento.

Era verdade o que Melanctha lhe dissera naquela noite? Era verdade que ele era o responsável por todos os problemas daquela relação? Era verdade que ele era o único a agir mal? Dia e noite, Jeff era consumido pelo tormento.

Não sabia mais o que sentir. Não sabia por onde começar a pensar naquele problema que o esgotava. Sentia uma mistura confusa de rancor e de esforço, uma certeza de que, não, Melanctha não estava certa, e a simultânea sensação de ter agido mal em sua ignorância. Então lhe vinha à mente toda a doçura do amor de Melanctha e o ódio à sua relutância de sentimentos.

Jeff sabia que Melanctha não devia ter dito aquilo, mas que, ainda assim, nutria um sentimento profundo por ele, ao passo que ele era pobre e lento em suas reações. Jeff sabia que Melanctha estava errada, mas tinha as suas dúvidas. O que podia saber ele, que possuía um sentimento tão relutante dentro de si? O que podia saber ele, que vivia procurando saídas racionais? O que podia saber ele, que levara tanto tempo para aprender o que é o verdadeiro amor? Jeff era consumido por esse tormento.

Melanctha agora o obrigava a sentir do jeito dela, impondo-se quando estavam juntos. Será que ela fazia isso só para provocar, ou porque não o amava mais, ou porque era a sua forma de fazê-lo amar? Jeff nunca soube como as coisas foram parar nesse ponto.

Melanctha agia da forma que sempre alegara ter sido a deles. Agora era Jeff que a bombardeava com perguntas. Era ele que perguntava quando poderiam se ver novamente. Ela era boa e paciente, gentil e amorosa, mas Jeff sabia que agia por bondade, e não por amor. E que fazia as coisas apenas para agradá-lo, como se ele precisasse de sua compaixão. Jeff precisava implorar e então ela o atendia, não porque precisasse, mas por generosidade. As coisas estavam cada vez mais duras para Jeff.

Às vezes, ele tinha vontade de destroçar o que via pela frente, quebrando tudo e se zangando, mas Melanctha era sempre compreensiva.

Em seu íntimo, duvidava do amor de Melanctha. Não era ainda uma dúvida que o fizesse hesitar, pois, do contrário, não conseguiria amá-la, mas sabia que havia alguma coisa de errado com aquele sentimento. Jeff Campbell não conseguia descobrir o que era, não sabia chegar em seu íntimo para ver se era sincera, mas algo estava muito errado entre eles. Já não tinha a certeza de que, enfim, entenderia tudo.

Melanctha era demais para ele.* Jeff era incapaz de descobrir o que ela sentia. Às vezes lhe perguntava se realmente o amava, ao que ela respondia: "Claro, Jeff, você sabe disso", mas agora, em vez de um amor forte e completo, sentia apenas uma espécie de tolerância gentil.

Jeff não sabia com certeza, mas, se estivesse certo, não queria mais a companhia de Melanctha Herbert. Odiava pensar que ela o amava apenas para agradá-lo, e não porque queria ou porque precisava ficar com ele. Seria difícil encarar essa forma de amar.

"Jeff, por que é que você está agindo desse jeito estranho? Acho que está com ciúmes. Claro, Jeff, não sei por que tem que ser tão tolo de olhar assim para mim." "Nunca pense que sou ciumento, ouviu, Melanctha? É só que você não me compreende. Comigo é assim. Se você me ama, então não ligo para o que já fez com os outros homens. E se não me ama, não dou a mínima para o que você já fez com os outros homens. Só quero que você me trate bem porque me ama. Não quero ser alvo de nenhum tipo de compaixão. Se você não me ama, posso aguentar. O que não quero é ser objeto da sua compaixão. Se não me ama, então podemos terminar tudo agora mesmo, o forte sentimento, a velha convivência. Não penso em mais ninguém quando estou com você, minha querida. Estou lhe dizendo a verdade. Apenas o seu amor é que me preocupa, então, se não me ama, Melanctha, é só dizer. Não a aborrecerei mais, tanto quanto puder evitá-lo. Comigo, não tem que se preocupar. Só me diga de uma vez por todas, de verdade, o que sente por mim. Sei que posso aguentar, estou falando sério, Melanctha. E nunca vou fazer questão de saber

---

* No original: "*Melanctha was too many for him*". Referência possível à obra de Mark Twain, *As aventuras de Huckleberry Finn*, onde "*too many for me*" funciona como uma espécie de bordão para Huck.

por quê. Para mim, amar é viver, e, se você não sente isso por mim, então não há mais nada entre nós, não é? Isso é franco e sincero, como o que eu sinto por você. Oh, Melanctha querida, você me ama? Oh, Melanctha, por favor, diga-me com sinceridade, você me ama?"

"Oh, Jeff, seu bobo, é claro que eu amo você. Para sempre, para sempre serei boa com você. Jeff, seu bobo, nunca percebe quando está tudo bem entre nós. Estou tão cansada hoje, não seja assim tão chato. Sim, é claro que amo você, Jeff, quantas vezes quer que eu repita? É evidente. Não vou mais repetir hoje, ouviu bem? Seja bonzinho ou ficarei zangada. É claro que amo você, Jeff, embora você não mereça. Sim, amo você, e vou repetir até ficar com muito sono. Eu amo você, pare de me perguntar. Seu grande bobo. Amo você, e não vou dizer mais isso hoje, ouviu bem?"

Sim, Jeff entendeu e procurou acreditar nela. Não chegava a duvidar de Melanctha, mas havia algo de errado naquela resposta. Agora ele vivia frustrado com ela. Alguma coisa estava errada. Alguma coisa tornava mais forte o tormento que agora estragava o prazer de estarem juntos.

Jeff já não sabia se Melanctha o amava. Ficava pensando se ela tinha razão em dizer que fora ele que começara tudo. Será que ela estava certa e ele era responsável por todos aqueles problemas? Se estivesse, então ele tinha sido cruel. Se estivesse, então ela tinha sido boa ao suportar a pesada dor que ele lhe infligia. Mas não, com certeza ela aguentou por interesse próprio, e não para fazê-lo feliz. Com certeza ele não estava distorcendo seu extenso raciocínio. Com certeza ele se lembrava de tudo o que se passara em cada dia daquele longo relacionamento. Com certeza ele não era apenas um covarde, como Melanctha achava. Com certeza, é claro, e então o tormento piorava a cada minuto.

Certa noite, Jeff Campbell estava deitado na cama, pensando, pois agora não conseguia mais dormir de tanto

MELANCTHA   147

pensar. Naquela noite, ele se levantou de repente e tudo
ficou claro, então deu um soco no travesseiro e quase
gritou para si mesmo, ali sozinho: "Não fui cruel como
Melanctha disse. Não tenho razão de me preocupar. Co-
meçamos honestamente, cada um pensando em si mesmo, em seus próprios desejos. Melanctha Herbert agiu
da mesma forma que eu, pois gostava daquilo o suficiente
para suportá-lo. É errado pensar em outra coisa senão
no fato de que ambos agimos assim. Não sei se hoje ela é
verdadeira e sincera em seu amor. Não tenho como saber
se ela sempre foi verdadeira e sincera comigo. Melanctha
tem que assumir seus próprios problemas, assim como eu.
Cada um tem que se virar sozinho, quando se mete em
encrencas. Sem dúvida, Melanctha está enganada quando
diz que eu comecei tudo e que causei seus problemas. Não,
por Deus, nunca fui covarde e nem bruto. Tenho agido da
maneira mais honesta possível, e isso é tudo entre nós,
pois cada um deve assumir seus problemas. Sem dúvida,
agora estou certo". E Jeff deitou-se, finalmente relaxado,
e dormiu, livre de seus intermináveis tormentos.

"Sabe", começou Jeff Campbell, na primeira oportunidade em que se viu sozinho com Melanctha. "Sabe, às
vezes eu penso um bocado no que você diz sobre ser corajosa e nunca se queixar. Não entendo o que você quer dizer com não se queixar. Acho que não é a reação imediata
ao golpe que revela coragem e valentia, mas o que vem
depois do choque de ter sido atingido: no caso de uma
luta, ficar machucado durante anos, o sofrimento da família, acho que é isso o que, para ser corajoso, você tem
que aguentar sem se queixar." "O que você quer dizer
com isso, Jeff?" "Quero dizer que ser corajoso é ser forte
o suficiente para não se mostrar atingido. Sofrer com os
problemas e ostentar sua dor é a mesma coisa que dizer:
oh, oh, como você me machucou, por favor, moço, não
me machuque. Me parece que há pessoas que se julgam
corajosas por aguentar o que todos aguentam, e não é

que nós gostemos disso, mas nem por isso nos achamos valentes só porque temos que aguentar."

"Entendi o que você quis dizer, Jeff Campbell. Está fazendo um escarcéu só porque parei de aturar as suas crueldades. É sempre assim com você, Jeff Campbell, se quer saber. Não tem a menor consideração por todas as vezes em que eu o perdoei." "Uma vez eu disse de brincadeira, Melanctha, mas agora é sério: você pensa que tem direito de se meter onde não é chamada, e diz: sou tão corajosa que nada pode me atingir. E então alguma coisa a atinge, como sempre, e você ostenta sua mágoa para todo mundo, e diz: eu sou tão corajosa, nada pode me atingir, e ele certamente não teve o direito, veja como eu sofro tanto e nunca me queixo, e quem tem coração, ao me ver sofrendo, jamais me tocaria a não ser para cuidar de mim. Às vezes não vejo que valentia é essa, senão uma espécie de lamúria." "Não, Jeff Campbell, do jeito que você é, provavelmente não irá entender." "E nem você, Melanctha. Você acha que é a única pessoa capaz de sofrer." "Bem, e não sou a única que sabe como suportar? Não, Jeff Campbell, ficaria feliz em amar alguém que merecesse, mas acho que sou culpada, pois nunca consegui encontrar essa pessoa." "Não, e do jeito que você vê as coisas, nunca irá encontrá-la. Você não entende, Melanctha, que nenhum homem poderia manter esse seu amor por muito tempo? Certamente ainda não descobriu dentro de você o verdadeiro amor, leal e profundo, e, enquanto não possuir essa emoção intensa, não terá nada para mantê-lo. Veja, Melanctha, é assim mesmo, você nunca se lembra do que fez ou de quem esteve ao seu lado. Nunca se lembra do que fez e do que acha que aconteceu." "É fácil falar. Você se lembra bem, pois nunca retém nada até chegar em casa com seus pensamentos infinitos, mas eu nunca me importei com esse tipo de memória, Jeff Campbell. O que chamo de lembrar direito é lembrar no momento em que tudo

MELANCTHA   149

acontece, para que se tenha a reação certa de não agir como você tem feito comigo. Mas você vai para casa e começa a pensar, então é muito mais fácil ser bondoso e clemente. Não, minha forma de lembrar não é fazer as pessoas sofrerem, já sabendo de antemão que vai fazê--las sofrer. Não sabia que um homem podia ser tão baixo e nunca tinha desprezado alguém como naquele dia, no verão, quando você me dispensou só porque teve um desses seus acessos de recordações. Não, Jeff Campbell, a verdadeira memória é demonstrar emoção a cada instante. E sobre isso, você não sabe nada. Não, Jeff, fui eu que tive que aturá-lo. Fui eu que tive que sofrer, enquanto você ia para casa lembrar. Você ainda não tem noção do que precisa para sentir o verdadeiro amor. Eu é que tenho que lembrar por nós dois. É assim com a gente, Jeff Campbell, se quer saber o que estou pensando." "Quanta modéstia, Melanctha, quanta modéstia", respondeu Jeff Campbell, rindo. "Acho que às vezes sou terrivelmente arrogante quando penso que sou esperto e superior a todas pessoas com quem tenho que lidar, mas quando a ouço falar assim, Melanctha, vejo que devo é ser muito modesto." "Modesto!", disse Melanctha, furiosa. "Modesto é uma palavra pouco apropriada para você, mesmo se for só de brincadeira." "Bom, depende do que você está pensando", disse Jeff Campbell. "Nunca me achei grande coisa em modéstia, Melanctha, mas agora vejo que sou bom nisso, em comparação a você. Sei que há pessoas agindo tão corretamente quanto eu, embora sejam um pouco diferentes de mim. Mas você, se é que eu entendi direito, não pensa assim a respeito de ninguém que conheça." "Eu também poderia ser modesta de verdade, Jeff Campbell", retrucou Melanctha. "Se encontrasse alguém a quem pudesse respeitar e, mesmo depois de conhecer bem, continuasse respeitando. Mas sem dúvida ainda não encontrei essa pessoa, Jeff Campbell, se você quer saber." "Não, Melanctha, e com esse seu jeito de pensar, não parece que irá encontrar — com essa sua mania de não se lembrar de nada, só do que está sentindo naquele instante, sem levar em consideração o que os outros sentem e o fato de que eles não se queixam como você. Não, Melanctha, não vejo meio de você encontrar alguém que seja tão bom quanto você pensa ser."

"Não, Jeff Campbell, não é assim como você diz. Acontece que sei o que quero quando consigo. Não preciso esperar até obtê-lo, para então jogar fora o que ganhei e depois voltar e dizer 'foi um erro, não era como eu pensava', querendo de novo ardentemente o que não achava que queria. É essa certeza de saber o que quero que me faz sentir única, Jeff Campbell. Não gosto da maneira como você age, sem saber o que quer e, por isso, fazendo todo mundo sofrer. Não há dúvida de quem é o melhor e o mais forte entre nós dois, Jeff Campbell."

"Como quiser, Melanctha Herbert", exclamou Jeff Campbell, erguendo-se, soltando um palavrão e decidindo-se a deixá-la de vez. Então, com o mesmo movimento, tomou-a nos braços e a abraçou.

"Como você é tolo, Jeff Campbell", sussurrou Melanctha carinhosamente.

"Sou, sim", disse Jeff, com tristeza. "Nunca consegui ficar zangado com alguém, nem quando eu era menino. Chegava a chorar, mas não conseguia ficar zangado por muito tempo, como as outras pessoas. Não faz sentido para mim, Melanctha, não sou capaz de ficar bravo com você, minha querida. Mas não pense que é porque concordo com o que você disse. Não penso assim, honestamente, embora não consiga me zangar como deveria. Não, pequena Melanctha, é sério, você está errada de pensar assim. Adeus, Melanctha, você sempre será a minha pequena." Então ambos foram gentis um com o outro e Jeff foi para casa.

Melanctha tinha voltado a perambular. Não com muita frequência, mas sentia de novo a necessidade de procurar outros homens. Voltou a andar com algumas outras pretas decentes, já que ainda não chegara a querer perambular sozinha.

Jeff Campbell não sabia que ela tinha voltado a perambular. Só o que sabia era que não podia mais visitá-la o tempo todo.

Jeff não sabia como isso tinha acontecido, mas agora não cogitava em ir vê-la sem antes marcar um horário. Melanctha pensava um pouco e dizia: "Deixe-me ver, Jeff, você disse amanhã? É que eu ando terrivelmente ocupada. Acho que esta semana não vai dar. É claro que quero vê-lo. Tenho mais o que fazer agora, Jeff, já lhe dei tanto do meu tempo quando não tinha ocupação, estava com você sempre que me pedia. Não posso vê-lo essa semana, tenho tantas coisas". "Tudo bem, Melanctha", Jeff respondia e ficava zangado: "Só quero vir aqui quando você quiser me ver". "Ah, Jeff, não posso negligenciar os outros apenas para ficar com você. Venha na terça-feira que vem, certo? Acho que não estarei tão ocupada na terça." Jeff Campbell então ia embora, magoado e zangado, pois, para um homem orgulhoso como ele, era difícil agir feito um mendigo. De qualquer forma, Jeff aparecia conforme o combinado, no dia fixado, e nunca descobria o que Melanctha desejava. Ela repetia que o amava, é claro, sem dúvida. Dizia que o amava como sempre, acontece que andava muito ocupada com suas coisas, como ele devia supor.

Jeff não sabia o que Melanctha tinha para fazer que a mantinha tão ocupada e nunca se dera ao trabalho de perguntar. Além disso, sabia que, sobre esse assunto, Melanctha Herbert nunca lhe responderia com sinceridade. Jeff desconhecia se era porque Melanctha não sabia dar uma resposta simples. E como ele, Jeff, podia saber o que era importante para ela? Jeff Campbell sentia profundamente que não tinha o direito de interferir nos assuntos práticos de Melanctha. Nesse sentido, eles nunca se faziam qualquer espécie de pergunta e não sentiram o direito de cuidar um do outro. E agora Jeff Campbell sentia ainda menos direito de exigir saber o que Melanctha julgava correto para sua vida. Só se sentia no direito de perguntar sobre o seu amor.

Jeff aprendia, cada vez mais, o quanto era possível sofrer. Às vezes, quando estava sozinho, seu coração doía tanto que ele derramava algumas lágrimas vagarosas. Mas, dia após dia, ao descobrir o quanto doía, Jeff Campbell ia perdendo o profundo respeito que antes sentira pelo amor de Melanctha. Afinal de contas, sofrer não era lá grande coisa, pensava, se mesmo ele podia sofrer. E ele sofria profundamente, assim como Melanctha, mas passava por isso sem se lamuriar a todos os que encontrava.

Nas pessoas de natureza delicada, que nunca sentiram paixões intensas, o sofrimento às vezes vem para fortalecer. Quando não se sabe o que é sofrer, a dor tem um aspecto terrível e se deseja ardentemente ajudar a todos que estejam sofrendo; essas pessoas enxergam com profunda reverência quem conhece o sofrimento. Mas quando chega a hora de sofrerem por si próprias, elas perdem o medo, a ternura e a admiração. Afinal, o sofrimento nem é lá grande coisa, já que elas mesmas conseguem suportá-lo. Não é fácil de se aguentar, mas, no fim das contas, os outros não passam a ser mais sábios só porque também sabem suportá-lo.

Nas pessoas de natureza passional, que já se acostumaram a sofrer, e para quem as emoções são sempre apaixonadas, o sofrimento vem para apaziguar. E vem para o bem. Já as pessoas de natureza delicada, impassíveis e relaxadas se fortalecem quando sofrem, pois perdem o medo, a reverência e a admiração que tinham por aqueles que sofriam, já que eles mesmos descobrem como é sofrer e que não é tão ruim quanto pensavam.

E assim aconteceu naqueles dias com Jeff Campbell. Ele agora sabia bem o que era sofrer, e, a cada dia, aprendia a entender Melanctha melhor. Ainda amava Melanctha Herbert, confiava nela e tinha esperanças de que, um dia, voltariam a se aproximar, mas aos poucos essa esperança ia se enfraquecendo. Ainda passavam um bom tempo juntos, mas não sentiam mais confiança um no outro. No passado, Jeff não sabia o que se passava na cabeça de Melanctha, mas reconhecia como era profunda sua confiança; agora entendia Melanctha, mas não sentia mais nenhuma confiança nela. Já não podia ser sincero. Não chegava a duvidar de sua fidelidade, mas por algum motivo não acreditava no amor de Melanctha.

Melanctha Herbert ficava zangada quando Jeff lhe fazia perguntas. "Nunca dei a ninguém mais de uma chance comigo, e para você já dei mais de cem, ouviu bem?" "E por que não deveria me dar um milhão, se me ama de verdade?", Jeff explodiu de raiva. "Não sei se você merece, Jeff Campbell." "Não se trata de merecer, não é por isso que procuro você. É por amor, e, se você me amasse, nunca falaria de chances." "Nossa, Jeff, você está ficando espertinho." "Não, Melanctha, e nem tenho ciúmes de você. Só estou inseguro por causa do jeito com que está agindo." "Ah, sim, Jeff, é o que todos dizem quando estão com ciúmes. Você não tem motivos para ter ciúmes e eu estou terrivelmente cansada dessa conversa, sabe?"

Jeff Campbell nunca mais perguntou se Melanctha o amava. As coisas iam piorando cada vez mais. Jeff já não falava tanto com Melanctha. Não queria mais ser sincero e nunca tinha o que dizer.

Quando estavam juntos, era Melanctha que falava. Agora, ela vivia na companhia de alguma amiga. Continuava sendo gentil com Jeff Campbell, mas não parecia mais querer ficar só com ele. Tratava-o como seu melhor amigo e conversavam, mas não insistia mais em vê-lo o tempo todo.

Estava cada vez mais duro para Jeff Campbell. Era como se agora, quando realmente aprendera a amar Melanctha, ela não precisasse mais dele. Em seu íntimo, Jeff passou a saber disso.

Jeff Campbell ainda não percebera que Melanctha tinha voltado a perambular. Não era esperto o suficiente para suspeitar dela. Tudo o que sabia era que não estava seguro com o seu amor.

Jeff não tinha mais dúvidas. Certamente amava Melanctha. Sabia que ela não era mais uma verdadeira religião para ele. Sabia também que não queria ficar com Melanctha se não pudesse confiar em seu amor, embora a amasse profundamente e soubesse o que era sofrer.

A cada dia, Melanctha ia se afastando mais de Jeff. Ela era muito amável ao conversar com ele e lhe fazer companhia, mas de alguma forma isso não o confortava.

Agora Melanctha Herbert tinha muitos amigos à sua volta. Jeff Campbell não queria ficar com eles. Melanctha alegava que era cada vez mais difícil achar um jeito de ficar sozinha. Às vezes ela se atrasava. Jeff tentava ser paciente e esperar, pois se lembrava do que acontecera no passado e sabia que era justo suportar isso dela.

Então Melanctha começou a arrumar desculpas para não vê-lo sempre, e um dia ausentou-se, embora tivesse marcado um encontro em sua casa.

Então Jeff Campbell encheu-se de raiva. Agora sabia que não queria mais ficar com Melanctha e que já não podia confiar nela.

Jeff Campbell nunca soube por que Melanctha não comparecera ao encontro. Ouviu boatos de que tinha voltado a perambular. Às vezes encontrava Jane Harden, que vivia precisando de um médico. Jane sabia o que se passava com Melanctha, mas Jeff Campbell não tocava no assunto. Era leal e nunca deixava Jane falar muito sobre isso, embora não permitisse que ela suspeitasse de seu amor. Mas, de alguma forma, sabia o que Melanctha andava fazendo e ouvira falar de alguns homens que costumavam perambular com Rose Johnson.

MELANCTHA

Jeff Campbell não se permitia duvidar de Melanctha, mas percebeu que não queria mais ficar com ela. Melanctha Herbert não o amava mais, Jeff sabia disso, não do jeito que o amara antes. No passado, ela fora tão boa com ele, como ele jamais pensara poder sentir. Agora chegara num ponto em que conseguia entender Melanctha Herbert. Não estava triste porque ela não o amava, mas sim porque alimentara uma ilusão. Também estava triste, pois perdera o que antes julgava verdadeiro e que o fazia encher-se de beleza; agora não possuía mais aquela nova religião e perdera o que achava bom e verdadeiramente belo.

Jeff Campbell estava zangado porque sempre pedira que Melanctha fosse sincera. Podia suportar o fato de que ela não o amava, só não podia aguentar sua desonestidade.

Quando viu que Melanctha faltaria ao encontro, Jeff Campbell voltou para casa cheio de tristeza e rancor.

Não sabia exatamente o que fazer para acertar sua situação sentimental. Sem dúvida teria que ser forte e abrir mão desse amor, mas será que possuía a verdadeira sabedoria? Será que Melanctha Herbert não o amara profundamente? Será que Melanctha Herbert jamais merecera o seu respeito? Jeff era consumido por esse tormento, mas sentia, cada vez mais, que Melanctha nunca o tratara com decência.

Jeff esperou para ver se Melanctha lhe mandaria notícias. Melanctha Herbert não lhe escreveu uma linha sequer.

Por fim, Jeff redigiu esta carta para ela. "Querida Melanctha, sei que você não ficou doente esta semana, quando faltou ao encontro que nós combinamos, e além disso não me mandou nenhum bilhete explicando por que agiu dessa forma, que certamente não é a mais adequada. Jane Harden me contou que, naquele dia, a viu passeando com alguns novos amigos. Não me entenda mal, Melanctha.

Amo você agora, pois é meu jeito lerdo de aprender o que me ensinou, mas me parece que você nunca me amou profundamente. Não a amo mais como uma religião, pois sei agora que você é igual a todos nós. Sei que nenhum homem pode retê-la, pois é impossível confiar em você; é muito bem-intencionada, Melanctha, mas não tem memória e, portanto, não consegue ser sincera. Não me entenda mal: eu de fato aprendi a amá-la. Aprendi mesmo, de verdade. Você sabe disso. Pode confiar em mim. Então vou ser honesto: sou melhor do que você, na minha justa maneira de sentir. Por isso, não quero mais ser um incômodo. Você me faz enxergar certas coisas, Melanctha, que eu não conseguiria entender de nenhum outro jeito. Você foi muito boa e paciente comigo quando eu era inferior em minha maneira de sentir. Nunca fui tão bom e paciente com você, Melanctha, sei disso. Mas para mim, num verdadeiro amor, ambas as partes devem se considerar igualmente boas. Nunca deve existir esse tipo de sentimento em que só uma das partes dá e só a outra recebe. Sei que você não me entenderá, mas não importa. Agora tenho certeza do que sinto por você. Então adeus para sempre, Melanctha. Nunca poderei confiar em você, e é por não ser justa nos seus sentimentos por ninguém e porque nunca se lembra de nada. Acreditei em você de muitas formas, Melanctha, e sinto profundamente a doçura que há em você. Mas não posso dizer o mesmo de seu amor por mim. Nunca poderá ser justa comigo e, desse jeito, não aguento. Portanto agora, Melanctha, continuarei sendo seu amigo quando você precisar, mas não nos veremos mais para conversar."

Então Jeff pensou e pensou, mas não via outra saída, e por fim enviou a carta a Melanctha.

E agora estava tudo terminado para Jeff Campbell. Não poderia mais conhecer Melanctha. E ainda assim, talvez ela o amasse. Nesse caso, ela saberia o quanto lhe doía esse distanciamento, e talvez escrevesse uma carta para dizê-lo. Mas que coisa boba de se pensar. É claro que Melanctha jamais responderia. Estava tudo terminado, e Jeff ficou aliviado.

Por vários dias, Jeff Campbell sentiu apenas alívio. Por dentro, estava tranquilo e seguro. Tudo se assentava e, naqueles dias, enquanto a poeira ia baixando, ele só sentia o repouso e a tranquilidade de não lutar. Jeff Campbell não pensava em outra coisa e não sentia mais nada. Não enxergava qualquer beleza ou bondade no mundo. Havia um tipo monótono e agradável de tranquilidade em seu íntimo. Jeff quase começou a gostar disso, pois era o mais próximo da liberdade que ele jamais conhecera desde que Melanctha Herbert aparecera em sua vida. Ainda não estava de todo relaxado, nem tinha realmente conquistado o que estava a cultivar dentro de si — não aprendera a enxergar a bondade e a beleza no que acontecera —, mas era um tipo de serenidade, mesmo que ele estivesse todo embotado. Jeff Campbell gostava de não ter que lutar o tempo todo com seus tormentos.

E assim os dias se passaram tranquilos, e ele voltou a se concentrar no trabalho. Não enxergava mais beleza no mundo, o que era monótono e pesado, mas ainda assim estava satisfeito de ter se mantido firme no que acreditava ser correto para si e para as outras pessoas de cor: levar uma vida regular e enxergar a beleza nas coisas tranquilas. Perdera aquela noção de intensa alegria, mas conseguia trabalhar e talvez recuperasse a fé na beleza que deixara de enxergar ao seu redor.

E assim Jeff Campbell continuou com seu trabalho. Passava as noites em casa e retomou suas leituras. Não conversava muito e não parecia alimentar em seu íntimo nenhum tipo de sentimento.

E, um dia, Jeff Campbell pensou que talvez conseguisse deixar tudo para trás, e que um dia poderia voltar a ser feliz em seu tipo de vida tranquilo e regular.

Jeff Campbell nunca contara a ninguém o que lhe acontecera. Gostava de conversar e de ser sincero, mas não conseguia expressar seus sentimentos, apenas seus pensamentos. Jeff Campbell tinha orgulho de esconder as próprias emoções. Sempre enrubescia ao pensar nisso. Apenas a Melanctha chegara a confessá-las.

E assim Jeff Campbell cultivou seu lado monótono, embotado e tranquilo, sem aparentar quaisquer emoções. De vez em quando, tremia de vergonha ao lembrar alguns de seus sentimentos passados. Então, um dia, tudo aquilo voltou, e foi muito pungente.

O dr. Campbell agora passava muito tempo na cabeceira de um doente terminal. Um dia, o paciente estava descansando, e, enquanto velava, o médico foi à janela para espairecer. Era um começo de primavera no Sul. As árvores apresentavam aquelas rugas em zigue-zague anunciando que os brotos estavam a caminho. O ar estava úmido e ameno. A terra, molhada e cheirosa. Os pássaros cantavam por toda parte. A brisa era leve, mas persistente. Os brotos de plantas, as minhocas, os negros e as crianças saíam para sentir aquele úmido sol de primavera.

Até Jeff Campbell voltou a sentir aquela velha alegria em seu íntimo. O embotamento logo explodiu dentro dele. Jeff afastou-se da janela para se recompor. Seu coração estava acelerado e quase parou. Era Melanctha Herbert que ele acabara de ver na rua? Era Melanctha ou outra garota que lhe causara tamanho mal-estar? Bem, não importava, Melanctha estava por perto, disso ele tinha certeza. Melanctha Herbert sempre esteve naquela mesma cidade, e no entanto ele nunca mais se aproximara dela. Que burro tinha sido de dispensá-la. Acaso ele tinha certeza de que ela não o amava? E se Melanctha estava sofrendo por causa dele? E se ficasse feliz de vê-lo? E, o que quer que ele tivesse feito, aquilo significava alguma coisa agora? Que burro tinha sido de afastá-la. Será que Melanctha Herbert gostava dele, será que tinha sido sincera, será que o amara, será que ela sofria por ele? Oh! Oh! Oh!, e aquele gosto amargo ressurgiu de repente.

MELANCTHA 159

Ao longo daquele dia, tomado pela umidade quente da primavera, Jeff Campbell trabalhou, pensou, aparentou tristeza, perambulou, falou em voz alta, ficou calado, teve certezas, depois ficou em dúvida e então inquieto, depois embotado; ele andou, correu para esquecer de si mesmo, roeu as unhas até sangrar, arrancou os cabelos para ter certeza do que estava sentindo, mas não conseguia saber o que fazer. Então, tarde da noite, escreveu para Melanctha Herbert e obrigou-se a mandar a carta imediatamente, sem se dar tempo para mudar de ideia.

"Hoje me ocorreu que eu talvez esteja errado na minha forma de pensar. Talvez você queira muito ficar comigo. Talvez eu a tenha machucado como costumava fazer. Certamente não quero errar de novo com você. Se você sentir isso que eu acho que está sentindo, então me diga, e eu voltarei a vê-la. Senão, não me responda nada. Não quero ser cruel com você, Melanctha, de verdade. Nunca quis ser um problema. Não suportaria pensar que posso estar errado ao achar que você não quer mais me ver. Diga-me a verdade, Melanctha, eu devo voltar a vê-la?" "Sim", foi a resposta. "Estarei em casa hoje à noite."

Naquela noite, Jeff Campbell foi visitar Melanctha Herbert. Conforme se aproximava, hesitou em seu desejo de vê-la e sentiu que não sabia o que queria. Agora Jeff Campbell sabia muito bem que não poderia partilhar seus tormentos com ela. O que ele queria agora de Melanctha Herbert? O que poderia lhe contar? Nunca confiaria nela. Sem dúvida sabia muito bem o que Melanctha tinha em seu íntimo. E, ainda assim, era terrível não poder vê-la.

Jeff Campbell aproximou-se de Melanctha, beijou-a, abraçou-a, depois deu um passo para trás e a fitou. "Bem, Jeff!" "Sim, Melanctha!" "Jeff, por que você agiu assim?" "Você sabe muito bem, Melanctha, eu vivo achando que você não me ama e que está me tratando assim por bondade, e além disso, você nunca me explicou por que faltou ao nosso encontro, como havíamos combinado."

"Você não sabe que eu amo você?" "Não, Melanctha, de fato eu não sei. Se soubesse, não a incomodaria." "Jeff, eu o amo muito, e você devia ter certeza disso." "É mesmo, Melanctha?" "Claro, querido, você sabe." "Mas então, Melanctha, por que agiu desse jeito?" "Oh, Jeff, não seja chato. Tive que sair e queria ter me explicado, mas você me mandou aquela carta e alguma coisa aconteceu comigo. Não sei o que foi, Jeff, eu meio que desmaiei, e além disso, o que eu podia fazer? Você disse que nunca mais queria me ver!" "Mas, mesmo sabendo que, para mim, era a morte ficar longe de você, não teria me dito nada?" "Não, é claro que não, como poderia? Você me tratou daquele jeito. Sei como você estava se sentindo, mas não poderia dizer nada." "Bom, Melanctha, eu também sou orgulhoso, mas nunca faria isso com você, se soubesse que você me amava. Não, minha querida, eu e você nunca sentimos a mesma coisa. De qualquer forma, eu a amo de verdade." "E eu também, Jeff, mesmo que você não acredite em mim." "Não, eu não acredito, por mais que você repita. Não sei como, mas confio em você, só não acredito no seu amor. Sei que confia em mim, é só que sempre houve alguma coisa de errado. Não sei como posso dizer isso de outra forma." "Bom, eu não posso mais ajudá-lo, Jeff Campbell, embora você esteja certo ao dizer que eu confio em você. É o melhor homem que eu já conheci. Nunca quis que as coisas fossem diferentes para mim." "Bom, então você confia em mim e eu certamente a amo, Melanctha, de modo que precisamos tratar melhor um ao outro. Você também pensa assim, não é? Talvez você me ame mesmo. Me diga, por favor, honestamente, para que eu possa ter certeza: você me ama de verdade?" "Ah, seu tolinho. Se amo você? Por que acha que sempre o perdoo? Se não o amasse, Jeff, não o deixaria ser tão chato comigo. Nunca mais se atreva a me dizer essas coisas. Ouviu bem, Jeff? Ou, um dia, acabarei sendo realmente má só para machucá-lo. Daqui pra frente, seja bonzinho comigo. Você sabe o quanto eu preciso de você, então seja bonzinho!"

Jeff Campbell não conseguia pensar numa resposta. O que poderia dizer? Que tipo de palavras o ajudariam a consertar as coisas? Jeff Campbell tinha aprendido a amar profundamente e sabia que Melanctha aprendera a parecer forte para ser digna de confiança, mas que não o amava de verdade, isso ele sentia. Essa verdade sempre esteve dentro dele, interpondo-se entre ambos. Portanto, aquela conversa não melhorara em nada as coisas entre eles.

Jeff Campbell não era mais um problema para Melanctha, pois ficava calado. Às vezes a visitava, era simpático e tentava não importuná-la. Não tinha mais chance de ser amoroso. Melanctha nunca estava sozinha ao vê-lo.

Melanctha Herbert estava no auge de sua crise com Jeff Campbell quando foi à igreja onde, pela primeira vez, encontrou Rose, que mais tarde se casou com Sam Johnson. Rose era uma preta bela e bondosa que tinha sido criada por uma família branca. Hoje só andava com pessoas de cor. Morava com uma senhora de cor que havia conhecido "d." Herbert, seu marido preto e a filha Melanctha.

Rose logo se afeiçoou a Melanctha Herbert, que agora queria estar com ela o tempo todo. Melanctha fazia tudo o que Rose queria. Rose, por sua vez, apreciava a companhia de pessoas distintas que faziam as coisas para ela. Tinha bom senso e era preguiçosa. Gostava de Melanctha Herbert, pois ela tinha modos elegantes. Além disso, sentia pena da gentil, dócil e inteligente Melanctha, que vivia triste e tinha tantos problemas. E mais: agora podia ralhar com Melanctha, que nunca soube ficar longe de encrencas, ao passo que Rose era forte o bastante para manter-se na linha, com sua sabedoria simples e egoísta.

Mas por que a gentil, inteligente, atraente e quase branca Melanctha Herbert, com toda sua doçura, força e sabedoria, rebaixava-se a ponto de servir e bajular aquela preta preguiçosa, burra e egoísta? Era uma coisa inexplicável.

E assim, naqueles primeiros dias da primavera, era com Rose que Melanctha voltou a perambular. Rose sempre soube, em seu íntimo, qual era o jeito certo de agir. Não era uma preta qualquer, já que fora criada por uma família branca, e cuidava de se comprometer com um mesmo homem em suas andanças. Rose tinha uma forte noção de boa conduta. Vivia ensinando para a complicada Melanctha qual era o modo certo de agir em suas andanças.

Rose nunca soube muita coisa sobre Jeff Campbell. Não sabia que Melanctha havia passado tanto tempo com o médico.

Ao conhecê-la, Jeff não simpatizara com Rose. Procurava não cruzar com ela, tanto quanto podia. Já Rose quase não pensava no dr. Campbell. Melanctha não falava muito dele, pois sua companhia já não era importante.

Ao conhecê-la, Rose não simpatizara com Jane Harden. Jane tomara Rose por uma preta ordinária, burra e rabugenta. Não enxergava o que Melanctha via naquela preta. Ficava mal só de vê-la. Melanctha tinha uma boa cabeça, mas nunca se dava ao trabalho de usá-la. Jane já não fazia questão de ver Melanctha, embora Melanctha continuasse tentando ser boa para ela. E Rose odiava aquela convencida, sórdida, sarcástica e bêbada Jane Harden. Não sabia como a amiga suportava vê-la, mas Melanctha era tão boa para todos que não sabia como agir com as pessoas do jeito que mereciam.

Rose não sabia muita coisa sobre Melanctha, Jeff Campbell e Jane Harden. Tudo o que sabia era de seu passado com os pais. Rose gostava de ser boa com a pobre Melanctha, que, afinal de contas, passara maus bocados com a família e agora estava sozinha, sem ninguém para ajudá-la. "Como esse preto foi mau com você, Melanctha! Eu queria mesmo é pôr as mãos nele. Ele ia ver só, Melanctha, ouviu bem?"

Talvez Melanctha encontrasse conforto na simplicidade de Rose, em sua fé, sua raiva e sua moral. Rose era egoísta, burra e preguiçosa, mas era decente e sabia o que queria, além de distinguir o certo e o errado. Admirava a esperteza de Melanctha Herbert, sentia o quanto sofrera e ralhava para que a amiga se mantivesse longe de encrencas. Nunca se zangava quando descobria alguma das diferentes formas de agir de Melanctha.

E assim, Rose e Melanctha passavam um tempo cada vez maior juntas, e Jeff Campbell nunca se via sozinho com Melanctha.

Certo dia, Jeff teve que ir a outra cidade para visitar um doente. "Na segunda-feira, quando eu voltar, Melanctha, quero vir vê-la. Fique em casa sozinha, pelo menos desta vez, para me receber." "É claro, Jeff, ficarei feliz em vê-lo!"

Na segunda-feira, quando Jeff chegou à casa de Melanctha, havia um bilhete. Será que ele poderia voltar depois de amanhã, quarta-feira? Melanctha lamentava muito, mas tivera que sair. Sentia muitíssimo e esperava que ele não se zangasse.

Jeff ficou zangado e praguejou um pouco, então deu risada e soltou um suspiro. "Pobre Melanctha, ela não sabe mesmo falar a verdade, mas não importa, eu a amo e serei bom enquanto ela me permitir."

Jeff Campbell apareceu na quarta-feira à noite para vê-la. Tomou-a nos braços e a beijou. "Que pena que não pude vê-lo na segunda, Jeff, como nós havíamos combinado, mas eu não pude, Jeff, não houve jeito." Jeff a fitou e deu risada. "Você quer que eu acredite nisso? Claro, eu acredito se você quiser, Melanctha. Serei bonzinho, do jeito que você gosta. Acredito que você tinha mesmo a intenção de me ver, Melanctha, mas que não houve jeito." "Oh, querido Jeff", disse Melanctha, "sei que agi de forma errada. É duro para mim ter que dizer isso, mas agi de forma errada, desta vez fui má com você. É duro ter que dizer isso, mas não devia fugir assim. É só que você tem sido tão mau comigo, Jeff, e tão chato, e torna as coisas tão difíceis, que eu tive que fazer isso para me vingar. Seu malvadinho, essa é a primeira vez que eu admito isso a alguém: eu agi mal, Jeff, ouviu bem?" "Certo, Melanctha, eu a perdoo, pois é a primeira vez que você confessa ter feito algo que não devia", e Jeff Campbell deu risada e a beijou, então Melanctha riu e o amou, e por algum tempo eles foram felizes juntos.

E então eles ficaram muito felizes juntos, depois ficaram em silêncio e então um pouco tristes, e então voltaram a ficar quietos, outra vez, um com o outro.

"Sim, sem dúvida amo você, Jeff!", disse Melanctha, com um ar sonhador. "É mesmo, Melanctha?" "Claro, Jeff, mas não do jeito que você pensa. Parece que eu o amo cada vez mais e que confio mais em você, quanto melhor o conheço. Eu o amo, é claro que sim, mas não do jeito que você pensa. Não tenho mais aquela paixão ardente, você matou esse sentimento. Já deve saber disso, Jeff, pelo jeito que sou quando estamos juntos. Sabe disso, e é essa a maneira que agora gosta de ver em mim. Sei que não se importa de ouvir isso."

Jeff Campbell ficou tão triste que aquela dor quase o matou. Agora sabia o que era ter uma paixão ardente, e ainda assim Melanctha estava certa: ele não merecia esse tipo de amor. "Certo, Melanctha, não vou reclamar. Sempre lhe dou tudo o que você quer e aceitarei o que quiser me dar. Não posso negar que isso me machuca, mas não quero que comigo seja diferente." E as lágrimas voltaram a escorrer pelo rosto de Jeff Campbell, embargando-lhe a voz e calando-o, e ele teve que fazer um enorme esforço para não sucumbir.

"Boa noite, Melanctha", disse, humildemente. "Boa noite, Jeff, não tive a intenção de magoá-lo. Eu amo você, Jeff, cada vez mais, quanto melhor o conheço." "Eu sei, Melanctha, eu sei, e isso foi sempre importante pra mim. Não se pode mudar os sentimentos dos outros. Está tudo bem, acredite, tenha uma boa noite — agora preciso ir, adeus, e não se preocupe que voltarei logo para vê-la."

Então Jeff saiu tropeçando pelos degraus e foi embora o mais rápido possível.

A dor era cada vez maior no coração de Jeff Campbell, que gemia, e era tão intensa que ele mal podia suportar. As lágrimas escorreram pelo seu rosto e ele sentiu o coração acelerado; estava com calor, exausto e amargurado.

Agora Jeff sabia muito bem o que era amar Melanctha. Agora sabia que estava compreendendo realmente. Agora sabia o que era ser bom para Melanctha. E Jeff era sempre bom com ela agora.

Lentamente, encontrou consolo em ter sofrido tanto e em ser tão bom: agora era impossível que ela suportasse coisas tão grandes quanto as que ele suportava. Agora Jeff estava mais forte. Agora, por causa da dor, havia paz dentro dele. Agora estava compreendendo realmente, sabia que tinha uma paixão ardente dentro de si e que era muito bom com Melanctha, a responsável por tudo. Agora sabia que podia ser bom sem precisar de ajuda para suportar a dor. A cada dia, sentia-se mais forte como antes julgara ser. Agora Jeff Campbell encontrara a verdadeira sabedoria e não ficava triste ao sofrer, pois sabia que era forte o suficiente para suportar.

Então Jeff Campbell podia encontrar Melanctha com frequência; era paciente e amável e a entendia melhor a cada dia. Sabia que ela não podia amá-lo do jeito que deveria. Melanctha Herbert não tinha como se lembrar das coisas.

Sabia que havia um homem com quem Melanctha se encontrava e que ela talvez quisesse sua bondade. Jeff Campbell nunca viu esse homem de quem provavelmente Melanctha gostava. Sabia apenas que ele existia. Além disso, havia Rose, com quem Melanctha perambulava.

Jeff Campbell estava muito reservado com Melanctha. Disse que não queria mais vir especialmente para vê-la. Ficaria feliz de encontrá-la por acaso, mas não iria a lugar nenhum especialmente para isso. É claro que a amaria profundamente para sempre. É claro que ela sabia disso. "Sim, Jeff, confio em você, sei muito bem." Jeff Campbell respondeu que estava tudo certo, que nunca diria nada para repreendê-la. Ela sabia que Jeff tinha aprendido a amá-la. "Sim, Jeff, eu sei muito bem." Sabia que podia confiar nele. Jeff continuaria leal, e embora Melanctha não lhe fosse mais uma religião, nunca esqueceria de sua verdadeira doçura. Embora julgasse que ela não seria capaz de amar alguém para sempre, sabia que ela não tinha como se lembrar das coisas. Caso ela precisasse da bondade de alguém, faria o possível para ajudá-la. Nunca se esqueceria do que aprendeu com ela, mas não queria mais vê-la. Seria como um irmão e um bom amigo quando ela precisasse. Jeff Campbell lamentava não poder mais vê-la, mas era bom que tivessem uma vez se conhecido de verdade. "Adeus, Jeff, você foi muito bom para mim." "Adeus, Melanctha, você sabe que sempre pode contar comigo." "Eu sei, Jeff, sei mesmo." "Preciso deixá-la, Melanctha. Dessa vez, vou embora mesmo", e Jeff Campbell partiu, agora sem olhar para trás. Dessa vez ele terminou tudo e a deixou.

Jeff Campbell adorava pensar que de novo teria forças para levar uma vida tranquila e regular, fazendo o que julgava ser correto para si e para as pessoas de cor em geral. Viajou por uns dias para atender pacientes numa cidade vizinha, trabalhou duro e viu-se triste por dentro, tanto que as lágrimas às vezes lhe escorriam pelo rosto, quando então ele trabalhava mais e mais e voltava a enxergar a beleza do mundo ao seu redor. Jeff fizera a coisa certa e aprendera a amar de verdade. Isso foi bom para ele.

Não se esquecia da doçura de Melanctha Herbert e era muito amável com ela, mas ambos nunca mais se aproximaram. Afastaram-se, mas Jeff não conseguia esquecê-la. Não se esquecia de sua verdadeira doçura, embora não sentisse mais aquela intensidade de uma nova religião. Jeff sabia a importância de todas as belezas que Melanctha

Herbert lhe mostrara, e isso o ajudava em seu trabalho consigo mesmo e com seus companheiros de cor.

Separada de Jeff Campbell, Melanctha Herbert estava livre para ficar com Rose e com os novos homens que conhecia.

Rose estava sempre ao seu lado. Jamais encontrara meios de ficar excitada. Dizia a Melanctha o que fazer para não se meter em encrencas, mas ela não conseguia evitar e vivia encontrando novas formas de se excitar.

"Melanctha", Rose dizia, "você não está certa em agir assim com esse tipo de sujeito. Devia ficar com os pretos, como eu. Esses aí são homens maus, estou lhe dizendo a verdade, e é melhor você me dar ouvidos. Fui criada por uma família branca, Melanctha, e sei muito bem distinguir um branco decente de um que fará mal a qualquer negra com quem sair. Você sabe que sempre quis o seu bem e que você não tem meios de saber, como eu, que fui criada por uma família branca, o jeito certo de agir com os homens. Não quero que se meta em sérios apuros, Melanctha, então me dê ouvidos, porque sei do que estou falando. Nunca lhe diria para manter distância dos homens brancos, embora, para mim, esta seja a melhor conduta para uma garota de cor, não, nunca lhe diria para manter distância dos homens brancos, embora essa seja a conduta apropriada para uma garota de cor; apenas peço que nunca, Melanctha, ouça bem, nunca se meta com o tipo de brancos com quem você anda ultimamente. Me dê ouvidos, Melanctha, você tem que me ouvir, digo isso porque conheço muito bem o assunto e, além disso, porque você não faz ideia de como agir. Sei como é com esse tipo de brancos que nunca sabem fazer a coisa certa às garotas com quem estão saindo. Ouça bem o que estou dizendo."

Assim Melanctha arrumava novas formas de se meter em encrencas. Mas já não eram tão ruins, pois os brancos que Rose desaprovava nunca significaram grande coisa para Melanctha. Ela apenas gostava de ficar com eles, pois entendiam de bons cavalos; para ela era bom, por um instante, sentir-se imprudente. Mas era principalmente com Rose e com outros bons homens e mulheres de cor que gostava de perambular.

Já era verão, e as pessoas de cor saíam para ver o sol que desabrochava com as flores. Em ardorosa alegria, resplandeciam ao ar livre com seu calor negro, entregando-se livremente ao abandono largo de suas risadas escandalosas.

De certa forma, a vida que Melanctha Herbert levava com Rose e os outros era muito satisfatória. Não era sempre que Rose tinha que repreendê-la.

Com exceção de Rose, nenhuma outra pessoa de cor tinha importância para Melanctha. Mas todas gostavam dela e queriam vê-la fazendo coisas, ao passo que ela, sempre disposta a atendê-las, era boa e doce e fazia o que todos pediam.

Foram dias agradáveis naquele calor do Sul, com muitas piadas simplórias e gargalhadas largas e despreocupadas. "Olhem só a Melanctha correndo. Ela não parece um pássaro? Ei, Melanctha, vou pegar você, vou pôr sal na sua cauda e pegá-la de jeito", e os homens tentavam apanhá-la, caíam no chão e rolavam, sob explosões de gargalhadas. Era essa a conduta que Rose aprovava em Melanctha: envolver-se e divertir-se com os homens de cor, e não andar com aqueles brancos que não sabem fazer a coisa certa com as garotas com quem estão saindo.

Rose gostava cada vez mais de Melanctha. Às vezes tinha que repreendê-la, mas isso só aumentava seu carinho. Além disso, Melanctha lhe dava ouvidos e fazia o possível para agradá-la. Rose tinha tanta pena da eventual tristeza da amiga que desejava que alguém viesse matá-la.

Melanctha Herbert apegava-se a Rose na esperança de que a amiga pudesse salvá-la. Sentia o poder de sua natureza egoísta e decente, tão sólida, simples e certa. Melanc-

MELANCTHA 169

tha apegava-se a Rose, adorava ser repreendida e buscava sua companhia. Sentia nela uma sólida segurança. À sua maneira, Rose fora bondosa de deixar Melanctha amá-la. Melanctha nunca agia de modo a causar problemas. Jamais teve poder para se igualar à amiga. Era muito humilde e disposta a fazer o que Rose lhe pedisse. Precisava que Rose a deixasse apegar-se a ela. Rose era uma preta simples, ranzinza e egoísta, mas trazia uma força concreta dentro de si. Possuía um forte senso do que era apropriado e confortável. Sempre soube o que queria e como fazer para consegui-lo, e nunca se deixou abalar por qualquer problema. E assim a delicada, esperta, atraente e quase branca Melanctha Herbert amava, servia e se submetia à grosseira, rabugenta, ordinária, infantil e preta Rose; e essa imoral, promíscua e imprestável Rose estava para se casar com um bom negro, enquanto Melanctha, com seu sangue branco, sua beleza e sua aspiração a uma vida melhor, provavelmente nunca se casaria. Às vezes, a complexa e esperançosa Melanctha se desesperava, ao pensar em como a sua vida tinha sido determinada. Não sabia como seria possível continuar a viver de forma tão triste. Às vezes, pensava em se matar, pois realmente achava que poderia ser o melhor para ela.

Rose estava para se casar com um bom negro. Seu nome era Sam Johnson. Ele trabalhava como marujo de um vapor costeiro, era fiel e ganhava um bom salário.

Rose conheceu Sam Johnson na igreja, onde também conhecera Melanctha Herbert. Gostou dele à primeira vista, ao perceber que era um homem bondoso que trabalhava duro e ganhava um bom salário, então pensou que seria bom para sua posição contrair um verdadeiro casamento.

Sam Johnson gostava muito de Rose e estava disposto a fazer o que ela quisesse. Era um homem de cor alto de ombros largos, um trabalhador decente, sério, franco e bondoso. Ambos se deram muito bem, Sam e Rose, ao se casarem. Rose era preguiçosa, porém limpa, e Sam era meticuloso, mas não exigente. Era um trabalhador bondoso, simples, honesto e estável, e Rose tinha um bom senso de decência para levar uma vida regular, sem excitações e com economia, a fim de garantir que teriam dinheiro para o que quisessem.

Após se conhecerem, não demorou muito e já se casaram. Às vezes, Sam viajava para o interior com o grupo de jovens da igreja, quando passava um bom tempo com Rose e sua amiga Melanctha Herbert. Não se importava com Melanctha; sempre preferira as maneiras de Rose. O ar misterioso de Melanctha nunca o atraíra. Sam queria ter uma boa casa aonde ir todos os dias, depois do trabalho, e um filho seu para cuidar. Estava pronto para casar, tão logo Rose o desejasse. Então, um dia, Sam e Rose organizaram uma cerimônia e se casaram. Mobiliaram uma casinha de tijolos vermelhos, e Sam voltou ao trabalho como marujo de um vapor costeiro.

Rose lhe contava como Melanctha era boa e o quanto tinha sofrido. Sam Johnson nunca se importara com ela, mas fazia as vontades de Rose e era uma criatura gentil e bondosa, portanto tratava Melanctha muito bem. Melanctha Herbert sabia que Sam não gostava dela, e por isso ficava calada e deixava Rose falar em seu lugar. Mesmo assim, ajudava Rose, fazia as vontades dela, era bondosa, atenciosa e se calava quando Sam tinha algo a dizer. Melanctha gostava de Sam Johnson. Em toda a sua vida apreciou e respeitou as pessoas bondosas e atenciosas, desejando que também fossem gentis com ela, e em toda a sua vida quis levar uma vida regular e tranquila, mas apenas encontrou novas formas de se meter em dificuldades. Melanctha precisava muito de Rose; precisava acreditar na amiga e apegar--se a ela. Rose era a única coisa estável que Melanctha tinha na vida, e por isso humilhava-se a ponto de servir de empregada e suportar as broncas dessa ordinária, grosseira, rabugenta, infantil e preta Rose.

Rose sempre pedia a Sam que tratasse bem a pobre Melanctha. "Você sabe, Sam", ela dizia, "seja bondoso com a pobre Melanctha, porque ela passou por tanta coisa. Eu lhe contei os problemas que ela teve com o pai, aquele preto terrível, que foi muito maldoso com ela, nunca cuidou da filha e não apareceu nem quando a mãe morreu daquele jeito, pobre Melanctha. A mãe dela sempre foi muito religiosa. Uma vez, Melanctha era bem pequena e ouviu-a dizer ao pai — foi muito triste — que era uma pena que Melanctha não tivesse sido levada por Deus, em vez de seu irmãozinho que morrera de febre. Aquilo a magoou enormemente. Depois disso, nunca mais sentiu afeição pela mãe, e eu não a culpo, embora fosse bondosa e tenha cuidado da mãe doente, sem a ajuda de ninguém, e ela passou o tempo todo sozinha sem uma só alma para lhe dar a mão, e aquele preto terrível que era o pai dela não aparecia. Mas com Melanctha é assim. Ela é tão boa com todos, mas ninguém lhe agradece. Nunca conheci alguém tão azarado quanto essa pobre Melanctha, e ela age tão bondosamente e não reclama. Trate-a muito bem agora que eu e você somos casados, entendeu? Ele foi um preto muito ruim com ela, Sam, muito bruto, enquanto ela era corajosa e não contava nada a ninguém. Sempre doce e bondosa o suficiente para fazer o que todos queriam. Não entendo como alguns homens podem agir desse jeito. Já contei pra você de quando Melanctha quebrou o braço, se machucou feio e ele não a levou ao médico? Ele fazia coisas tão más que ela nunca queria contar a ninguém. É sempre assim com Melanctha, você nunca sabe o quanto ela se machucou. Ouça bem, Sam, é para tratá-la bem agora que eu e você somos casados."

E assim Rose e Sam Johnson casaram-se legalmente, e Rose ficava em casa gabando-se às amigas de como era bom estar realmente casada.

Rose não convidou Melanctha para ir morar com ela, agora que estava casada. Gostava que Melanctha viesse ajudá-la, aliás, queria que Melanctha passasse o tempo todo lá, mas era esperta em sua simplicidade e nunca pensara em convidar Melanctha para ir morar com ela.

Rose era teimosa, decente e sabia o que queria. Precisava da companhia de Melanctha e apreciava a sua ajuda — a esperta e boa Melanctha trabalhando para a preguiçosa, lerda, egoísta e preta Rose —, mas podia obter tudo isso sem precisar trazê-la para dentro de casa.

Sam nunca perguntou a Rose por que não convidava Melanctha. Apenas dava como certo aquilo que Rose desejava que fosse feito.

Nunca ocorreu a Melanctha pedir para ir morar lá. Nunca lhe ocorreu que Rose pudesse cogitá-lo. Nunca lhe ocorreu desejar isso, se Rose pedisse, mas ainda assim Melanctha teria aceitado por conta da segurança que sentia em sua companhia. Agora queria muito se sentir segura, mas Rose jamais a permitiria morar lá. Rose tinha noção do que era realmente confortável, apropriado e mais fácil, sabia do que precisava e sempre conseguia o que queria.

Portanto, Melanctha ficava à disposição para ajudá--la. Rose se sentava preguiçosamente, gabando-se e reclamando um pouco; dizia a Melanctha o que fazer para ser como ela, e Melanctha seguia todas as suas ordens. "Não precisa fazer isso, Melanctha, deixe que eu faço ou peço para o Sam fazer, quando ele voltar do trabalho. Não se importa mesmo em erguer isso? Você é muito boa, e aliás, quando for embora, não esqueça de comprar arroz e me trazer amanhã. Não esqueça. Nunca conheci uma pessoa que fosse tão boa comigo." E então Melanctha fazia ainda mais coisas para Rose, e voltava bem tarde para a casa onde agora morava com uma senhora de cor.

E assim, embora Melanctha passasse muito tempo com Rose Johnson, havia momentos em que não podia ficar lá. Não podia mais apegar-se, pois Rose tinha Sam, e Melanctha perdia cada vez mais o controle daquela relação.

Melanctha Herbert começou a sentir que precisava começar de novo, precisava ir atrás daquilo que sempre quis. Agora Rose Johnson não podia mais ajudá-la.

Então voltou a perambular com homens que Rose nunca aprovaria.

Um dia, Melanctha estava muito ocupada com suas diferentes formas de perambular. Era um ameno fim de tarde de um longo verão. Melanctha estava passeando livre e alegremente. Acabara de deixar a companhia de um branco e carregava um buquê de flores. Um jovem mulato passou e roubou-lhe as flores. "Que gentil da sua parte me dar essas flores", ele disse.

"Não vejo por quê", respondeu Melanctha. "O que um homem dá, outro tem o direito de roubar." "Então fique com essas flores velhas, não quero pra mim." Melanctha Herbert deu risada e apanhou o buquê. "É, não acho mesmo que você queira. Muito obrigada pelas flores, meu bom senhor. É um prazer conhecer um homem tão gentil assim." O homem gargalhou: "Você não é nem um pouco boba, isso é certo, mas até que é muito bonita. Quer que os homens sejam gentis com você? Está bem, eu posso amá-la, isso é que é ser gentil, posso tentar?". "Estou sem tempo hoje e devo apenas agradecer-lhe. Estou ocupada, mas seria um prazer vê-lo de novo." O homem tentou impedi-la de partir, mas Melanctha Herbert riu e esquivou-se, de modo que ele não pôde tocá-la. Melanctha desceu apressadamente uma travessa próxima e o homem a perdeu de vista.

Por vários dias, Melanctha não viu mais seu mulato. Um dia, estava em companhia de um homem branco e ambos o avistaram. O branco parou para falar com ele. Pouco depois, Melanctha deixou o branco e encontrou o mulato. Parou para lhe falar e começou a gostar dele.

Jem Richards, o novo homem na vida de Melanctha, era um sujeito altivo que lidava com cavalos e corridas. Às vezes, apostava e ganhava um bom dinheiro. Outras vezes, se dava mal e perdia tudo.

Jem Richards era um homem sensato. Sabia que logo mais ganharia de novo e que pagaria suas dívidas, e de fato ganhava e pagava suas dívidas.

Jem Richards era um homem confiável. Os amigos lhe emprestavam dinheiro sempre que ele perdia o seu, pois sabiam que Jem voltaria a ganhar e, quando isso acontecesse, tinham certeza de que pagaria.

Em toda a sua vida, Melanctha Herbert sempre apreciara belos cavalos. Gostava de ver que Jem entendia do assunto. Era um homem impetuoso, esse Jem Richards. Sabia como se sair bem e, em toda a sua vida, Melanctha apreciara homens poderosos.

Ela gostava cada vez mais dele, e logo as coisas começaram a ficar sérias.

Jem era ainda mais corajoso que Melanctha. Sabia o que era a verdadeira sabedoria e sempre entendera tudo.

Jem Richards apressou as coisas com Melanctha Herbert. Jamais a fazia esperar. Em pouco tempo, Melanctha não saía mais de seu lado e não queria outra coisa. Em Jem Richards encontrara tudo o que precisava para contentar-se.

Passava cada vez menos tempo com Rose Johnson. A amiga não aprovava essa nova atitude. Não havia nada de errado com Jem Richards, mas Melanctha nunca tivera noção do que era certo fazer. Rose costumava dizer a Sam que não gostava de como a amiga estava se precipitando. Dizia isso ao marido e a todas as pessoas que encontrava. Mas, àquela altura, Rose não tinha mais importância para Melanctha, que só prezava a companhia de Jem Richards.

As coisas se tornavam cada vez mais sérias entre Jem Richards e Melanctha Herbert. Um dia, ele deu a entender que gostaria de se casar com ela. Sentia um amor profundo, e, quanto a Melanctha, Jem era tudo para ela. Então ele lhe deu um anel, como os brancos fazem, firmando um compromisso de casamento. Melanctha ficou radiante com a bondade de Jem.

Ela gostava muito de ir às corridas. Ultimamente ele tivera sorte e comprara um belo carro, no qual Melanctha fazia uma bela figura.

Melanctha tinha orgulho de estar com Jem Richards. Gostava de como Jem sabia de tudo. Não só o amava, como amava o fato de que ele gostava dela e queria se casar. Jem Richards era um homem correto e decente, a quem os outros homens consultavam e em quem confiavam. Melanctha precisava de um homem para fazê-la feliz.

A alegria de Melanctha a fazia agir tolamente. Contou a todos sobre Jem Richards, aquele homem bacana que tinha belos cavalos e era tão corajoso, nada o amedrontava, e agora era seu noivo e este é o anel que lhe dera.

Às vezes, Melanctha se abria para Rose Johnson, com quem voltara a conversar.

O amor por Jem a fazia agir tolamente. Precisava falar com alguém e por isso procurava Rose Johnson.

Melanctha entregou-se inteiramente a Jem Richards. Sua alegria era tola e insensata.

Rose não aprovava essa conduta. "Não que ela não esteja verdadeiramente comprometida com Jem Richards, como ela diz, e Jem até que é um bom homem, embora se julgue tão esperto e dono do mundo, e além disso ele deu um anel para Melanctha como se realmente tivesse a intenção de se casar — a única coisa errada, Sam, é a reação de Melanctha. Ela não devia se empolgar tanto com o noivado. Não é o jeito certo de agir. Nenhum homem suportaria isso, não que eu saiba, e olhe que eu conheço bastante o assunto. Conheço os brancos e conheço os de cor, pois fui criada por uma família branca, e nenhum deles gosta quando uma garota faz isso. Não há problema quando se está apenas apaixonado, mas não é certo quando se fica noiva, quando ele finalmente aceita se casar com você. Sabe, Sam, eu tenho razão e sei disso. Jem Richards não vai durar até o casamento, não que eu saiba, do jeito que Melanctha está agindo. Anéis não significam nada e não trazem nenhum bem quando uma garota age tolamente, como Melanctha. Mas eu não digo nada a ela. Escuto o que ela tem a dizer e fico pensando, mas não lhe digo mais nada. Ela não me contou sobre esse Jem Richards até que estivesse totalmente caída por ele, e não gosto dessa atitude de esconder as coisas de mim. Não falo mais, pois não tenho nada a ver com isso e não quero precisar aconselhá-la, então fico escutando o que ela tem a dizer. Não, Sam, não vou falar nada para ela. Melanctha tem que seguir seu próprio caminho, não que eu queira vê-la metida em encrencas, é só que, depois do que ela fez, não faz sentido dizer-lhe como agir. Você vai ver o que Jem Richards vai fazer com ela, você vai ver como tenho razão, e eu sei disso."

Melanctha Herbert pensou que nunca mais se meteria em encrencas. Sua alegria a fazia agir tolamente.

Então Jem Richards viu-se em dificuldades com as apostas. Agora Melanctha desconfiava que havia algo errado com ele. Sabia que ele já fracassara antes, mas nunca pensou que isso pudesse afetá-los.

Certa vez, ela disse a Jem que o amaria mesmo se ele estivesse na cadeia ou se não passasse de um mendigo. Agora lhe dizia: "Não importa se você está em apuros, é claro que não, apenas fique tranquilo e tenha coragem, não se preocupe comigo. Ah, Jem, é claro que sei que você me ama tanto quanto eu o amo, e é só isso o que eu quero de você: que goste de mim para sempre. Posso me casar com você a qualquer momento, quando você quiser. Não me importo com o dinheiro, não precisa se preocupar comigo".

O amor de Melanctha Herbert certamente a fazia agir de forma tola e insensata. Ela se entregava cada vez mais a Jem Richards, que, com suas apostas malsucedidas, não podia se forçar a sentir mais nada. Jem Richards não se casaria com ninguém enquanto estivesse em apuros. Não havia meio. O amor de Melanctha a fazia agir de forma tola e insensata; ela devia ficar calada e deixá-lo cuidar de tudo. Jem Richards não era o tipo de homem que precisava de uma mulher forte ao seu lado nos momentos de apuros. Não era a situação e nem a pessoa certa para isso.

Melanctha precisava tanto daquele amor tão cobiçado que não sabia o que fazer para salvá-lo. Agora percebia que sempre houvera algo de errado com Jem Richards, mas não ousava perguntar. Ele vivia ocupado vendendo coisas e marcando reuniões para arrecadar dinheiro. Não podia mais vê-la com tanta frequência.

A sorte de Melanctha Herbert é que Rose Johnson estava prestes a ter o bebê e foi para a sua casa. Ficou combinado que Rose se hospedaria lá, pois precisava do médico do hospital próximo para assistir o parto, e além disso, podia contar com os habituais cuidados de Melanctha.

Melanctha tratou Rose Johnson muito bem. Fez tudo o que podia: cuidou de Rose e foi paciente, submissa, apaziguadora e incansável, enquanto Rosie, uma preta rabugenta, infantil e covarde, limitava-se a rosnar, berrar, fazer escândalo e mostrar-se odiosa, como um simples animal.

Durante todo esse tempo, Melanctha encontrava Jem Richards de vez em quando. Agora começava a demonstrar a sua força. Melanctha era apenas corajosa e doce quando se via em dificuldades, quando tinha que lutar com todas as forças e não era capaz de fazer tolices.

Melanctha voltara a se aproximar de Rose Johnson e a contar-lhe seus problemas. Rose tornou a dar conselhos a ela.

Ela contava a Rose todas as suas discussões com Jem Richards, coisas que nenhum dos dois tinha a intenção de dizer. Não sabia o que Jem Richards queria. Só sabia que não gostava quando ela insistia que fizessem as pazes e se casassem logo, então ela dizia: "Tudo bem, não vou usar mais o seu anel, Jem, não vamos mais nos encontrar, assim como não vamos mesmo nos casar". Disso ele também não gostava. O que será que ele queria?

Melanctha parou de usar no dedo o anel de Jem. Pobre Melanctha: ela o usava amarrado numa corrente, para que pudesse senti-lo, e, como agora era mais severa com Jem Richards, nunca deixou que ele soubesse. Às vezes ele parecia se aborrecer com isso, e outras vezes se mostrava aliviado. Melanctha não conseguia saber o que ele queria.

Ainda não havia outra mulher na vida de Jem, não que Melanctha soubesse, então ela supôs que ele voltaria profundamente apaixonado, do jeito que era antes e com uma intensidade que ela nunca acreditara ser possível. Mas Jem Richards era mais corajoso que Melanctha Herbert. Sabia como se sair bem. Melanctha já perdera sua chance, pois não se mantivera calada esperando a iniciativa de Jem.

Jem Richards ainda não dera sorte em suas apostas. Jamais passara tanto tempo sem ganhar. Às vezes dava a entender que queria viajar para tentar a sorte em outro lugar, mas nunca dizia que pretendia levar Melanctha consigo.

Assim, ora Melanctha ficava segura, ora doente de dúvida. O que Jem realmente queria? Ele não tinha outra mulher, disso Melanctha tinha certeza, e quando ela lhe dizia que não — que nunca mais queria vê-lo, agora que ele não gostava mais dela —, Jem mudava de ideia e jurava que a amava, agora e sempre. Mas não tornara a falar em casamento. Não queria se casar com ninguém enquanto estivesse em apuros, e não havia meios de sair daquela encrenca, mas Melanctha devia usar aquele anel, sim, pois ele nunca amara ninguém desse jeito. Então ela voltava a usá-lo por um tempo, mas logo tornavam a discutir e ela dizia que não, que nunca mais usaria nada que ele tivesse lhe dado, e devolvia o anel à corrente onde ninguém o notava, mas onde podia senti-lo.

Pobre Melanctha, sem dúvida o amor a fazia agir de forma tola e insensata.

Cada vez mais ela precisava da companhia de Rose Johnson, que voltara a lhe dar conselhos, mas sem sucesso. Já não havia meios de aconselhá-la. A chance de Melanctha com Jem Richards passara. Rose sabia disso e Melanctha também, e essa verdade a matava por dentro.

O único consolo de Melanctha era cuidar de Rose até a exaustão. Melanctha sempre fizera as vontades da amiga. Sam Johnson passou a ser gentil e paciente com ela, que, afinal, era muito boa com Rose. Ele ficava satisfeito de tê-la por perto para ajudar a esposa, fazendo as coisas para ela e confortando-a.

Rose passou por maus bocados para dar à luz e Melanctha fez tudo o que podia.

Embora tenha nascido saudável, o bebê não durou muito. Rose Johnson era desleixada, negligente e egoísta, e quando Melanctha teve que se ausentar por poucos dias, o bebê morreu. Rose Johnson gostava do filho e talvez tivesse apenas se distraído; de qualquer forma, a criança morreu, e Rose e Sam ficaram muito tristes, mas essas coisas são tão frequentes para os negros de Bridgepoint que nenhum deles pensou por muito tempo no assunto. Quando Rose recuperou as forças, voltou para casa, junto ao marido. Agora Sam Johnson era muito gentil com Melanctha, que fora tão boa para Rose naqueles maus momentos.

Os problemas de Melanctha Herbert com Jem Richards não melhoravam. Jem tinha cada vez menos tempo para ficar com ela. Quando a encontrava, era muito bondoso, mas vivia preocupado com as apostas. Desde que começara a ganhar a vida, jamais tivera um problema assim por tanto tempo. Era muito bondoso, mas não tinha forças para lhe dar. E ela não conseguia mais fazê-lo discutir. Não podia mais reclamar de como era tratada, pois, como ele sempre dava a entender, certamente sabia como ficava um homem quando tinha a mente preocupada em tentar melhorar as coisas.

Às vezes, entregavam-se a longas conversas em que nenhum dos dois tinha a intenção de dizer o que dizia, mas em geral Melanctha não conseguia mais fazê-lo discutir, e portanto ficava impossibilitada de culpá-lo pelos problemas dela. Jem era bondoso, e agora Melanctha sabia que sempre tivera problemas com as apostas, pois assim ele lhe contara. Sabia que havia algo de errado com Jem Richards, mas não conseguia entendê-lo de jeito nenhum.

As coisas entre Melanctha e Jem Richards nunca mais melhoraram. Cada vez mais, Melanctha precisava da companhia de Rose Johnson. Rose ainda gostava de ter a amiga por perto fazendo as coisas para ela; gostava de resmungar e dizer a Melanctha o que fazer para melhorar sua situação e não arrumar encrencas o tempo todo. Naquela época, Sam Johnson era muito bondoso e gentil com Melanctha, de quem começava a ter muita pena.

Jem Richards não facilitava as coisas para Melanctha. Às vezes, dava a entender que não a queria mais. Então Melanctha ficava muito triste e dizia a Rose que se mataria, pois aquilo era certamente o melhor para ela.

Rose Johnson não conseguia enxergar as coisas assim. "Não entendo, Melanctha, por que você vive ameaçando se matar só porque está triste. Eu nunca me mataria só porque estou triste. Talvez matasse alguém, sim, mas nunca me mataria. Se me matasse, seria por acidente, e se me matasse por acidente seria um verdadeiro aborrecimento. E é assim que você deve pensar, ouviu? Não fale mais essas bobagens. É essa sua mania de agir tolamente que lhe causa problemas, tenho certeza. Desde que a conheci, você nunca aprendeu nada com o que eu vivo dizendo; o seu jeito de agir e de falar não é apropriado, e é isso o que percebo em você. Meus conselhos são todos prudentes e sei disso; mas você não é capaz de aprender a agir corretamente, também sei disso, e faço o melhor possível para ajudá-la, mas você nunca age direito com ninguém, é evidente. Nunca age direito comigo, Melanctha, nem com ninguém. Eu não falo nada, pois não gosto de dizer essas coisas, mas está tudo acabado entre você e Jem Richards, sendo que você sempre garantiu que ele iria se casar — foi exatamente como eu disse que você faria. Lamento muito por você, mas, quando ficou noiva, devia ter vindo pedir conselhos a mim, e hoje está cheia de problemas que você mesma criou. Não fico feliz de vê-la em apuros, mas tudo isso é resultado de você não conseguir agir da forma correta. E agora ameaça se matar só porque está triste, e isso não é coisa que uma garota decente possa fazer."

Rose retomara o hábito de ralhar com Melanctha e muitas vezes perdia a paciência, mas já não conseguia ajudá-la. Melanctha Herbert não sabia mais o que fazer. Apreciava a companhia de Jem Richards, mas ele não parecia gostar mais dela, e não havia o que fazer. Tinha toda a razão de dizer que iria se matar, pois de fato era a única providência que podia tomar.

Sam era cada vez mais bondoso e gentil com Melanctha. Pobre Melanctha, era tão boa e doce e fazia tudo o que os outros queriam, buscando paz e tranquilidade, mas encontrava apenas novas formas de se meter em dificuldades. Sam vivia dizendo isso a Rose.

"Não gosto de falar mal de Melanctha, Sam, pois ela já tem problemas demais, mas devo confessar que não aprovo o seu modo de agir. É sempre a mesma coisa: ela só sabe agir assim, como agora, com Jem Richards. Agora ele não a quer mais, mas falta a Melanctha certa presença de espírito. Não, Sam, não gosto de como ela age, e além disso ela não é sincera como deveria. Nunca conta direito o que está fazendo. E eu não quero mais censurá-la. Ela se limita a responder: 'Certo, Rose, vou fazer como você me diz', mas nunca faz nada. É verdade que ela é muito doce e bondosa, Sam, admito que está disposta a fazer de tudo para os outros, é só que às vezes ela não faz as coisas direito e nunca é sincera. Às vezes ouço falar das coisas terríveis que ela andou fazendo, pois algumas garotas a conhecem e me contam tudo, e, Sam, penso cada vez mais que ela não vai acabar bem. Ela vive ameaçando se matar porque está tão triste, e isso não é coisa que uma garota decente possa fazer. Não é verdade que sempre tenho razão quando conheço o assunto? Tome cuidado, Sam, entendeu bem? Tome cuidado, pois quanto mais eu a vejo, mais sinto que Melanctha não está sendo sincera. Tome cuidado, Sam, e ouça o que eu lhe digo, pois sempre tenho razão quando conheço o assunto."

De início, Sam tentou defender Melanctha. Era bondoso e gentil com ela; gostava do jeito como se calava em sua presença e como prestava atenção ao ouvi-lo falar; gostava também de sua doçura e do capricho ao fazer o que ele pedia. Mas não gostava de brigar com ninguém, e sem dúvida Rose conhecia Melanctha melhor do que ele e, de qualquer forma, nunca se importara tanto com ela. Seu ar misterioso não o atraía. Sam apreciava sua doçura e prontidão ao fazer o que Rose queria, mas, além disso, ela não tinha importância alguma para ele. Sam queria apenas ter uma casinha, viver tranquilamente, trabalhar duro e voltar para o jantar, já cansado do trabalho, e em breve gostaria de ter filhos para criar; por isso sentia muita pena de Melanctha, que era tão bondosa e doce, e Jem Richards agira muito mal com ela, mas é isso o que acontece com garotas que gostam de homens precipitados. De qualquer forma, Melanctha era amiga de Rose, e Sam não tinha nada a ver com essas complicações que acontecem às mulheres, quando se metem com homens que não sabem ser bondosos e fiéis.

Assim, Sam não falava muito de Melanctha. Era gentil, mas começou a vê-la cada vez menos. Logo Melanctha desapareceu da vida de Rose, e Sam não lhe fez uma pergunta sequer.

Melanctha Herbert passou a frequentar cada vez menos a casa de Rose Johnson. Isso porque Rose parecia não querer vê-la tanto e nem a deixava fazer as coisas. Melanctha sempre fora humilde e queria muito ajudá-la. Rose dizia que não, que ela própria podia fazer tudo do jeito que bem entendesse. Dizia que Melanctha fora muito bondosa ao ajudá-la, mas que talvez fosse melhor ir para casa, pois não precisava de auxílio — estava se sentindo muito forte, ao contrário de como ficara durante as complicações com o bebê, e além disso, quando Sam chegava em casa, gostava de ver Rose sozinha servindo o jantar. Sam andava muito cansado, o que era normal no verão, com tanta gente embarcando no vapor, e havia tanto trabalho, e Sam preferia jantar sem ter visitas para incomodá-lo.

Dia após dia, Rose tratava Melanctha como se não quisesse mais vê-la. Melanctha não tinha coragem de perguntar a Rose por que agia daquele jeito. Precisava muito da amiga para salvá-la. Precisava apegar-se a ela, e Rose sempre fora tão firme. Melanctha não tinha coragem de perguntar se Rose não queria mais vê-la.

Agora não podia mais contar com a bondade de Sam, pois Rose a dispensava antes do retorno do marido. Um dia, Melanctha ficou um pouco mais, pois Rose a deixara fazer algumas coisas. Ao sair, deu de cara com Sam Johnson, que parou um minuto para conversar gentilmente.

No dia seguinte, Rose Johnson não deixou Melanctha entrar em casa. Rose ficou parada nos degraus e disse o que pensava de Melanctha.

"Não acho certo você continuar vindo me ver, Melanctha. Não quero incomodá-la de modo algum. Acho até que fico melhor assim, sem você para me ajudar, e Sam está indo tão bem no trabalho que contratou uma menina para vir aqui todos os dias. Acho que não quero mais que você venha." "Por que, Rose, o que foi que eu fiz a você? Não acho que esteja sendo boa comigo." "Não creio que você tenha o direito de reclamar do jeito como eu a trato. Ninguém nunca foi tão paciente com você quanto eu, sabe? É só que tenho ouvido coisas tão terríveis de você, todos ficam falando de como você age, e além disso eu sou tão boa e você nunca é sincera. Jamais desejei que você tivesse má sorte e gostaria muito que aprendesse a agir da forma apropriada para uma garota, só não gosto do tipo de coisas que as pessoas têm falado de você. Não, Melanctha, não posso mais confiar em você. Sinto muito por não poder vê-la nunca mais, mas não há outra saída. É só isso o que eu tenho a dizer, Me-

lanctha." "Mas, Rose, por Deus, não faço a menor ideia
do que fiz para você agir assim comigo. Se alguém falou
mal de mim, não passa de um mentiroso, é mesmo, estou falando sério. Nunca fiz nada de que você pudesse se
envergonhar. Por que está me tratando mal? Certamente
Sam não concorda com você, e eu faço tudo o que posso,
tudo o que você me deixa fazer por você." "Não adianta
ficar aí falando, Melanctha Herbert. É só isso o que eu
lhe digo, e Sam não sabe nada sobre mulheres. Sinto muito, mas não há outra saída, quando você age desse jeito
e todos estão comentando. Não adianta ficar aí dizendo
que é tudo mentira. Eu sempre tenho razão, Melanctha,
quando entendo do assunto. É assim mesmo: você não
consegue agir como uma garota decente, e eu fiz o possível para alertá-la, mas não adianta dizer aos outros o que
fazer, pois eles nunca aprenderão se não tiverem noção
do que é certo, e, para ser sincera, Melanctha, isso você
nunca teve. Não desejo que nada de mal lhe aconteça, só
não quero vê-la mais em minha casa. Como eu sempre
disse, você nunca soube como agir da forma apropriada
para uma garota decente, e por isso, Melanctha Herbert,
por isso eu e Sam não queremos mais que você coloque os
pés em nossa casa. Agora vá embora, Melanctha Herbert,
entendeu? Não desejo que nada de mal lhe aconteça."

Rose Johnson entrou e fechou a porta. Melanctha ficou parada, atônita, e não sabia como suportar aquele
golpe que quase a matava por dentro. Então, lentamente, foi embora sem olhar para trás.

Melanctha Herbert estava muito ferida e magoada por
dentro. Sempre dependera da confiança de Rose, sempre
dependera da permissão de Rose para apegar-se a ela.
Melanctha precisava sentir-se segura com alguém, e agora Rose a afastara de si. Melanctha desejava Rose muito
mais do que todos os outros. Rose lhe fora sempre tão
simples, sólida e decente. E agora a afastara de si. Melanctha estava perdida e o mundo girava ao seu redor.

Melanctha Herbert nunca teve forças para, sozinha, se sentir segura. E agora Rose Johnson a expulsara e Melanctha não podia mais vê-la. Lá dentro, sabia que estava perdida e que nada mais poderia salvá-la.

Naquela noite, Melanctha foi encontrar-se com Jem Richards, que prometeu esperá-la no lugar habitual. Ele a tratou de um jeito distante. Aos poucos, passou a contar sobre a viagem que em breve faria para tentar a sorte em outro lugar. Melanctha estremeceu: agora era Jem que iria deixá-la. Jem Richards falou mais um pouco sobre o azar que vinha tendo e como precisava ir embora para ver se conseguia se dar bem em outro lugar.

Então ele parou e olhou fixamente para Melanctha.

"Me diga, Melanctha, com sinceridade: você não se importa mais comigo, não é?", disse.

"Por que está me perguntando isso, Jem Richards?"

"Por que estou perguntando? Por Deus, Melanctha, é porque eu não dou mais a mínima para você. É por isso que estou perguntando."

Melanctha não esperava essa resposta. Jem Richards esperou um pouco, então foi embora e a deixou.

Melanctha Herbert nunca mais o viu. Nunca mais viu Rose Johnson, o que era duro para ela, pois Rose conseguira tocar Melanctha profundamente.

"Não, nunca mais vi Melanctha Herbert", Rose dizia a quem lhe perguntava. "Ela não vem mais aqui, depois daqueles problemas que tivemos com sua atitude em relação aos homens de que gostava. Não vai acabar bem, essa Melanctha Herbert, e eu e Sam não queremos mais saber dela. Ela nunca fez o que eu lhe dizia. Simplesmente não fazia, e eu vivia pedindo a ela para tomar cuidado, pois, se continuasse assim, eu não iria mais aturar sua presença em minha casa. Nunca tive nada contra as garotas se divertirem como quisessem, mas não desse jeito. Acho que um dia ela vai se matar de tanto agir de forma errada e de tanto ficar triste. Melanctha dizia que essa era a única saída fácil que lhe restava. Pois eu sempre tive pena de Melanctha, que não era uma negra qualquer, mas, apesar de tudo o que eu lhe dizia, nunca aprendeu coisa alguma e não entendeu qual era a forma certa de agir. Não desejo que nada de mal lhe aconteça, mas não posso deixar de pensar que ela vai acabar se matando, do jeito que achava que seria o melhor para ela. Nunca conheci ninguém tão miserável."

Melanctha Herbert não chegou a se matar de tristeza, embora às vezes realmente achasse que seria o melhor para ela. Melanctha não se matou, apenas apanhou uma febre gravíssima e foi para o hospital, onde trataram dela e a curaram.

Ao se recuperar, arranjou uma casa, um trabalho e levou uma vida regular. Então tornou a adoecer, passou a tossir, a suar e ficou tão fraca que não conseguia mais trabalhar.

Melanctha voltou ao hospital, onde o médico lhe disse que tinha tuberculose e que em breve morreria. Mandaram-na para uma casa de repouso onde poderia receber tratamento, e lá Melanctha permaneceu até morrer.

A gentil Lena

Lena era paciente, gentil, doce e alemã. Trabalhara como empregada por quatro anos e gostara muito do serviço.

Fora trazida da Alemanha para Bridgepoint por uma prima e permanecera na mesma casa por quatro anos.

Lena achava o emprego muito bom. Havia uma patroa amável e pouco exigente, e seus filhos; todos gostavam muito de Lena.

Havia uma cozinheira que ralhava com Lena, mas sua paciência germânica não a permitia sofrer e, além disso, a boa e persistente mulher ralhava com Lena para seu próprio bem.

Ao bater à porta e acordar a família, todas as manhãs, a voz de Lena era tão estimulante, tranquilizadora e cativante como uma brisa leve de verão ao meio-dia. Todas as manhãs, ela passava um bom tempo no corredor, com sua tolerante e inabalável paciência germânica, pedindo para que as crianças acordassem. Costumava chamar e esperar um bom tempo, até chamá-las de novo, sempre calma, gentil e paciente, enquanto as crianças tiravam aquele último cochilo precioso que dá aos jovens um impulso de alegre vigor que falta aos que já atingiram a presteza da meia-idade no despertar.

Lena ficava muito atarefada de manhã e, nas tardes agradáveis e ensolaradas, tinha que levar a pequena de dois anos para passear no parque.

As outras moças, um grupo amável e preguiçoso que cuidava das crianças no parque, gostavam da simples, gentil e alemã Lena. Também gostavam de provocá-la, pois era fácil deixá-la confusa, perturbada e indefesa; Lena nunca entendia o que aquelas moças espertas queriam dizer com as coisas estranhas que falavam.

Duas ou três dessas moças, com quem Lena se sentava no parque, faziam o possível para confundi-la. Ainda assim, a vida de Lena era agradável.

Às vezes, a menina tropeçava e chorava, então Lena tinha que acalmá-la. Quando deixava cair o chapéu, Lena precisava apanhá-lo e ficar segurando. Quando a criança era má e atirava os brinquedos para cima, Lena os confiscava e os carregava até que a menina precisasse novamente deles.

Era uma vida tranquila para Lena, quase tão tranquila quanto um passatempo bucólico. É verdade que as outras moças a provocavam, mas aquilo lhe causava apenas um leve distúrbio.

Lena era uma mulher morena e amável; tão morena quanto possível nas raças caucasianas — não morena feito o amarelo, o vermelho e o chocolate das moças de países bronzeados, mas morena com uma leve camada sob a pele clara,* um moreno singelo e discreto que combina com olhos cor de mel e cabelos lisos, finos e castanhos, que só mais tarde escurecem, a partir de um louro-claro de raízes germânicas.

Lena tinha um busto achatado, as costas aprumadas e os ombros encurvados de uma mulher paciente e incansável, embora seu corpo ainda revelasse uma relativa juventude e o trabalho não tivesse deixado marcas tão profundas.

A rara impressão suscitada por Lena era visível na cal-

---

* Muitos veem aí uma referência ao quadro de Cézanne — da mulher com um leque — como se o rosto de Lena resultasse de uma pintura, de uma camada de cor sobreposta à outra.

ma constante de seus movimentos, mas parecia ainda mais evidente em sua ignorância antiga e na pureza telúrica de seu rosto moreno, liso e suave. Lena tinha sobrancelhas de admirável espessura. Eram negras, separadas e muito distintas por sua cor e beleza, emoldurando os olhos cor de mel, simples e humanos, com o brilho paciente de uma mulher trabalhadora e gentil.

Sim, era uma vida tranquila para Lena. É verdade que as outras garotas a provocavam, mas aquilo lhe causava apenas um leve distúrbio.

"O que você tem nos dedos, Lena?", perguntou certo dia Mary, uma das moças com quem sempre se sentava. Mary tinha bom caráter, era rápida, inteligente e irlandesa.

Lena acabara de pegar uma sanfona de papel que a menina tinha deixado cair e a friccionava melancolicamente entre os dedos morenos, fortes e desajeitados.

"Por quê? O que é isso, tinta?", respondeu Lena, levando o dedo à boca para sentir o gosto da mancha.

"É um veneno mortal, Lena, não sabia?", disse Mary. "Essa tinta verde que você acabou de provar."

Lena havia lambido uma boa porção de tinta verde que ficara no dedo. Então parou e fitou intensamente o dedo. Não sabia ao certo o que Mary queria dizer.

"Ei, Nellie, essa tinta verde que Lena acabou de lamber não é veneno?", perguntou Mary. "É sim, Lena, é veneno de verdade. Desta vez não estamos brincando."

Lena ficou preocupada. Olhava intensamente para o dedo onde antes havia tinta, pensando se realmente chegara a lambê-lo.

O dedo ainda estava molhado e ela o esfregou por um tempo no forro do vestido, enquanto divagava e olhava para o dedo e pensava: será que tinha acabado de lamber veneno?

"Não é uma pena que Lena tenha lambido?", perguntou Mary.

Nellie sorriu e não respondeu. Era morena e magra,

com aparência de italiana. Tinha um grande tufo de cabelos negros penteados para cima, o que lhe afinava ainda mais o rosto.

Nellie sorria e não respondia, então olhava para Lena e lhe dizia algo desconcertante.

Assim, as três passaram um bom tempo sentadas com seus pequenos encargos, sob a amena luz do sol. E Lena não conseguia parar de pensar no dedo, imaginando se era mesmo veneno que acabara de lamber, de modo que esfregava o dedo com mais força no vestido.

Mary ria e a provocava, enquanto Nellie sorria ligeiramente e deixava escapar um olhar estranho.

Então, como esfriava, chegou a hora de pegar as crianças, que já começavam a se distrair, e levá-las de volta para suas mães. Lena nunca soube com certeza se aquela coisa verde era mesmo veneno.

Nesses quatro anos de trabalho, Lena passava os domingos na casa da tia que a trouxera para Bridgepoint.

Essa tia, que a trouxera para Bridgepoint havia quatro anos, era uma alemã dura, ambiciosa e bem-intencionada. Seu marido era dono de uma mercearia no centro da cidade e ambos eram muito prósperos. A sra. Haydon, tia de Lena, tinha duas filhas que se tornavam moças, além de um menino mentiroso e malcriado.

A sra. Haydon era uma alemã baixinha e robusta que, ao andar, gostava de pisar com força no chão. Era uma massa compacta e rígida, mesmo em seu rosto corado e bronzeado, que antes era muito claro, com bochechas abundantes e lustrosas, e em seu queixo duplo encoberto por um pescoço curto e atarracado.

Perto dela, as duas filhas, que tinham catorze e quinze anos, pareciam montes disformes de carne.

A mais velha, Mathilda, era loira, lenta, simples e um tanto gorda. A mais nova, Bertha, quase tão alta quanto a irmã, era morena e mais esperta; também era pesada, mas não chegava a ser gorda.

A mãe as criara com muita rigidez. Para sua posição, até que eram bem-educadas. Vestiam-se bem, com os mesmos tipos de roupas e chapéus, como convém a duas irmãs alemãs. A mãe gostava de vermelho. Seus vestidos preferidos eram dessa cor, feitos de tecido grosso e enfeitados com fitas pretas brilhantes. Também usavam firmes chapéus de feltro vermelho, adornados com um pássaro e fitas de veludo preto. A mãe se vestia solenemente de preto com uma touca e sentava-se entre as duas filhas, sempre rígida, séria e contida.

O único ponto fraco dessa boa alemã era o hábito de mimar o filho, que era mentiroso e malcriado.

O pai era um alemão decente, calado, pesado e um tanto omisso. Tentou reparar a falta de educação do menino, mas a mãe não permitia que o pai assumisse o comando, portanto o menino cresceu malcriado.

As filhas da sra. Haydon ainda se tornavam moças, e por isso a missão mais importante da sra. Haydon era arrumar um casamento para a sobrinha Lena.

Quatro anos antes, a sra. Haydon fora visitar seus parentes na Alemanha e levara as filhas consigo. Foi uma visita muito proveitosa para ela, embora as crianças não tenham apreciado.

A sra. Haydon era uma mulher boa e generosa; mimava imensamente os pais e amparava os primos, que surgiam de toda parte para vê-la. Sua família era formada por fazendeiros de classe média. Não eram camponeses e moravam numa cidade um tanto pretensiosa, mas pareciam muito pobres e malcheirosos para as filhas americanas da sra. Haydon.

A sra. Haydon gostou de tudo o que viu. Tudo lhe era familiar e lá ela parecia muito rica e importante. Ela ouvia e deliberava sem cessar, aconselhando seus parentes sobre a melhor forma de proceder. Arranjou o presente e o futuro de todos, mostrando como agiram errado no passado.

O único problema da sra. Haydon eram as duas filhas, que não sabiam se comportar diante dos parentes. Ambas eram antipáticas com a numerosa família. A mãe mal conseguia fazê-las beijar os avós, e todos os dias tinha que ralhar com elas. Mas a sra. Haydon estava ocupada demais para disciplinar verdadeiramente as filhas teimosas.

Para elas, as primas alemãs lhe pareciam feias e sujas, quase tão inferiores quanto os operários negros e italianos. Não entendiam sequer como a mãe conseguia tocá-las, pois se vestiam de forma tão pitoresca e eram tão rústicas e diferentes.

As meninas empinavam o nariz para todos, confabulando em inglês sobre como detestavam aquela gente e como desejavam que a mãe não procedesse assim. Sabiam falar alemão, mas preferiam nunca usá-lo.

Era a família do irmão mais velho que mais interessava a sra. Haydon. Ao todo, eram três homens e cinco mulheres.

A sra. Haydon achou que seria uma boa ideia levar uma das meninas a Bridgepoint para educá-la decentemente. Todos aprovaram a ideia e torceram para que a escolhida fosse Lena.

Lena era a segunda mais velha da família. Na época, tinha apenas dezessete anos e não era uma filha particularmente importante. Vivia pensativa e ausente. Trabalhava com afinco e fazia suas tarefas relativamente bem, mas nem o bom trabalho a aproximava do restante da família.

A idade de Lena se adequava perfeitamente aos propósitos da sra. Haydon. De início, ela arrumaria um trabalho para aprender a fazer as coisas, e mais tarde, quando crescesse, a sra. Haydon poderia lhe arranjar um bom marido. Além disso, Lena era tranquila e dócil; jamais insistia em fazer as coisas à sua maneira. A sra. Haydon era sábia em sua intransigência e percebia um raro potencial em Lena.

Lena gostou da ideia de partir com a sra. Haydon, pois não apreciava sua vida na Alemanha. O que a incomodava não era o trabalho árduo, mas a rudeza. As pessoas não eram gentis, e os homens, quando felizes, costumavam se exaltar, agarrando-a e provocando-a. Não eram pessoas más, mas tudo lhe parecia cruel e enfadonho.

Jamais percebera antes a sua insatisfação. Não sabia por que vivia pensativa e ausente. Não sabia como as coisas podiam ser diferentes em Bridgepoint. A sra. Haydon a escolheu e comprou-lhe vários vestidos, depois levou-a para o vapor. Lena não tinha noção do que estava por acontecer.

A sra. Haydon, suas filhas e Lena viajaram de segunda classe. As filhas odiaram a ideia de levar Lena. Detestavam ter uma prima que, para elas, era pouco melhor que uma negra, e todos os passageiros do vapor iriam notar. As filhas da sra. Haydon diziam essas coisas à mãe que, no entanto, jamais se dera o trabalho de ouvi-las, e não tinham coragem de lhe falar mais claramente. E assim continuaram odiando Lena juntas, sem conseguir impedi-la de ir até Bridgepoint.

Durante a viagem, Lena passou mal. Pensou que certamente morreria antes de chegar. Estava tão doente que mal conseguia desejar nunca ter embarcado. Não comia e nem se queixava: estava apática e assustada, e a cada minuto achava que iria morrer. Não podia evitar, não podia fazer nada para mudar a situação. Deixava-se ficar onde a colocavam, pálida, assustada, fraca e doente, achando que iria morrer.

Até o fim, Mathilda e Bertha Haydon não tiveram aborrecimentos com a presença da prima, e àquela altura já conheciam os outros passageiros e podiam explicar-lhes o caso.

A sra. Haydon ia ver Lena todos os dias. Dava-lhe remédios para melhorar, amparava a cabeça dela quando necessário, era bondosa e cumpria suas obrigações.

A pobre Lena não era forte o bastante para encarar uma situação dessas. Não sabia como lidar com a doença e resistir. Estava muito assustada e, naquele momento, a paciente, doce e tranquila Lena não demonstrava nenhuma coragem ou autocontrole.

A pobre Lena estava assustada e fraca, e a cada minuto achava que iria morrer.

Após desembarcar e passar um tempo em terra firme, deixou para trás todo aquele sofrimento. A sra. Haydon arrumou-lhe um bom emprego com uma patroa amável e pouco exigente; Lena aprendeu a falar inglês e logo estava feliz e satisfeita.

Passava os domingos na casa da sra. Haydon. Lena certamente preferiria passar seu tempo de folga com as moças do parque, que costumavam provocá-la e causar-lhe um leve distúrbio, mas nunca ocorreu à sua natureza tolerante e inabalável fazer algo diferente do que lhe diziam, só porque gostaria que fosse assim. A sra. Haydon mandou que a visitasse em domingos alternados, e assim Lena fazia.

A sra. Haydon era a única da família que demonstrava algum interesse por Lena. O sr. Haydon não a tinha em boa conta. Sabia que era a prima de sua esposa e a tratava bem, mas, para ele, Lena era burra, simples e enfadonha, e um dia precisaria de ajuda por meter-se em encrencas.

Cedo ou tarde, todos os parentes pobres que vinham da Alemanha precisavam de ajuda por meter-se em encrencas.

O pequeno Haydon era muito malcriado com Lena. Era uma criança mimada pela mãe e absolutamente difícil de lidar. Tampouco as filhas da sra. Haydon, ao crescerem, aprenderam a gostar de Lena. A alemã não percebia, mas também não gostava deles. Sem saber, só era feliz ao lado das moças espertas com quem se sentava no parque, que riam dela e a provocavam.

Mathilda Hayton, a filha mais velha, simples, gorda e loira, tinha vergonha de sua prima Lena, que, para ela, era pouco melhor que uma negra. Mathilda era uma menina grandalhona, loira e burra que já se tornava moça;

era grosseira ao falar e vazia em sua mente, muito ciumenta da família e das outras garotas, e orgulhosa de poder comprar vestidos, chapéus e de aprender música. Odiava ter uma empregada como prima. Mathilda recordava nitidamente aquele lugar sujo e desagradável de onde Lena viera e que tanto menosprezava, onde ficara furiosa porque sua mãe ralhara com ela e tratara bem toda aquela gente rude e fedida.

Além disso, ficava furiosa quando sua mãe convidava Lena para as festas e a recomendava às mães dos rapazes alemães. Isso enfurecia a burra, loira e gorda Mathilda. Às vezes a enfurecia tanto que, à sua maneira rude e vagarosa, e faiscando de inveja em seus olhos azul-claros, confessava à mãe que não entendia como podia gostar daquela desagradável Lena; então a mãe ralhava, dizendo que Lena era pobre e que Mathilda tinha que ser boa com as pessoas pobres.

Mathilda Hayton não gostava de ter parentes pobres. Dizia às amigas o que pensava de Lena para que nunca conversassem com a alemã nas festas da sra. Haydon. Mas Lena, com sua tolerante e inabalável paciência, não percebia que estava sendo menosprezada. Ao avistar a prima na rua ou no parque, Mathilda costumava empinar o nariz e mal a cumprimentava, e então dizia às amigas que sua mãe era boba de cuidar conta de gente como Lena, e como, na Alemanha, a família de Lena vivia num chiqueiro.

A filha mais nova, a morena e grande (mas não gorda) Bertha Haydon, que era muito esperta à sua maneira e era a preferida do pai, também não gostava de Lena. Não gostava porque, para ela, Lena era tola e burra, permitindo que aquelas irlandesas e italianas rissem à custa dela, sem se zangar ou perceber que estava sendo alvo de chacota.

Bertha Haydon detestava pessoas tolas. Seu pai também achava Lena muito tola, e portanto nenhum dos dois prestava atenção nela, embora ela viesse em domingos alternados.

Lena não sabia o que os Haydon pensavam dela. Visitava-os em suas tardes de folga, aos domingos, pois a sra. Haydon lhe disse que assim o fizesse. Da mesma forma, poupava todo o seu salário, pois nunca encontrara maneira de gastá-lo. A cozinheira alemã, uma boa mulher que ralhava com Lena, a fazia depositar o dinheiro no banco tão logo o recebia. Às vezes, antes disso, alguém lhe pedia um empréstimo. O pequeno Haydon pedia e obtinha; de vez em quando alguma das garotas com quem Lena se sentava no parque precisava de mais dinheiro; porém a cozinheira alemã, que sempre ralhava com Lena, cuidava para que isso não fosse tão frequente. Quando acontecia, ralhava fortemente com Lena e não deixava que tocasse no salário pelos meses seguintes, depositando todo o dinheiro no banco tão logo o recebia.

Assim, Lena poupava seu salário porque não conseguia pensar em como gastá-lo, e visitava a casa da tia aos domingos porque não sabia fazer outra coisa.

A cada ano, a sra. Haydon estava mais convencida de que acertara ao trazer Lena consigo, pois tudo saía conforme o planejado. Lena era boa e não queria fazer as coisas do seu jeito, estava aprendendo a falar inglês, poupava todo o salário, e logo a sra. Haydon arrumaria um bom marido para ela.

Naqueles quatro anos, a sra. Haydon pôs-se a procurar, entre os alemães que conhecia, o homem adequado para se casar com Lena, e por fim decidiu-se.

O homem que a sra. Haydon escolhera era um jovem alfaiate de ascendência alemã que trabalhava com o pai. Era bondoso e tinha uma família econômica, de modo que a sra. Haydon o considerava perfeito para Lena; além disso, o rapaz fazia tudo o que os pais mandavam.

O velho alfaiate e sua esposa, ou seja, o pai e a mãe de Herman Kreder, que iria se casar com Lena Mainz, eram muito prósperos e cautelosos. Herman era o único dos irmãos que continuava em casa e fazia tudo o que os pais queriam. Tinha vinte e oito anos e ainda tomava descomposturas dos pais controladores, que agora queriam que se casasse.

Herman Kreder não tinha interesse em se casar. Possuía uma alma delicada e ligeiramente assustada, além de um temperamento taciturno. Era obediente aos pais e fazia um bom trabalho. Às vezes saía com os amigos aos domingos e sábados à noite. Gostava disso, mas nunca ficava realmente feliz. Apreciava a companhia dos homens e odiava a presença de mulheres. Era obediente à mãe, mas não tinha interesse em se casar.

A sra. Haydon e o casal Kreder já discutiam os detalhes da cerimônia. Os três aprovavam o casamento. Lena fazia o que a sra. Haydon lhe mandava, e Herman obedecia aos pais. Ambos eram econômicos e trabalhadores, e nenhum insistia em fazer as coisas à sua maneira.

Os Kreder, todos sabiam, haviam economizado um bom dinheiro e eram alemães verdadeiramente trabalhadores, de modo que, aos olhos da sra. Haydon, Lena não teria problemas com aquela família. Mesmo assim, não falava no assunto. Sabia que o sr. Kreder tinha um bom dinheiro e possuía alguns imóveis, e que, além disso, não ligava para os assuntos de sua esposa com aquela simples e burra Lena, contanto que a moça nunca viesse pedir ajuda por meter-se em encrencas.

Lena não tinha interesse em se casar. Estava satisfeita com seu emprego naquela casa. Não pensava muito em Herman Kreder. Julgava-o um bom homem e o achava tranquilo. Nenhum dos dois chegara a conversar longamente um com o outro. Lena não tinha interesse em se casar.

A sra. Haydon costumava falar do assunto com Lena, que não respondia coisa alguma. A sra. Haydon achou que ela talvez não gostasse de Herman Kreder. Não podia acreditar que uma garota, mesmo Lena, pudesse se mostrar tão indiferente ao casamento.

A sra. Haydon costumava falar sobre Herman. Às vezes ficava zangada com Lena. Tinha medo de que a alemã fosse teimosa pela primeira vez, agora que estava tudo acertado para o casamento.

"Por que fica aí parada, Lena, por que não me responde?", disse a sra. Haydon num domingo, após um longo sermão sobre seu casamento com Herman Kreder.

"Sim, senhora", respondeu Lena, e a sra. Haydon ficou furiosa. "Por que não me responde algo que faça sentido, Lena, quando pergunto se não gosta de Herman Kreder? Só fica aí parada, como se não tivesse escutado nada do que eu lhe disse. Nunca vi nada parecido, Lena. Se vai fazer escândalo, por que não faz logo, em vez de ficar aí parada sem responder? E eu aqui, sendo tão boa e lhe arranjando um marido e uma casa. Me responda, Lena, você não gosta de Herman Kreder? Ele é um bom rapaz, Lena, até mais do que você merece, pelo menos quando fica aí parada sem responder. São poucas as garotas pobres que têm a chance de se casar."

"Mas eu faço tudo o que a senhora me pede, tia Mathilda. Sim, gosto dele. Não é de conversar, mas me parece ser um homem bom e farei tudo o que a senhora me pedir."

"Então por que fica aí parada e não me responde o que lhe pergunto?"

"Não entendi que queria que eu respondesse algo. Não sabia que a senhora queria que eu dissesse alguma coisa. Faço o que a senhora disser que é certo. Posso me casar com Herman Kreder, se quiser."

E assim, Lena Mainz pôs fim à discussão.

Já a sra. Kreder não discutia o assunto com Herman. Achava que não precisava falar dessas coisas para o filho. Apenas mencionou o casamento com Lena Mainz, que era trabalhadora e não insistia em fazer as coisas à sua maneira, e Herman lhe respondeu com seu grunhido habitual.

A sra. Kreder e a sra. Haydon marcaram o dia, acertaram os preparativos e convidaram todos os que deveriam estar lá para assistir ao casamento.

Em três meses, Lena Mainz e Herman Kreder iriam se casar.

A sra. Haydon ajudou Lena a comprar o que precisava. Lena teve que fazer o enxoval. Não costurava bem. A sra. Haydon ralhava porque a alemã não fazia as coisas direito, mas foi bondosa e acabou contratando uma moça para ajudá-la. Lena continuou a morar na casa de sua amável patroa, mas passava as noites e os domingos costurando na casa da tia.

A sra. Haydon lhe mandou fazer alguns belos vestidos. Lena gostou muito deles. Gostou ainda mais dos lindos chapéus novos que a sra. Haydon encomendara de uma verdadeira chapeleira.

Naqueles dias, Lena estava nervosa, mas não pensava muito no casamento. Não fazia ideia do que estava por acontecer.

Gostava de morar com a amável patroa e a boa cozinheira, que sempre ralhava, e gostava das moças com quem se sentava no parque. Não chegava a pensar se o casamento seria preferível à sua vida atual. Fazia o que a tia esperava que fizesse, mas ficava nervosa ao ver os Kreder com seu filho Herman. É verdade que estava animada e adorava seus novos chapéus, e que, além disso, suas amigas a provocavam e o casamento se aproximava; não sabia ao certo, no entanto, o que estava por acontecer.

Herman Kreder sabia mais sobre o que significava casar-se e não gostava da ideia. Não gostava de estar com mulheres e não queria ter uma delas sempre por perto. Mas fazia tudo o que os pais queriam, e agora eles queriam que se casasse.

Herman tinha um temperamento taciturno; era gentil e quase não falava. Gostava de sair com os amigos, mas preferia que não houvesse mulheres no meio. Seus amigos o provocavam sobre o casamento. Herman ignorava essas brincadeiras, só não gostava da ideia de se casar e ter uma garota sempre por perto.

Três dias antes do casamento, ele foi passar o domingo no campo. Ambos se casariam na terça-feira à tarde. Na véspera, Herman ainda não tinha voltado.

Até então, os Kreder não estavam preocupados. Herman fazia tudo o que eles queriam e certamente estaria de volta a tempo de se casar. Mas, quando veio a noite de segunda-feira e nada de Herman, foram à casa da sra. Haydon para informá-la do acontecido.

A sra. Haydon ficou nervosa. Já era duro arranjar as coisas a tempo, e agora aquele tolo do Herman fugia daquele jeito, deixando todo mundo no escuro. Lá estava Lena com tudo pronto, e agora teriam que adiar o casamento para garantir a presença do noivo.

A sra. Haydon ficou nervosa e não disse nada ao casal Kreder. Não tinha a intenção de aborrecê-los, pois desejava muito que Lena se casasse.

Por fim, ficou decidido que a cerimônia seria adiada em uma semana. Assim o sr. Kreder poderia ir a Nova York atrás de Herman, que aparentemente tinha recorrido à irmã casada.

A sra. Haydon espalhou a notícia para os convidados, que deveriam esperar mais uma semana, e na terça de manhã chamou Lena para conversar.

Estava muito zangada com a pobre Lena. Censurava-a por sua burrice, e agora Herman tinha fugido e ninguém sabia para onde, e tudo porque Lena era burra e tola. Ora, a sra. Haydon era como uma mãe para ela, e Lena ficava ali parada sem ter resposta, e além disso Herman era tolo também, e agora o pai dele tinha que sair ao seu encalço. A sra. Haydon achava que os filhos não deviam ser bem tratados, que eram ingratos e não ligavam para as bondades que os pais viviam lhes fazendo. Acaso Lena

A GENTIL LENA 203

achava que a sra. Haydon gostava de trabalhar duro só para fazer Lena feliz e arranjar-lhe um bom marido, quando Lena era ingrata e nunca fazia as vontades dos outros? Era uma lição para que a sra. Haydon aprendesse a não fazer mais nada por ninguém. Deixaria cada um se virar com seus problemas; não adiantava intrometer-se para tentar fazer os outros felizes. Isso apenas lhe trazia complicações e seu marido não aprovava. Dizia que ela era boa demais e que ninguém lhe retribuía, e lá estava Lena ali parada, sem responder nada. A verdade é que Lena conversava com as garotas tolas do parque, de quem gostava muito, mas que nunca lhe fizeram mais do que arrancar seu dinheiro; e lá estava sua tia se esforçando tanto, sendo tão boa e a tratando como se fosse uma filha, e ainda assim Lena ficava ali parada, sem responder coisa alguma e sem tentar agradá-la ou fazer suas vontades. "Não, não adianta ficar aí chorando, Lena. É tarde demais para se importar com Herman. Devia ter feito isso antes, então não estaria aí chorando e sendo um desgosto para mim. Vivo tomando broncas do meu marido por cuidar de todos e ninguém nunca me retribuir. Fico feliz de ver que você tem o bom senso de se arrepender, e tento fazer o possível para ajudá-la com seus problemas, embora você não mereça ter alguém para cuidar de seus problemas. Mas talvez se saia melhor da próxima vez. Agora vá para casa, cuide bem de suas roupas e desse chapéu novo, que, aliás, você não tem motivos de estar usando, mas, enfim, você não tem noção de nada, Lena. Nunca conheci alguém tão burro."

A sra. Haydon parou de falar e a pobre Lena permaneceu ali, com seu chapéu de flores. As lágrimas escorriam pelo seu rosto e ela não sabia o que havia feito de errado, só que não se casaria e que era uma verdadeira desgraça ser abandonada no altar.

Lena foi para casa sozinha e chorou no bonde.

Sozinha, chorou muito no bonde. Quase estragou seu

chapéu novo ao bater a cabeça na janela, chorando. Então se lembrou que não podia agir assim.

O condutor era um homem bondoso e ficou com pena de vê-la chorando. "Não fique assim, você encontrará outro rapaz. É uma boa garota", ele disse, para animá-la. "Mas tia Mathilda disse que eu nunca mais vou me casar", respondeu a pobre Lena, soluçando. "Nossa, então você realmente passou por isso", disse o condutor. "Eu tinha dito só para alegrá-la, não sabia que tinha sido realmente abandonada. Ele deve ser um sujeito muito burro. Mas não se preocupe, ele não vale nada se foi embora assim e a abandonou, uma garota tão boa. Me conte os seus problemas e eu irei ajudá-la." O bonde estava vazio e o condutor sentou-se ao seu lado para abraçá-la e consolá-la. Lena percebeu onde estava e que, se fizesse isso, sua tia iria ralhar com ela. Ela se afastou do homem, que deu risada: "Não tenha medo", disse. "Não ia machucar você. Não fique triste, é uma boa garota e encontrará um bom marido. Não deixe ninguém rir de você. Está tudo bem e eu não queria assustá-la."

O condutor voltou ao seu lugar para ajudar um passageiro a subir. Durante toda a viagem, vinha de vez em quando para tranquilizá-la e convencê-la a não ficar triste por causa de um homem que só soube fugir e abandoná-la. Tinha certeza de que Lena encontraria um bom marido, não precisava se preocupar.

Conversava também com o outro passageiro que acabara de entrar, um homem bem-vestido, e com outro que embarcara mais tarde, uma amável senhora, e contou para eles os problemas de Lena. Disse que achava triste haver homens que tratassem tão mal suas garotas. Todos ficaram com pena da pobre Lena. O condutor tentava animá-la, enquanto o senhor a encarava, dizendo que parecia uma boa garota, mas que devia ser mais cuidadosa e menos desleixada para que coisas assim não lhe acontecessem. A amável senhora sentou-se ao lado dela e

A GENTIL LENA

Lena gostou desse gesto, embora se encolhesse toda para não ficar tão perto.

Assim, quando Lena desceu do bonde, estava se sentindo um pouco melhor. O condutor a ajudou e disse: "Não desanime. Esse sujeito não era bom e você teve sorte de se livrar dele. Ainda encontrará um homem de verdade que seja bom para você. Não se preocupe, você é uma boa garota, a melhor que eu já vi numa situação dessas". O condutor acenou e voltou a conversar com os passageiros que continuavam no bonde.

A cozinheira alemã, que sempre ralhava com Lena, ficou furiosa ao receber a notícia. Sabia que a sra. Haydon não fazia lá grande coisa por Lena, embora não cansasse de alardear sua bondade. A cozinheira alemã sempre desconfiara dela. As pessoas que se consideram nobres nunca fazem nada pelos outros. Não que a sra. Haydon fosse uma pessoa má. Era uma alemã boa e sincera que desejava o melhor para a sobrinha. A cozinheira sabia disso e não negava, e por isso continuava respeitando a sra. Haydon, que sempre a tratara de forma correta. Além disso, Lena era tão reticente com os homens que a sra. Haydon teve que se esforçar para arrumar-lhe um marido. A sra. Haydon era uma boa mulher, sim, apenas alardeava a sua nobreza. Talvez essa complicação servisse para lhe mostrar que não era fácil forçar os outros a fazerem exatamente o que queria. A cozinheira tinha pena da sra. Haydon. Aquilo devia ser uma decepção e uma preocupação para ela, que sempre tinha sido tão boa para Lena. Mas seria melhor que Lena trocasse de roupa e parasse com aquela choradeira, que afinal não adiantava nada e, se ela fosse boazinha e tivesse paciência, a tia lhe arranjaria tudo de novo. "Vou dizer à sra. Aldrich que você vai ficar aqui por mais tempo. Você sabe que ela é boa e vai concordar. Pode deixar que eu conto sobre aquele burro do Herman Kreder. Não tenho paciência com gente burra. Pare de chorar, Lena, troque de roupa para não sujá-la e venha me ajudar a lavar a louça. Vai ficar tudo bem. Você vai ver. Agora pare de chorar, Lena, ou ficarei zangada com você."

Lena ainda soluçava e por dentro estava desolada, mas fez exatamente o que a cozinheira mandou.

As moças com quem Lena se sentava no parque ficaram tristes de vê-la tão mal. Mary, a irlandesa, se exaltava à simples menção de tia Mathilda, que se via em alta conta e criava filhas tão burras e arrogantes. Mary nunca seria tão estúpida quanto aquela pérfida Mathilda Haydon, por nada neste mundo. Não entendia por que Lena continuava visitando aqueles parentes que a tratavam como lixo. O problema é que não sabia como fazer as pessoas gostarem dela. Era boba de se aborrecer com a fuga daquele idiota que, afinal de contas, não sabia o que queria e se limitava a dizer "sim, senhor" para os pais, como um bebê, que tinha medo de olhar nos olhos de uma garota e que, por fim, resolvera fugir na última hora, como se alguém fosse fazer alguma coisa a ele. Desgraça, Lena falava em desgraça! Era uma desgraça, sim, ser vista em companhia de um idiota daqueles, que dirá se casar com ele. Mas a pobre Lena nunca soube se mostrar tal como era. Não era uma desgraça que ele tivesse fugido e a abandonado — Mary só precisava é de uma chance de provar isso a ela. Que um raio a partisse se Lena não valia, sozinha, quinze Herman Kreder. Tivera sorte de se livrar dele e de seus pais avarentos e porcos, e — se Lena não parasse de chorar — Mary não falaria mais com ela.

Pobre Lena, sabia que Mary tinha razão. Mas continuava desolada. Achava que, para uma alemã decente, era uma desgraça ser abandonada pelo noivo. Sabia que a tia estava certa ao dizer que Herman a desgraçara aos olhos de toda a gente. Mary, Nellie e as outras moças do parque eram boas com Lena, mas não aliviavam em nada o seu desespero. Para qualquer moça decente, era uma desgraça ser abandonada assim, e nada podia mudar esse quadro.

Então os dias se passaram, vagarosos, e Lena não teve mais notícias da tia Mathilda. Por fim, num domingo, recebeu um bilhete pedindo que fosse até lá. Seu coração bateu mais forte, pois ainda estava nervosa com o acontecido. Correu para visitar a tia Mathilda imediatamente.

Logo que viu Lena, a sra. Haydon ralhou por conta da demora e por ela ter sumido a semana inteira, sem saber se a tia precisava dela, de modo que fora necessário enviar um bilhete. Mas era fácil, mesmo para Lena, perceber que a tia não estava brava. Não era por causa de Lena, continuou a sra. Haydon, que tudo acabaria bem. A sra. Haydon estava cansada de ter aborrecimentos em seu lugar, e a sobrinha nem se dava o trabalho de vir visitá-la e ver se precisava de algo. Mas a sra. Haydon não se importava com essas coisas quando podia ajudar alguém. Estava cansada do trabalho que tivera ao arrumar as coisas para ela, mas agora, ao saber das novidades, talvez Lena aprendesse a ser grata. "Está tudo pronto para o seu casamento na terça-feira, entendeu?", disse a sra. Haydon. "Venha na terça de manhã e tudo estará arranjado. Vista aquele seu vestido novo que eu lhe comprei e seu chapéu de flores, e tenha o cuidado de não sujar a roupa no caminho, pois você é muito desleixada, Lena, e imprudente, e às vezes age como se não tivesse o menor juízo. Agora vá para casa e diga à sra. Aldrich que irá embora na terça-feira. Não se esqueça do que eu lhe disse sobre ter cuidado com o vestido. Agora seja uma boa menina, Lena. Você se casará na terça com Herman Kreder." Foi apenas isso o que Lena soube dos acontecimentos daquela semana. Quase se esqueceu de que havia ocorrido algo. Iria se casar na terça-feira e sua tia Mathilda a chamou de boa menina; agora não havia mais desgraça sobre ela.

Lena retomara o ar pensativo e ausente que costumava exibir antes de ser abandonada pelo noivo. Nas vésperas do casamento, ficou um pouco nervosa, mas não sabia bem o que significava casar-se.

Herman Kreder não estava feliz com a situação. Continuava calado e taciturno, e sabia que não podia evitá-la. Só lhe restava deixar-se casar. Não que ele não gostasse de Lena Mainz. Ela era tão boa quanto qualquer outra. Talvez um pouco melhor, pois era calada, mas Herman jamais quis ter uma mulher sempre por perto. Fazia tudo o que seus pais queriam. O sr. Kreder o encontrara em Nova York, onde Herman tinha ido visitar sua irmã casada.

Ao vê-lo, o pai levou um bom tempo persuadindo-o. Perdeu dias inteiros com suas queixas, sempre tenso, porém gentil e paciente. Preocupava-se com a conduta do filho, que deveria fazer o que a mãe queria, e o tempo todo Herman não lhe respondia nada.

O sr. Kreder não entendia como o filho podia pensar de forma diferente. Quando fechamos algum negócio, devemos honrá-lo até o fim, é o que o sr. Kreder pensava, e aceitar um casamento, deixando que a garota apronte tudo, é como um negócio que Herman havia fechado e que agora teria que cumprir. O sr. Kreder não pensava em como podia ser diferente. Além disso, aquela Lena Mainz era uma boa moça e Herman não devia dar essa dor de cabeça ao pai, que gastara muito para vir buscá-lo em Nova York, quando ambos deviam estar trabalhando. Herman só precisava ficar de pé por uma hora e pronto: estaria legalmente casado e tudo voltaria ao normal.

E o pai foi além: havia a sua pobre mãe, a quem Herman sempre agradou e que agora estava sofrendo, só porque ele metera essas ideias na cabeça e quis provar que podia ser teimoso. Estavam gastando um bom dinheiro para vir buscá-lo. "Você não tem ideia, Herman, de como a sua mãe está sofrendo com essa sua atitude", disse o sr. Kreder. "Ela diz que não entende como você pode ser tão ingrato. Sofre muito ao ver a sua teimosia; afinal, arrumou-lhe uma moça tão boa, Lena Mainz, que é tão calada e econômica e que nunca insiste em fazer as coisas à sua maneira, como tantas outras garotas, e sua mãe se esforçou para fazê-lo se sentir bem com o casamento, Herman, e você está sendo incrivelmente teimoso. Você é como todos os outros jovens, Herman: só pensa em si mesmo e no que quer fazer, ao passo que a sua mãe está pensando no que vai ser bom para o seu futuro. Acaso você acha que sua mãe quis arrumar uma moça só para ter aborrecimentos, Herman? Não, ela estava pensando em você, e vivia dizendo que ficaria feliz de vê-lo casado com uma boa moça. Então, quando ela arranja tudo direitinho para poupá-lo de dores de cabeça, exatamente do jeito que você gostaria, você diz que está tudo bem e acaba fugindo desse jeito, causando todos esses problemas e nos fazendo gastar dinheiro para vir buscá-lo. Você vai voltar comigo e irá se casar, e eu direi para a sua mãe não jogar na sua cara quanto é que gastamos para vir buscá-lo — Ei, Herman", disse o pai, insistente. "Ei, Herman, você vai voltar comigo e irá se casar. Só o que tem que fazer é ficar de pé por uma hora e mais nada — Ei, Herman! — você vai voltar comigo amanhã e irá se casar. Ei, Herman."

A irmã gostava muito de Herman e procurava ajudá-lo quando preciso. Não achava ruim que ele fosse bondoso e que respeitasse a vontade dos pais, mas seria bom se fizesse algumas coisas à sua maneira, se é que ele possuía iniciativa própria.

De qualquer forma, achava divertida essa história de casamento. Queria que Herman se casasse. Achava que lhe faria bem. Deu risada ao ouvir o caso. Até o instante em que o seu pai chegou, não sabia por que Herman viera visitá-la. Ao descobrir o motivo, deu muita risada e provocou o irmão, que afinal fugira e não queria mulheres por perto.

A irmã gostava muito de Herman e preferia que ele não evitasse as mulheres. Era bondoso e o casamento lhe faria bem. Provavelmente o fortaleceria. Ela ria e tentava acalmá-lo. "Um homem como o meu irmão agindo desse jeito, como se tivesse medo de mulher. Por quê? Todas as garotas iam querer um homem como você, se não fugisse sempre delas. O casamento vai lhe fazer bem, Herman, você terá alguém por perto para dar ordens. O casamento vai lhe fazer bem, você vai ver só. Volte com o papai, Herman, e case-se com essa Lena. Vai ver como é gostoso. Não tenha medo, você é um bom partido para qualquer garota. Qualquer uma gostaria de ter um marido como você. Volte com o papai e faça o que eu lhe digo. Você é tão engraçado! Fica aí parado e foge, abandonando a sua noiva. Sei que ela deve estar desolada por tê-lo perdido. Não seja malvado. Agora volte com o papai e se case. Não quero me envergonhar de um irmão que teve medo de se casar com uma garota que está esperando por ele. Você gosta da minha companhia, Herman. Não entendo por que diz que não gosta de ter mulheres por perto. Sempre foi muito bom comigo e sei que será bom com Lena, e logo terá a impressão de que ela sempre esteve ao seu lado. Não pense que é um homem fraco, Herman. Eu dou risada de você, mas sabe que gosto de vê-lo verdadeiramente feliz. Volte com o papai e se case com essa Lena. Ela é bonita, bondosa e tranquila, e irá fazer meu irmão muito feliz. Agora pare de encher a paciência do Herman, pai. Ele vai voltar amanhã e gostará tanto de estar casado que todo mundo vai rir de sua felicidade. Falando sério, vai ser assim, Herman. Você vai ver." Então a irmã dele riu um pouco mais e o acalmou, enquanto o pai continuava falando sobre o que a mãe achava dele, pretendendo, diante do silêncio de Herman, persuadi-lo com calma. A irmã fez suas malas, alegrou-o e o beijou, então deu mais risada e o beijou novamente. Seu pai comprou as passagens de trem e, por fim, no domingo à noite, Herman estava de volta a Bridgepoint.

Foi duro convencer a sra. Kreder a não dizer o que pensava, mas a filha lhe escreveu uma carta pedindo que não fizesse perguntas a Herman. Então o marido entrou e disse: "Estamos de volta, mãe, Herman e eu. Estamos exaustos, a volta foi cansativa". E sussurrou: "Seja boa com Herman, mãe, ele não quis causar tantos problemas". E assim a velha sra. Kreder guardou seus pensamentos e disse apenas: "Que bom que você voltou, Herman". E foi para a casa da sra. Haydon acertar as coisas.

Herman tornou a ser taciturno e bondoso, como sempre, além de tranquilo e disposto a fazer o que os pais queriam. Quando chegou a terça de manhã, vestiu roupas novas e foi com os pais para o casamento, onde ficaria de pé por uma hora. Lena estava com o vestido novo e o chapéu de flores. Parecia nervosa, pois sabia que em breve estaria realmente casada. A sra. Haydon aprontara tudo. Todos os convidados compareceram como deveriam, e logo Herman Kreder e Lena Mainz se casaram.

Quando tudo acabou, foram para a casa dos Kreder. Iriam morar juntos: Lena, Herman, o pai e a mãe, na casa onde o sr. Kreder trabalhava como alfaiate havia muitos anos, ao lado do filho.

A irlandesa Mary ainda não entendia como Lena podia se meter com Herman Kreder e seus pais avarentos e porcos. Para uma irlandesa, os Kreder eram um casal avarento e porco. Não tinham a imundície franca, instintiva, combativa, enlameada e maltrapilha que Mary conhecia e podia perdoar e amar. A deles era a imundície alemã da economia, de ser desleixado com o que vestia para poupar as roupas, de economizar nos banhos, de deixar o cabelo oleoso para poupar sabonete e toalhas, de ter as roupas sujas não por opção, mas porque era mais barato, de manter a casa fechada e abafada para não gastar com aquecimento, de viver miseravelmente não apenas para economizar dinheiro, mas até para se esquecerem de que o possuíam, trabalhando sem parar não só porque era sua natureza ou porque precisavam disso, mas porque lhes trazia dinheiro e porque assim evitavam as situações em que podiam gastá-lo.

Era esse o lugar onde Lena iria morar, que era muito diferente para ela do que seria para a irlandesa Mary. Lena também era alemã e econômica, embora fosse pensativa e ausente. Era cuidadosa e poupava o salário, pois não sabia fazer outra coisa. Jamais cuidara do próprio dinheiro e não sabia como utilizá-lo.

Antes de se tornar a sra. Herman Kreder, Lena Mainz era limpa e decente com suas roupas e higiene pessoal, não de forma consciente ou porque precisava, mas porque era assim que os alemães faziam na sua terra. Além disso, a tia Mathilda e a boa cozinheira alemã, que sempre ralhava com ela, a induziam e a estimulavam a ser mais cuidadosa com a higiene. Mas não havia nenhuma necessidade verdadeira e, por isso, embora não simpatizasse com os Kreder, não os achava porcos e avarentos.

Por sua natureza, Herman Kreder era mais limpo que os pais, mas estava acostumado com os velhos e não achava que devessem ser mais higiênicos. Ele também poupava todo o dinheiro, com exceção da cervejinha que bebia com os amigos à noite, pois não sabia como utilizá-lo de outra forma. Seu pai poupava em seu lugar e vivia fazendo negócios com o dinheiro. Ademais, Herman nunca tivera salário, pois trabalhava de graça.

E assim, os quatro passaram a morar juntos na casa dos Kreder, e mesmo Lena começou a ficar desleixada, um pouco suja e ainda mais apática. Ninguém sabia o que ela queria e ela mesma não fazia ideia do que precisava.

Para Lena, o único problema eram as broncas da sra. Kreder. Estava acostumada a tomar descomposturas, mas as da sra. Kreder eram muito diferentes das que até então tinha sido obrigada a aguentar.

Agora casado, Herman aprendera a gostar de Lena. Não que se importasse muito, mas Lena jamais lhe causara aborrecimentos — exceto quando a mãe ficava irritada e ralhava por causa do desleixo da moça, que não sabia economizar a comida e as outras coisas que a velha tinha que poupar.

Herman Kreder fazia tudo o que os pais queriam, mas não os amava profundamente. Apenas detestava brigas. Até então, tudo bem, pois podia seguir em frente e fazer a mesma coisa todos os dias, sem ter que ouvir o sermão dos outros. Mas o casamento, como ele previra, começava a lhe causar dores de cabeça. Agora era forçado a ouvir as broncas da mãe. Tinha que ouvir, pois Lena estava presente e ficava assustada e paralisada. Herman sabia exatamente como lidar com a mãe: era preciso comer pouco, trabalhar duro e não dar ouvidos às suas broncas, exatamente como ele fazia antes de cometer a besteira de se casar e ter uma mulher por perto; agora tinha que ajudá-la a perceber que não valia a pena prestar atenção nisso e nem ficar assustada — bastava comer pouco e economizar.

Herman não sabia o que fazer para ajudar a esposa. Não era capaz de enfrentar a mãe, o que, aliás, não adiantaria nada; tampouco sabia como confortá-la e torná-la forte o suficiente para suportar aquelas terríveis broncas. Ficava irritado com a tensão permanente. Não podia brigar com a mãe e silenciá-la, e de fato nunca soube discutir com alguém que desejasse algo intensamente. Em toda a sua vida, Herman nunca desejou intensamente nada que implicasse lutar para conseguir. Em toda a sua vida, buscou uma vida regular e tranquila, sem muita discussão e fazendo a mesma coisa todos os dias. Agora a mãe o obrigara a casar com Lena e vivia ralhando com eles, de modo que havia essa preocupação permanente.

A sra. Haydon deixou de ver Lena com frequência. Não que tivesse perdido o interesse na sobrinha, mas é que, casada, Lena não podia sair tanto para visitá-la, pois não era apropriado. Além disso, a sra. Haydon estava ocupadíssima com as duas filhas, para quem preparava bons casamentos, e o marido a censurava constantemente por mimar o filho, que decerto iria crescer e tornar-se uma desgraça para a família, tudo porque sua mãe não conseguia deixar de mimá-lo. Essas coisas ocupavam a mente da sra. Haydon, que ainda assim queria ser boa com Lena, embora não a visse com tanta frequência. Só podia vê-la quando visitava a sra. Kreder ou a sra. Kreder vinha visitá-la, o que não acontecia sempre. Não podia mais ralhar com Lena, pois a sra. Kreder é que tinha o direito. Por isso, passou a ser amável com a sobrinha e, embora não gostasse de vê-la triste e desleixada, não tinha tempo de se preocupar com isso.

Lena nunca mais viu as moças do parque. Não havia como — e não era da natureza de Lena procurar meios de escapar para vê-las. Além disso, quase não pensava mais no passado. Ninguém chegou a ir visitá-la na casa dos Kreder, nem mesmo a irlandesa Mary. Lena foi logo esquecida pelas amigas. E elas sumiram dos pensamentos de Lena, que já nem se lembrava de tê-las conhecido.

A única de suas antigas amigas que ainda se importava com seus gostos e necessidades, e que fazia questão de vê-la, era a boa cozinheira alemã que vivia ralhando com ela. Agora ralhava com o desleixo de Lena, que saía de casa num estado tão deplorável. "Sei que você vai ter um bebê, Lena, mas não devia estar com esse aspecto. Tenho vergonha de vê-la assim na minha cozinha, com esse desleixo que você nunca teve. Nunca vi ninguém assim, Lena. Você diz que Herman é muito bondoso e que jamais a maltrata, embora você não mereça alguém tão bom, sendo tão desleixada e suja como se nunca tivesse aprendido a se cuidar. Não, Lena, não vejo motivos para

A GENTIL LENA   215

você ser tão desleixada e suja, por isso tenho vergonha de
vê-la assim na minha cozinha. É impossível fazer as coisas darem certo quando se é desleixada e ranheta, agindo como se tivesse problemas de verdade. Nunca quis
que você se casasse, pois sabia o que teria que aguentar
com aquela mulher, e o pai de Herman é avarento e não
diz nada, mas é tão pérfido quanto ela, eu sei disso, sei
que os dois mal lhe dão de comer e tenho pena de você,
mas, Lena, isso não é motivo para andar tão desleixada,
mesmo com todos esses problemas. Você nunca me viu
desse jeito, embora eu às vezes tenha enxaquecas e não
aguente trabalhar tanto, e as coisas que eu preparo deem
errado, mas veja, Lena, estou sempre com um aspecto
decente. É a única forma de fazer as coisas funcionarem
para uma moça alemã. Entendeu? Agora coma algo que
preparei para você. Não deixe nunca de se limpar e se
cuidar, e assim o bebê ficará bem; eu farei com que tia
Mathilda cuide para você ir morar sozinha com Herman
e o bebê, então tudo vai dar certo. Entendeu? Só não
me apareça de novo com esse aspecto, Lena, e pare de
resmungar. Não há motivos para ficar reclamando e esse
tipo de atitude não levará a nada, entendeu? Agora vá
para casa e seja boazinha como eu lhe digo, e eu verei o
que posso fazer. Sei que tia Mathilda irá cuidar para que
a sra. Kreder a deixe em paz até você ter o bebê. Não fique assustada e não seja boba. Não gosto de vê-la assim,
quando tem um marido ótimo e tantas coisas que outras
moças adorariam possuir. Agora vá para casa e faça o
que eu lhe digo, e eu verei o que posso fazer por você."
    "Sim, sra. Aldrich", disse a boa cozinheira para a pa-
troa, mais tarde. "Sim, sra. Aldrich, é isso o que acontece quando uma garota deseja muito se casar. Nunca percebe a sorte que tinha antes. Não sabe o que quer nem
depois de consegui-lo, sra. Aldrich. Veja a pobre Lena,
ela veio aqui toda chorosa e desamparada e eu lhe pas-
sei a maior descompostura. O casamento não está sendo

bom para ela, que de fato está pálida e triste. Isso me corta o coração. Era uma garota tão boa, sra. Aldrich, que nunca me deu problemas como os que tenho com as garotas de hoje em dia, e nunca vi alguém trabalhar tanto. Agora ela tem que ficar com aquela velha da sra. Kreder. Nossa! A velha a maltrata demais. Nunca entendi como podem tratar assim os mais jovens, sem o menor sinal de paciência. Se Lena pudesse morar sozinha com Herman, veja, ele não é tão mau quanto os outros maridos, sra. Aldrich, mas faz tudo o que a mãe quer e não tem iniciativa própria, então não vejo saída para a pobre Lena. Sei que a tia dela planejou tudo para o seu bem, mas pobre Lena, teria sido melhor se Herman tivesse ficado em Nova York. Não estou gostando do aspecto de Lena, sra. Aldrich. Parece que ela não tem mais vida, que apenas se arrasta por aí toda suja, depois de todo o trabalho que tive para educá-la em sua conduta e aparência. Não é bom para as moças se casarem, sra. Aldrich, elas ficam melhores permanecendo no lugar e trabalhando regularmente. Não estou gostando do aspecto de Lena. Queria poder ajudá-la, mas a sra. Kreder é uma mulher muito má, essa mãe do Herman. Em breve vou falar com a sra. Haydon e ver o que posso fazer para ajudar a pobre Lena."

Foram dias difíceis para a pobre Lena. O marido era bondoso e às vezes até tentava impedir as broncas da mãe. "Ela não está se sentindo bem, mãe, deixe-a em paz, certo? Me diga o que quer que ela faça e eu transmitirei o recado. Cuidarei para que faça exatamente do jeito que você quer. Deixe-a em paz, sim? Espere-a melhorar." Agora Herman agia com mais vigor, pois via que, grávida, Lena não aguentaria por muito tempo todas aquelas broncas.

Herman passou a sentir uma força nova dentro de si que o fazia lutar. Jamais havia desejado intensamente uma coisa e agora queria ser pai; queria muito que fosse um menino e que nascesse saudável. Nunca se importara verdadeiramente com os pais, embora fizesse o que queriam, tampouco se importara verdadeiramente com a esposa, embora a tratasse bem e procurasse mantê-la longe da mãe. Mas o sentimento de ser pai tomou profundamente o coração de Herman. Estava pronto para brigar com a própria mãe e até com o pai, se ele não ajudasse a contê--la, contanto que isso livrasse o bebê daquelas discussões.

Às vezes, Herman ia visitar a sra. Haydon para desabafar. Decidiram, então, que seria melhor esperarem o bebê juntos, na mesma casa, evitando ao máximo as broncas da mãe, até que Lena se recuperasse e eles pudessem se mudar para um lugar só deles, vizinho à casa de seus pais. Assim ele poderia continuar ajudando o pai e, ao mesmo tempo, o jovem casal comeria e dormiria numa casa separada, onde a sra. Kreder não podia controlá-los e onde não se ouviriam suas terríveis broncas.

E assim as coisas ficaram por um tempo. A pobre Lena não estava feliz por esperar um bebê. Estava tão assustada quanto naquela viagem de navio. Achava que a qualquer momento lhe aconteceria algo de ruim. Estava assustada, paralisada e apática, certa de que iria morrer. Não tinha forças para passar por esse tipo de problema; limitava-se a ficar assustada, apática e achando que iria morrer.

Não demorou muito e Lena teve o bebê. Era um menino saudável. Herman ficou muito satisfeito. Quando Lena se recuperou, mudaram-se para a casa ao lado, a fim de que pudessem comer e dormir como bem entendessem. Para Lena, a mudança não fez tanta diferença. Ela continuou a mesma pessoa de antes. Arrastava-se por aí, apática e desleixada com suas roupas, agindo como se não tivesse sentimento algum. Trabalhava com o afinco de sempre, mas não tinha ânimo. Herman era gentil e ajudava no trabalho de casa. Fazia o possível para auxiliá-la e desempenhava as novas tarefas relativas à casa e ao bebê. Lena só fazia o que lhe cabia fazer, da maneira que lhe ensinaram.

Limitava-se a trabalhar com afinco, mas era desleixada, suja, confusa e apática. Nunca recuperou a força que tinha antes de se casar.

A sra. Haydon não via mais a sobrinha. Estava ocupada com sua própria casa, com o casamento das filhas e com o menino, que crescia e piorava cada vez mais. Tinha certeza de ter feito as coisas certas para Lena. Herman Kreder era o marido que ela desejava para as próprias filhas, e agora ambos moravam numa casa separada dos pais, que afinal lhes haviam causado tantos transtornos. A sra. Haydon sentia que havia feito um bom trabalho com a sobrinha e não achava que ela precisasse mais de suas visitas. Lena poderia se virar sozinha, sem que a tia precisasse se preocupar.

A boa cozinheira alemã, que sempre ralhava com Lena, ainda tentava agir como uma mãe para a pobre moça. A tarefa era cada vez mais difícil, pois Lena parecia não ouvir coisa alguma. Herman fazia de tudo para ajudá-la e, quando estava em casa, tomava conta do bebê. Lena nem cogitava em levar a criança para passear e não fazia nada além de suas obrigações.

Às vezes, a boa cozinheira pedia que Lena a visitasse. Ela vinha com a criança e ficava sentada na cozinha, vendo a amiga cozinhar. Como de costume, prestava pouca atenção à boa alemã, que a censurava por andar tão desleixada se não tinha mais problemas, e também por ser tão apática e ingrata. Às vezes Lena caía em si e retomava sua velha e gentil doçura, tão paciente e inabalável, mas em geral não parecia dar ouvidos à cozinheira. Lena gostava quando a sra. Aldrich, sua velha patroa, conversava docemente com ela, e nesses momentos lembrava como tinha sido boa aquela época. Na maior parte do tempo, porém, Lena ia levando a vida, sendo apática e desleixada com as roupas.

Com o passar dos anos, Lena teve mais dois filhos. Não ficava mais assustada. Não parecia fazer caso da dor e não sentia mais nada.

A GENTIL LENA 219

Os bebês eram saudáveis e Herman tomava conta deles. Nunca se importara com a esposa, apenas com os seus três filhos. Era muito bondoso e os segurava de forma carinhosa. Aprendeu a cuidar bem deles e passava todo o tempo que dispunha em sua companhia. Aos poucos, começou a trabalhar em sua própria casa, para poder ficar sempre com as crianças.

Lena se mostrava cada vez mais apática e Herman quase não pensava mais nela. Agora, passava o dia inteiro com os filhos. Tratava de alimentá-los, lavá-los e vesti-los todas as manhãs; mostrava-lhes o jeito certo de fazer as coisas e os botava para dormir, ou seja, passava cada minuto com eles. Então soube que um quarto bebê estava a caminho. Lena foi ao hospital para dar à luz. Ao que parecia, o parto seria difícil. Quando enfim o bebê saiu, estava tão inerte quanto a mãe. No parto, Lena ficara muito pálida e adoecera. Por fim, ela morreu também, e ninguém soube ao certo como isso lhe fora acontecer.

A boa cozinheira alemã, que sempre ralhava com Lena e que ficou do seu lado até o fim, foi a única que sentiu saudades. Lembrava-se de como Lena era feliz quando trabalhava para a sra. Aldrich, como sua voz era gentil e doce, como sempre tinha sido boa e não lhe dera problemas, ao contrário das garotas que vieram depois dela. Quando tinha algum tempo, a boa cozinheira falava dela para a sra. Aldrich, e essas eram as únicas lembranças que restaram de Lena.

Herman Kreder passou a viver sozinho com os três filhos, muito feliz, tranquilo e satisfeito. Nunca mais teve uma mulher por perto. Fazia ele mesmo os serviços domésticos, após terminar os trabalhos de alfaiate. Herman trabalhou sozinho até que os filhos cresceram o bastante para ajudá-lo. Herman Kreder era muito feliz e levava uma vida regular e tranquila, todos os dias exatamente iguais, sozinho com seus três filhos bons e gentis.

Posfácio

A composição na qual se vive
Nota sobre *Três vidas*

FLORA SÜSSEKIND

A composição não está lá,
ela vai estar lá e nós estamos aqui.[1]
GERTRUDE STEIN

Ao publicar *Três vidas*, em 1909, Gertrude Stein (1874-
-1946) já tivera artigos divulgados na *Psychological Review*,
de Harvard, escrevera duas novelas — "Q.E.D. (Quod Erat
Demonstrandum)",[2] em 1903, e "Fernhurst", em 1904 —
e iniciara um romance, *The Making of Americans*, que só
seria concluído em 1911. Mas não é com relatos diretamente calcados em seu meio familiar ou em sua história pessoal, e sim com três histórias ambientadas entre os negros
e imigrantes pobres de Baltimore, que decide dar início à
sua trajetória literária. Os exercícios narrativos anteriores
se fazendo presentes, no entanto, em *Três vidas*, pelo caráter próximo ao de estudos de caso ("Fernhurst" se apresen-
ta como a história de um estudioso da natureza feminina),
pela coloquialidade da linguagem empregada, pela estrutura
tripartida, de "Q.E.D.", e pela triangulação amorosa (presente em ambas as ficções de juventude e em "Melanctha").
Não que faltem a *Três vidas* elementos autobiográfi-
cos e contextuais imediatos como os que Stein incorpora
à sua obra, por vezes refigurados, mas muitas vezes quase
em bruto. A começar da ascendência germânica das protagonistas de "A boa Anna" e "A gentil Lena", semelhante, mas de um modo quase perverso, à de Stein, cujos pais
eram, ambos, de famílias judaico-alemãs. Ao contrário
delas, porém, sem qualquer perspectiva exceto o trabalho

doméstico em casas alheias, os Stein, chegados aos EUA no começo da década de 40 do século XIX, teriam grande sucesso em diversos ramos de negócios: roupas, ações, empresa de transporte. O que permitiu a Gertrude Stein, e a seus irmãos Michael, Simon, Bertha e Leo, uma educação de qualidade, primeiro na Europa, onde viveram entre Viena e Paris, e em seguida nos Estados Unidos, em Oakland, na Califórnia, e em Baltimore, em Maryland. A habilidade empresarial paterna e a capacidade administrativa do filho mais velho, Michael, garantiriam, ainda, aos demais irmãos rendimentos que os sustentariam, sem cuidados, por toda a vida.

A caçula dos cinco irmãos, Gertrude, depois da morte da mãe (em 1888) e do pai (em 1891), se mudaria, acompanhada da irmã Bertha, para a casa de uma tia em Baltimore, passando, em seguida, quatro anos no Radcliffe College, onde estudou com William James, George Santayana e Hugo Münstenberg, e se voltou para pesquisas na área de psicologia, em especial sobre o automatismo motor. Em 1897 entraria na Escola de Medicina, abandonando, porém, o curso em 1901. Ao longo desses anos, muitas viagens para a Europa acabariam animando-a a deixar o país (voltando apenas em 1934, por alguns meses, para uma série de palestras) e a se instalar, acompanhada de Leo, seu irmão mais próximo, primeiro em Londres, durante alguns meses, em 1902, e, no ano seguinte, em Paris, na Rue de Fleurus n. 27. Aí os dois começam uma coleção de arte e promovem reuniões semanais muito concorridas, criando um círculo de amizades que incluiria Picasso, Guillaume Apollinaire, Georges Braque, Marie Laurencin, Matisse, Erik Satie, Jean Cocteau, e americanos também autoexilados como Ernest Hemingway, Scott e Zelda Fitzgerald e Paul Bowles.

Os desentendimentos com o irmão, que não apreciava muito nem o trabalho literário de Stein, nem o cubismo, se intensificariam e, em 1913, ele se mudaria para a

POSFÁCIO   223

Itália, deixando-a na companhia de Alice Babette Toklas,
que ela conhecera em 1907, e ao lado de quem viveria
até sua morte em 1946. Primeiro na Rue de Fleurus e,
depois de 1938, em apartamento na Rue Christine, n. 5,
as duas teriam um cotidiano agitado pelas constantes visitas de amigos e novos conhecidos, e por viagens pela
Europa, além de estadias regulares, durante os verões,
em Bilingnin. Passaram juntas também pelas duas guer-
ras mundiais, trabalhando como voluntárias durante a
primeira, e contando, na segunda, durante toda a Ocupação alemã, com a proteção do amigo (colaboracionis-
ta) Bernard Faÿ, que fora nomeado diretor da Biblioteca
Nacional francesa. Toklas seria, na verdade, não apenas
sua companheira, mas uma interlocutora fundamental
para Stein, datilografando todos os seus textos e funcionando como a primeira leitora de tudo que ela escreveu
a partir de 1908.

Sem maiores preocupações pecuniárias, Stein pôde
se dedicar exclusivamente à literatura, impondo-se um
regime diário de trabalho e exercitando-se em modos diversos de escrita (retratos, peças, poesia, narrativas, con-
ferências), submetidos, no entanto, todos eles, a um jogo
contínuo de retomadas, variações e refigurações, a um
sistema interno de ecos que se faziam acompanhar invariavelmente de autindagações e exposições do seu método
composicional. Não à toa divertindo-se, com frequência,
a escritora, em meio à dramatização do próprio processo
de escrita, em retratar-se em sua obra. Particularmente
exemplares, nesse sentido, são as duas "autobiografias",
a de *Alice B. Toklas*, publicada em 1933, e a de *Todo
mundo*, editada em 1937. Mas não faltam autorretra-
tos em sua obra inicial. É o caso, em *Três vidas*, da srta.
Mathilda, de "A boa Anna", a patroa meio bonachona,
gorducha e preguiçosa, que preferia deixar tudo entregue
à criada, mas que sempre se mostrava generosa, despreocupada com a própria aparência e um pouco gastadeira.

A autoironia é tão evidente nesse caso que Stein chega a tomar a casa de tijolos em que vivera em Baltimore como modelo evidente para a da srta. Mathilda, reforçando, propositadamente, a analogia.

A autorreferência, no entanto, não ficaria por aí. Cabe assinalar, nesse sentido, sobretudo as apropriações operadas, em "Melanctha", de trechos e do enredo de "Q.E.D.", onde Stein relatou ficcionalmente sua sofrida história amorosa com May Bookstaver, quando cursava medicina na Johns Hopkins Medical School. Abandonada por ela, depois de um relacionamento de um ano, para viver com Mabel Haynes, Stein manteria o triângulo homossexual no livro mais antigo, mudando apenas o nome das personagens (a não ser de uma), que passariam a se chamar Adele, Mabel Neathe e Helen Thomas. Há registro de passagens e situações claramente extraídas de "Q.E.D." que se mostram evidentes em *Três vidas*, como se pode observar na publicação da editora Norton das duas obras, organizada por Marianne DeKoven.[3]

Em *Três vidas*, porém, acentuam-se as transformações. Baltimore vira Bridgepoint, o meio social da novela deixa de ser a classe média alta norte-americana, Helen Thomas vira parcialmente Melanctha Herbert, Adele se avizinha de Jeff Campbell, Mabel Neathe talvez ecoe tenuemente em Jane ou Rose. E todos os personagens passam a pertencer à classe trabalhadora ou a uma então ainda embrionária classe média negra, mudança que exporia uma oscilação focal, na construção do relato, entre a dominância de estereótipos raciais e certa empatia por parte de Stein com relação aos protagonistas negros a ponto de emprestar características suas a dois deles (a prática médica de Jeff Campbell e a busca do conhecimento empreendida por Melanctha).

Quanto às formas de morte — tuberculose, cirurgia, parto — das protagonistas do tríptico, remetem todas elas ao período de estudos de Stein na Escola de Medicina e às condições de vida das mulheres pobres nos EUA na virada de século. Uma delas, Anna Federner, teve como modelo Lena Lebender, criada alemã, extremamente devotada, que cuidou da casa de Stein e de seu irmão Leo quando ambos estudavam e moravam juntos em Baltimore. E que emprestaria, ainda, o nome (mas, neste caso, não mais do que isso) à protagonista da terceira história, a quem não resta mais do que cumprir o destino obrigatório da imigrante pobre como criada, em casas abastadas, e procriadora, num casamento forçado e infeliz.

Mas se há modelos detectáveis biograficamente para as figuras femininas do livro, coube a Stein deixar claras, não apenas no título (flaubertiano), mas em comentários diversos (em especial na *Autobiografia de Alice B. Toklas*), as duas referências fundamentais do seu tríptico ficcional. A primeira relativa à personagem Félicité do conto "Um coração simples", e à estrutura tripartida dos *Três contos*, de Flaubert, que ela estivera traduzindo, e a segunda, ao retrato de Hortense Cézanne com um leque na mão, que fora comprado por ela e pelo irmão em 1905, e que hoje pertence à coleção da Fundação E. G. Bührle, em Zurique. A sua mesa de trabalho, no apartamento da Rue de Fleurus, ficava exatamente em frente a esse retrato. E foi, segundo Stein, olhando para ele que escreveu as três novelas, iniciadas na primavera de 1905 e concluídas no ano seguinte. "Tudo que eu fiz", diria Stein, indo bem além de *Três vidas*, "foi influenciado por Flaubert e Cézanne".[4]

O que distingue o tríptico, portanto, como evidencia essa escolha steiniana de interlocutores durante o seu processo de escrita é a preocupação com a composição, com a experimentação e com a emergência de uma nova forma de narrar. Isso se manifestaria, nessas três novelas, no ensaio de princípios que se tornariam fundamentais à sua poética, como o retrato, a insistência, o presente prolongado, o recomeço, a variação, a "intensidade do movimento". Tão fundamentais quanto um persistente desconforto com relação às possibilidades de exercício narrativo que se encontravam à sua disposição naquele momento. Em particular o romance, do qual se avizinha e se afasta em textos como *The Making of Americans*, "A Novel of Thank You", "The World is Round", *Ida: A Novel* ou "Brewsie and Willie". E cuja agonia parece se fazer acompanhar da manifestação de formas novas de composição.

Lembre-se, nesse sentido, entrevista concedida a Robert Bartlett Haas, no ano de sua morte, na qual Gertrude Stein retomaria, de modo talvez mais provocador, comentários presentes em textos como "Composition as Explanation" (1926), "What is English Literature" (1934) e a *Autobiografia de todo mundo* (1936) sobre a dificuldade, na literatura do século xx, de se criarem personagens capazes de interessar "violentamente" os leitores (como as figuras mundanas presentes na imprensa e nos anúncios ou as personalidades retratadas em biografias e autobiografias) e sobre certa inviabilidade do romance como forma, exceto, a seu ver, quando se pensava nas histórias de detetive. Nelas se resolveria automaticamente o problema do personagem, pois, se, como ela diz na *Autobiografia de todo mundo*, a terra está cheia de gente, e ouvir qualquer um deixou de ter importância, "porque qualquer um pode conhecer qualquer um", então os únicos romances possíveis seriam aqueles, como os de detetive, "onde a única pessoa" que importa "está morta". E, se está morta, "não pode haver começo, meio e fim", pois a história na verdade já teria acontecido antes de o livro começar. Stein chegaria a declarar, inclusive, a certa altura, na *Transatlantic Interview*, que Edgar Wallace, autor de mais de uma centena de romances policiais, dentre os mais vendidos nas décadas de 1920 e 1930, seria o único verdadeiro romancista do século.

A declaração contradizia diretamente a aproximação, em "Portraits and Repetition", do seu *The Making of*

POSFÁCIO   227

Americans (escrito ao longo de oito anos) a *Em busca do
tempo perdido*, de Proust, e ao *Ulisses*, de Joyce, dois livros "sem história" — como, na sua opinião, deveria ser
a escrita de um período em que não se estava vivendo na
lembrança, e sim numa movimentação necessariamente
intensa. Daí os "três romances escritos nesta geração que
são as coisas importantes escritas nesta geração"[5] serem
três romances sem história. Não que faltassem enredos,
mas isso era outra história. "Romances então que contam
uma história são realmente mais do mesmo muito mais do
mesmo, e é claro qualquer um gosta de mais do mesmo",
comenta em "Portraits and Repetition", "e portanto um
grande número de romances é escrito e um grande número de romances é lido contando mais dessas histórias, mas
você pode ver você de fato vê que as coisas importantes
escritas nesta geração não contam uma história".[6]

É verdade que, mesmo na entrevista de 1946, ela
manteria Proust como "possível exceção". Ao contras-
tar, no entanto, as narrativas e os retratos, com ênfase
negativa nas primeiras, apontaria para a dependência
da memória, e para histórias movidas à rememoração,
como sendo alguns dos problemas mais característicos
da narração, em especial do romance. Não é difícil perceber que a insistência nessa caracterização negativa do
passado, da rememoração, responsável por uma "disjun-
ção entre o tempo da leitura e o tempo na leitura",[7] parece
incluir, indiretamente, o narrador proustiano. E diretamente Joyce. "São as pessoas que cheiram a museu que geralmente são aceitas", diria a Haas, "foi por isso que Joyce
foi aceito e eu não",[8] pois, segundo Stein, ele teria se in-
clinado "para o passado", enquanto o trabalho dela se
pautaria na "novidade", na "diferença".

E tem sido realmente certo exercício arqueológico
de erudição e de rastreamento de citações o responsável
pelo interesse de Joyce mesmo para aqueles que jamais
compreenderam a função desses anacronismos, desses

paradoxos temporais na sua exaustiva dissolução e reinvenção crítica das formas narrativas. Se Stein, no entanto, privilegia a experiência do presente, o "viver na composição do tempo presente", do "completo presente atual", o esforço no sentido da "completa expressão do presente atual",[9] como diz em "Plays", não deixam de ser curiosos os vestígios épicos deixados à mostra em *Três vidas*. E não apenas na obra de juventude que decide publicar. Também na referência a Dante — em particular ao *Vita nuova* — que, em "Q.E.D.", aponta não apenas para interlocução fundamental na constituição do registro amoroso do livro, mas para tensão igualmente fundamental, na obra de Stein, entre poesia e prosa. Ou na citação de trecho da *Ilíada*, feita pela srta. Bruce, que permanece incompleta no manuscrito de "Fernhurst", e que se faz acompanhar de comentário espantado (mas que soa inevitavelmente irônico para o leitor) da sra. Redfern: "Ah, claro, você sabe grego".

Em *Três vidas*, no entanto, essas sobrevivências parecem ter oferecido elementos fundamentais à composição das novelas, à figuração rítmica desses retratos de mulheres: o epíteto e a lista. Pois, neles, Anna raramente é simplesmente Anna ou Lena simplesmente Lena, repetindo-se, invariavelmente, "a boa Anna" e "a gentil Lena". Ressaltando-se, em Lena, a paciência, a docilidade, a apatia; em Anna, ao contrário, a vida dura, agitada, cheia de preocupações. Quanto a Melanctha Herbert, sempre em deambulação, em busca do conhecimento, é "paciente, submissa, apaziguadora e incansável", "gentil, inteligente, atraente e quase branca", assim como Rose Johnson é "rabugenta, ordinária, infantil e preta", "preguiçosa, burra e egoísta", "negligente e egoísta", e Jeff Campbell, "sério, sincero e bondoso", "bom e solidário, muito alegre", e Jane Harden, "endurecida", "convencida, sórdida, sarcástica".[10]

"Jane era uma mulher endurecida":[11] repete-se a frase

POSFÁCIO

algumas vezes, com pequenas variações, sublinhando-se
o embrutecimento da personagem. Assim como a deambulação de Melanctha enfatizaria uma vontade nunca satisfeita de saber (tendo-se em mente, é claro, a sobreposição — erótica — de sentidos de que se reveste, em Stein, a
noção de conhecimento). Daí a busca sôfrega da sabedoria, isto é, a perambulação incansável ao longo da narrativa (não se esquecendo que *to wander* também é devanear):
"Perambulou pelas ruas procurando o conhecimento",
"Melanctha gostava de perambular", "Nos anos que se
passaram, [Melanctha] aprendeu inúmeras formas de alcançar a sabedoria". Às vezes sozinha: "Naqueles dias,
Melanctha perambulou bastante. Dessa vez, sozinha". Às
vezes acompanhada de Jane ou Rose: "Passaram a perambular só para ficarem juntas". Mas voltando sempre, de
novo, às ruas: "Então voltou a perambular com homens
que Rose nunca aprovaria".[12] Sempre recomeçando outra
e mais outra e mais e mais vezes a perambular.

Cada nova deambulação funciona, não é difícil perceber, como um *"beginning again and again"* steiniano. E
há de fato, em "Melanctha", um recomeço literal da narrativa, retornando-se, em dado momento, aos parágrafos
iniciais do livro, quando se fala da negligência de Rose
Johnson, do escarcéu que fizera durante o parto, da morte
do seu bebê e do domínio que exercia sobre Melanctha
Herbert. As frases voltam, algumas literalmente, mas, em
geral, com pequenas variações, a grande variação ficando
por conta do que já se sabe, e do que parece inexplicável,
a essa altura, sobre a personagem. O recomeço da novela, a insistência no bloco inicial, deslocado, agora, para
outro ponto, ecoaria, ainda, outras múltiplas repetições
que estruturam a dinâmica rítmica do relato. Como algumas pequenas repetições de afirmações predicativas, de
que são exemplares a brutalidade do pai de Melanctha, o
egoísmo de Rose, a aspereza de Jane. Como a reiteração
dos nomes próprios, marcando uma espécie de sequên-

cia figural, na qual se notam, todavia, pequenas variações que parecem emprestar mobilidade à série de duplicatas. E há, ainda, como já se observou, a sucessão de perambulações da protagonista, que, se intermitentes, parecem criar, ao lado desse conjunto de repetições, como observa Marjorie Perloff, "um campo composicional que permanece em constante movimento".[13]

Em "Melanctha", a composição se complexifica, e o jogo de repetições e variações se desdobra em diversos planos, no verbal, via adjetivos e listas de predicados, nos blocos de frases que retornam, nas refigurações e presentificações de personagens, parecendo se retratar aí não apenas uma história de vida, mas um momento decisivo na afirmação do método steiniano. Nas outras duas novelas incluídas em *Três vidas*, no entanto, se reduzidos os desdobramentos, e concentrada a insistência nos epítetos, é possível assistir a uma espécie de sobreposição de modelos narrativos, cuja heterogeneidade, cuja contiguidade, e por vezes imbricação, sugere, em meio a uma "montagem anacrônica", a configuração, ainda não metódica, de um novo processo de composição.

Comentando "A boa Anna", Donald Sutherland associaria, em sua "biografia da obra de Stein", a repetição do adjetivo "boa", "tão constante quanto um epíteto homérico", não a uma recorrente avaliação moral do caráter da personagem, mas à afirmação de um dado factual, de uma "essência constantemente presente"[14] em situações, relações e episódios distintos. Coisa semelhante ocorreria em "A gentil Lena", onde a doçura e a excessiva paciência da criada se manifestam no seu modo de lidar com as crianças, com a cozinheira, as companheiras de banco na praça, a tia e o rapaz com quem é levada a se casar. Sem conseguir compreendê-las inteiramente ou oferecer resistência às situações, Lena expõe um contraste curioso à figura enérgica da boa Anna na primeira história do livro. E, de fato, os textos que abrem e fecham

POSFÁCIO   231

o volume, mais breves do que "Melanctha", e pautados
numa extrema simplicidade vocabular e ficcional, e em
retratos de duas imigrantes alemãs pobres, partilhariam,
igualmente, de um modo peculiar de tensionar narrativa
e retrato, prefigurando questão que se desdobraria, de
modos diversos, na obra subsequente de Stein.

Isso se realiza, nas duas histórias, por meio de um
recurso recorrente a epítetos que se tornam intensamente ligados aos nomes das protagonistas. De tal maneira
que parecem adquirir forte potencial imagético, produ-
zindo, na narrativa, a cada nova ocorrência, a impressão
de momentos primordialmente representacionais, que
parecem recortar-se, subitamente, de seu contexto. As
expressões "a boa Anna" e "a gentil Lena" funcionando
como quase aparições, imagens dotadas de independên-
cia, de "evidência intrínseca",[15] que, "nem narrativas,
nem descritivas", parecem resistir ao desenvolvimento
sequencial e o colocam em suspenso no momento mesmo
de sua manifestação.

Cada irrupção figural, cada ruptura do fluxo narrativo, funcionando como uma forma de presentificação do
retrato, da personagem, que se vê extraída, desse modo,
do seu campo relacional, parecendo-se sugerir, então, por
meio da série de "agoras" oferecidos pelos epítetos, uma
forma incipiente de manifestação do presente contínuo. Já
em "Melanctha", essas manifestações se fazem anunciar,
muitas vezes por uma proliferação literal de "agoras", que,
do interior das frases, parecem alterar e deslocar o regime
temporal, misturando-se passado, imperfeito e movimento
de presentificação, em meio ao uso repetido do advérbio
de tempo. "Agora Jeff sabia muito bem o que era amar
Melanctha." "Agora sabia que estava compreendendo realmente", lê-se, a certa altura, quando Campbell percebe que
ela jamais poderia amá-lo como desejava e sua dor cresce
mais e mais: "Agora sabia o que era ser bom para Melanctha. E Jeff era sempre bom com ela agora".[16]

Epítetos, listas de qualificativos, advérbios de tempo contribuem para a criação de uma separação de planos no interior da composição. Expõem, em primeiro lugar, uma tensão entre o plano narrativo e o plano figural que parece se recortar dele, e entre o fluxo temporal e uma emergência momentânea da imagem, do qualificativo, da frase isolada. Nesse sentido talvez caiba um retorno a Flaubert, ao interesse de Stein especificamente pelos *Três contos* no momento da composição de *Três vidas*.

Há a estrutura fracionada do livro, há o retrato feminino de Félicité, e de sua despretensiosa credulidade e incapacidade de compreender a própria existência, e há uma perspectiva narrativa que fica entre a ironia e a compaixão: tudo isso foi captado e retrabalhado por Gertrude Stein. Mas há algo característico do trabalho de Flaubert nos anos 1870, em especial nos *Três contos* e em *Bouvard e Pécuchet*, que parece ir ao encontro das preocupações steinianas com as fragmentações frasais e com a frase isolada.

"Uma frase que levanta pesados blocos de matéria, e os deixa cair com o barulho irregular de uma escava-deira":[17] assim define Proust a frase flaubertiana. "Um silêncio profundo separa uma frase da que se segue a ela",[18] assinalaria Sartre. Os dois comentários subli-nham sua tendência à fragmentação e ao espaçamento. O que se acentuaria nas obras finais, quando "o desejo de isolar, de aumentar os brancos e as interrupções no texto", conforme observa Jonathan Culler, "obviamen-te se tornou um dos elementos mais determinantes do estilo de Flaubert".[19] E em *Três contos* e *Bouvard e Pé-cuchet* daria lugar a um uso amplo de parágrafos cons-tituídos de uma única frase. Uma delas, de "Um coração simples" ("Ela tivera como qualquer outra sua história de amor"), serviria, aliás, de fonte para uma das mui-tas repetições frasais steinianas em "A boa Anna": "A viúva sra. Lehntman era o romance da vida de Anna",

POSFÁCIO 233

"Lembrem-se: a sra. Lehntman era o romance da vida de
Anna", "A sra. Lehntman era o único romance da vida
de Anna".[20]

Dado que esse isolamento frasal flaubertiano se faz
acompanhar, na página, de parágrafos mais longos, atribui-
-se, assim, certa ênfase a esse deslocamento, construindo-se
uma espécie de primeiro plano gráfico para a frase solta. O
que, se empresta a ela, como diz Culler, uma pseudomonu-
mentalidade, faz dela, ao mesmo tempo, objeto potencial
de ironia. Sobretudo quando esse destaque se mostra propositadamente arbitrário, inexplicável, quando a importância da frase no âmbito da novela não parece justificar, de
modo algum, tamanha ênfase. A não ser como elemento
característico de uma ironia metódica convertida por Flaubert em princípio narrativo privilegiado.

Em Stein, esse isolamento cumpriria função diversa.
"O seu estilo abertamente aforístico deve vir da escrita de uma frase de cada vez",[21] comenta Lyn Hejinian
em "Two Stein Talks". No que parece de fato ecoar o
comentário steiniano contido em "Sentences and Para-
graphs": "Frases se fazem maravilhosamente uma de
cada vez".[22] E se Stein procurou escapar dos modelos
oitocentistas de escrita, dando, com "Melanctha", como
disse, na Autobiografia de Alice B. Toklas, "o primeiro
passo definitivo, na literatura, para fora do século XIX e
para dentro do XX", como explicar essa fragmentação
frasal quando o século XX parecia impor, na sua opinião,
o domínio do parágrafo e não mais da frase, como no
Oitocentos?

Como registra em "What is English Literature", num
exercício historiográfico bastante peculiar, se as sentenças
completas e claras teriam dominado o século XVIII, período em que se vivia pelo todo, no XIX, ao contrário, já não
havia como se contentar com uma coisa completa, pois
"se uma coisa é completa, então não precisa de explicação", e se, na verdade, se vivia em partes, então, escrever

frases, a emoção das frases, a explicação em frases, isso se tornou o que de fato interessava. Até que, no final do século, as frases teriam perdido, diz ela, o seu potencial de sugestão ou persuasão, criando-se a necessidade de tomar o parágrafo como unidade organizacional, e ele passaria, então, a dominar a escrita novecentista. O que, segundo Stein, ainda na primeira metade do século XX, também parecia exigir revisão. Pois, quando se percebe, diz ela, que, no interior da escrita, há separação, e falta conexão com a vida e o dia a dia, surge a necessidade de fazer mais com o parágrafo. O que, no seu caso, se transformou numa operação de metódica desconexão e fragmentação.

É possível assistir a uma operação exemplar, nesse sentido, nos longos parágrafos de "Melanctha" nos quais se assiste a rapidíssimas variações de intensidade e focalização, passando-se da perspectiva de Jeff para a de Melanctha e vice-versa, ou em trocas de outra ordem, nas quais se parece passar de um relato controlado, e narrado a certa distância, para o fluxo emocional de uma torrente de queixas e insatisfações que seguem sua dinâmica passional e parecem sobrepor-se e isolar uma espécie de "presente interno" que decididamente se impõe aos olhos do leitor.

Parece travar-se, em "Melanctha", na verdade, uma espécie de disputa entre o parágrafo e a frase, entre sequência e fragmentação, que ecoaria em toda a obra de Stein. Pois, como ela mesma diria, não foi sem resistência que se operou uma tomada de direção "no sentido do presente", nesta novela. "Eu estava acostumada a passado presente futuro",[23] lê-se em "Composition as Explanation". E se o parágrafo é emocional e as frases não, como repete de diversas maneiras em *How to Write*, pois a emoção, a seu ver, dependeria diretamente da narratividade, da sucessão, de um relato com começo, meio e fim, tratava-se, então, de pensar a escrita em outros termos, não em termos de sequencialidade ou emoção, mas de imediatez e produção de conhecimento.

POSFÁCIO 235

"Nenhuma história é interessante embora eu sempre as escute", diz ela, sublinhando, em "Identity: A Tale", o esgotamento de certas formas narrativas e de certas técnicas de sentimentalização. Então, continua, "eles têm que criar um final e se ele não faz você chorar e agora nada os faz chorar, porque ninguém pode tentar fazê-los chorar. E então não há final. Isso é o que faz das histórias o que elas são e agora eu vou contar uma".[24] E a história que ela parece contar, em meio à busca de conhecimento de Melanctha, tema a que voltaria constantemente em seus textos, é a de uma mudança decisiva na compreensão da prática literária, cujo parâmetro deixa de ser a afirmação cúmplice de um potencial emocional, e sim a capacidade de conhecer e de pensar, em ligação com o presente atual, sobre o que é o conhecimento, sobre o que é a mente humana.

E, para Stein, caberia à frase, à tensão entre parágrafos e unidades verbais e frasais isoladas, lidar com o conhecimento. Pois este, a seu ver, emergiria da existência, do momento atual, da simultaneidade, não da sucessão. "A escrita moderna deveria operar com imediatez, como as frases",[25] sintetizaria Wendy Steiner. Daí a necessidade steiniana de trabalhar com a experiência do presente e de redefinir a composição e sua capacidade de distribuir e equilibrar os elementos que configuram essas simultaneidades e unidades de conhecimento. E, nesse sentido, a observação do trabalho de Cézanne seria determinante.

A começar, como ela gostava de acentuar, pelo fato de ele ter concebido a ideia "de que, na composição, uma coisa era tão importante quanto outra coisa", contrariando a visão então corrente de que a "composição consistia de uma ideia central da qual tudo mais era um complemento", e não "um fim em si mesmo".[26] E seria sob o impacto dessa ideia de composição, segundo a qual cada parte era tão importante quanto o todo, que Stein, segundo conta a Robert Bartlett Haas, começaria a escrever *Três vidas*, buscando não o realismo de fazer as personagens parecerem reais, mas o "realismo da composição", "o realismo da composição de seus pensamentos".

Pois, para Stein, um dos aspectos capitais do seu método de escrita, que se torna crescentemente meditativo ao longo dos anos, é a configuração da "presença contínua de uma mente ativa voltada para algo vivo", a exposição de um esforço de compreensão em processo, o registro do movimento do pensamento que acompanha a composição. Algo que, guardadas as diferenças, se aproximaria da operação pictórica tal como a entendia Cézanne, "não como dado para uma reflexão posterior, mas como pensamento, consciência em ação".[27] Para ela, tratava-se, também, de conectar experiência e pensamento, expressão e presença do real, esforço que transformaria, com frequência, suas composições em reflexões continuadas sobre a sua própria realização, em composições que se voltam sobre si mesmas. Ou, como disse Argan a respeito de Cézanne, "em uma reflexão sobre a experiência em seu realizar-se".[28]

Não à toa a ideia de composição se transportaria, em Stein, para âmbitos fora de sua experiência especificamente literária, expandindo-se para uma compreensão da história e do tempo presente. "Nada muda de geração a geração exceto a coisa vista, e isso constitui uma composição", diria em "Composition as Explanation". "Cada período da vida difere de qualquer outro período da vida não pela maneira como a vida é, mas pela maneira como a vida é conduzida e isso para falar francamente é composição", acrescentaria. Não à toa, por outro lado, a composição, sempre em processo, nunca parece estar inteiramente lá, em suas obras, parecendo sempre em movimento, em construção, em formação, dando a "impressão de uma ordem nascente".[29]

E se, em *Três vidas*, há personagens, ainda que próximas ao "formulaico", se há histórias, e todas elas têm

POSFÁCIO   237

fim (aliás, o mesmo fim), se há sequencialidade, mesmo
que sob forte pressão figural (nos quase retratos de Anna
e Lena) e sob o contraste de repetições deambulatórias e
pontos focais diversos (em "Melanctha"), seria, no entanto, nesse tríptico, que Stein, ao mesmo tempo, se asse-
nhorearia e se desfaria de algumas das formas narrativas
que definiam então o exercício da literatura. Exercitan-
do, de fato, a narração (mas em tensão com o retrato);
a sucessão (mas submetida a deslocamentos temporais
e a um autoesgarçamento via repetição); a caracterização (mas acoplada à fixidez dos epítetos); a exposição de
processos mentais (mas barrando-lhes o fluxo por meio
de metódica desemocionalização e variação rítmica). Em
meio, portanto, a antagonismos que, se dificultam deci-
sivamente o acesso à sua obra, emprestam, no entanto,
de modo diverso, às três seções do tríptico narrativo uma
espécie de desconforto formal que anunciava, ainda em
1909, a experiência da composição, tal como se definiria,
em Stein, ao longo de toda a sua vida, como algo sempre
prestes a se manifestar por inteiro.

                              Notas

1.   Gertrude Stein, "Composition as Explanation", in Patri-
      cia Meyerowitz (org.), *Look at Me Now and Here I Am*:
      Writings and Lectures. Londres: Penguin, 1990, p. 24.
2.   Esta novela só seria publicada, com o título de "Things
      as They Are", quatro anos depois de sua morte.
3.   Gertrude Stein, *Three Lives and Q.E.D.*, in Marianne
      DeKoven (org.). Nova York/ Londres: Norton, 2006.
4.   Apud Robert Bartlett Haas, *A Primer for the Gradual
      Understanding of Gertrude Stein*. Los Angeles: Black
      Sparrow, 1974, p. 15.
5.   Gertrude Stein, "Portraits and Repetition", in *Look at
      Me Now and Here I Am*: *Writings and Lectures*. Lon-
      dres: Penguin, 1990, p. 110.

6. Id., ibid., pp. 110-1. No original: *"Novels then which tell a story are really then more of the same much more of the same, and of course anybody likes more of the same and so a great many novels are written and a great many novels are read telling more of these stories but you can see you do see that the important things written in this generation do not tell a story"*.

7. Apud Wendy Steiner, *Exact Resemblance to Exact Resemblance: The Literary Portraiture in Gertrude Stein*. New Haven/ Londres: Yale University Press, 1979, p. 181.

8. Apud Robert Bartlett Haas, *A Primer for the Gradual Understanding of Gertrude Stein*, op. cit., p. 29.

9. Gertrude Stein, "Plays", in *Look at Me Now and Here I Am: Writings and Lectures*, op. cit., p. 66.

10. "Melanctha", pp. 79, 162, 81, 162, 79-80, 100, 95, 162.

11. Id., p. 95.

12. Id., pp. 89, 90, 88, 98, 96, 173.

13. Marjorie Perloff, "A Fine New Kind of Realism: Six Stein Styles in Search of a Reader", in *Poetic License*. Evanston: North-Western University Press, 1990, p. 153.

14. Donald Sutherland, "Three Lives", in Harold Bloom (org.), *Gertrude Stein*. Nova York: Chelsea House Publishers, 1986, p. 48.

15. Cf. Paolo Vivante, *The Epithets in Homer: A Study in Poetic Values*. New Haven/ Londres: Yale University Press, 1982, p. 14.

16. "Melanctha", p. 165.

17. Apud Jonathan Culler, *Flaubert: The Uses of Uncertainty*. Ithaca/ Londres: Cornell University Press, 1985, p. 205.

18. Id., ibid.

19. Culler, op. cit., p. 200.

20. "A boa Anna", pp. 30, 34, 50.

21. Lyn Hejinian, "Two Stein Talks", in *The Language of Inquiry*. Berkeley/ Los Angeles/ Londres: University of California Press, 2000, p. 120.

22. Gertrude Stein, *How to Write*. Nova York: Dover, 1975, p. 34.

23. Gertrude Stein, "Composition as Explanation", op. cit., p. 25.

POSFÁCIO 239

24. Gertrude Stein, "Identity: A Tale", in Wendy Steiner, *Exact Resemblance to Exact Resemblance*, op. cit., p. 207.

25. Steiner, op. cit., p. 182.

26. Haas, op. cit., p. 15.

27. Giulio Carlo Argan, *Arte moderna*. São Paulo: Companhia das Letras, 1992, p. 110.

28. Id., ibid., p. 111.

29. Maurice Merleau-Ponty, "A dúvida de Cézanne", in *O olho e o espírito*. São Paulo: Cosac Naify, 2004, p. 129.

Esta obra foi composta por Alexandre Pimenta em Sabon e impressa
em ofsete pela Lis Gráfica sobre papel Pólen Natural da Suzano S.A.
para a Editora Schwarcz em julho de 2024

A marca FSC® é a garantia de que a madeira utilizada na fabricação
do papel deste livro provém de florestas que foram gerenciadas de
maneira ambientalmente correta, socialmente justa e economica-
mente viável, além de outras fontes de origem controlada.